Frankenstein

弗兰肯斯坦
Frankenstein

Mary Shelley

〔英〕玛丽·雪莱 著 刘新民 译

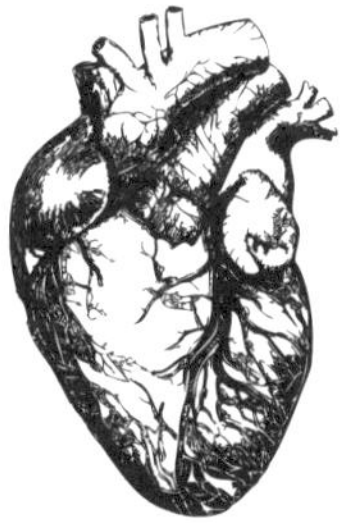

上海译文出版社

Mary Shelley
Frankenstein
First Published 1818
由上海译文出版社有限公司与企鹅兰登(北京)文化发展有限公司联合出品
Simplified Chinese edition by Shanghai Translation Publishing House in association with Penguin Random House (Beijing) Culture Development Co., Ltd.
Illustration and cover design Coralie Bickford-Smith

图书在版编目(CIP)数据

弗兰肯斯坦 / (英) 玛丽·雪莱 (Mary Shelley) 著 ;
刘新民译 . -- 上海 : 上海译文出版社, 2024. 10.
(企鹅布纹经典). -- ISBN 978-7-5327-9678-6
Ⅰ. I561.44
中国国家版本馆 CIP 数据核字第 2024893C8R 号

弗兰肯斯坦

[英] 玛丽·雪莱/著　刘新民/译
总策划/冯　涛　责任编辑/顾　真　美术编辑/张志全工作室
插图/Everett Henry

上海译文出版社有限公司出版、发行
网址: www.yiwen.com.cn
201101　上海市闵行区号景路 159 弄 B 座
苏州市越洋印刷有限公司印刷

开本 850×1168　1/32　印张 9.375　插页 6　字数 159,000
2024 年 10 月第 1 版　2024 年 10 月第 1 次印刷
印数: 0,001—8,000 册

ISBN 978-7-5327-9678-6/I·6075
定价: 88.00 元

译本序

本书作者玛丽·雪莱（1797—1851）是英国十九世纪浪漫主义诗人珀西·雪莱的第二位妻子。她的父亲威廉·戈德温及母亲玛丽·沃斯通克拉夫特均为英国十八世纪末的著名政论家。玛丽自幼博览群书，对当时的浪漫派诗歌及哥特式的小说颇有研究。她容貌出众，气质不凡。一八一四年夏，珀西·雪莱偕妻子哈丽特造访戈德温，与玛丽一见钟情。后来两人不顾众人反对私奔。他们先后旅居法国、瑞士，于一八一六年九月返回伦敦。不久，哈丽特自杀身亡，同年十二月，玛丽与雪莱正式结婚。

玛丽·雪莱一生坎坷，曾数度遭到家庭不幸。她的同父异母的妹妹范妮自杀而死，她的三个孩子亦先后死去；更为不幸的是，一八二二年七月八日，当她与雪莱在意大利度夏时，雪莱在划船中突遇风暴，不幸溺水身亡。

一八二三年，玛丽·雪莱由意大利返回英国。这时，她在文坛上已很有名气。她的第一部作品，小说《弗兰肯斯坦》（*Frankenstein,* 1818）颇受读者青睐，并被改编成戏剧。二十世纪初以来，这部小说被改编成数十部电影，在西方世界产生了很大的影响。时至今日，这部小说在英美等国仍长盛不衰，成为频频再版、拥有广泛读者的一部小说，玛丽·雪莱也因此而在英国文学史上占有一席之地。《弗兰肯斯坦》现已被西方文学界公认为世界第一部科幻小说。玛丽·雪莱的其他作品，如历史小说《瓦尔珀加》（*Valperga*, 1823）和科幻小说《最后一个人》（*The Lost Man*, 1826）等均获得成功。

玛丽·雪莱于一八五一年二月逝世，终年五十四岁。

小说《弗兰肯斯坦》叙写了一个无名氏科学怪物自出生之日起便遭到不公正的待遇，因而奋起反抗主人、反抗社会的故事，揭露了统治阶级欺压人民的罪恶，歌颂了被压迫者的反叛精神。

十八世纪下半叶的工业革命给英国带来了现代机器和现代工业，同时也带来了复杂的社会矛盾和巨大的社会变革。资产阶级成了社会的统治阶级。资本主义的飞速发展使广大农民纷纷破产，成为农村中的雇佣工人，遭受资本家的残酷剥削。一七八九年开始的法国大革命进一步激化了英国的社会矛盾，争取自由、平等的民主运动日益高涨。各种革命组织，如伦敦通信协会（London Corresponding Society）等如雨后春笋般在全国建立起来。革命者散发传单、讨论社会变革、鼓动广大劳苦大众走法国大革命的道路，起来推翻反动的统治阶级。面对全国风起云涌的革命运动，英国政府采取了残酷的镇压措施。突出的例子便是“彼德卢惨案”——一八一九年，曼彻斯特的劳工举行群众集会，要求政治改革；政府派兵镇压，打死打伤示威群众数百人。

玛丽·雪莱十分关心法国大革命，并深深同情英国的民主运动。她怀着极大的热情系统地研读了当时著名激进派政论家托马斯·佩恩、威廉·戈德温等人有关法国大革命的论著，对法国大革命的理论和实践有了较为深刻的理解。她痛恨暴政，蔑视权贵，深深同情被压迫者的悲惨遭遇。她的《弗兰肯斯坦》便是以当时英法等国社会为背景，真实地揭露了当时社会的黑暗，热情讴歌了被压迫者的反叛精神。

小说主人公之一，生物学家维克托·弗兰肯斯坦热衷于生命起源的研究。他试图征服死亡，创造一种新的生命。通过多年的潜心研究，他终于发现了创造生命的秘诀。他从住地附近的藏尸间采集来各种死尸肢体，在一间极其秘密的斗室中，怀着犯罪的心理，制作了一具八英尺高的人体。通过数月夜以继日的努力，维克托终于在一个阴沉的夜里使他的创造物睁开了眼睛。然而，维克托创造生命的动机是自私的——他欲以新生命的创造者自居，要世人对他感恩戴德。他的自私动机注定了他实验的失败。当他发现他的创造物面目丑陋，如同怪物时，便无情地遗弃了他，拒绝履行主人的职责。怪物尽管生来丑陋，但他是无辜的；既然被创造出来，就应该受到社会，特别是维克托本人的善待和保护，然而，怪物自出生之日起便遭到维克托的鄙视和遗弃，致使他处境极为艰难。他不得不栖身于森林之中，备受饥寒的煎熬。为了寻找食物，他壮着胆子走进一个村庄。村民们都因其丑陋，或落荒而逃，或以石头击之，将他打得遍体鳞伤。

尽管遭到不公平的待遇，怪物仍坚定地寻找人类的爱和理解，并以实际行动试图换取社会的承认。他经常帮助村民们收集柴火取暖，并摒弃了偷村民食物的坏习惯，代之以野果、树根充饥；他在去日内瓦的路上救起了一溺水女孩。然而，他的善举并未得到人们的同情和接纳；相反，他所得到的回报永远是冷漠、鄙视和遗弃。维克托创造的怪物终于无法忍受强加在自己身上的种种不公平的待遇，起而抗争，为自由、平等、博爱而抗争。

怪物反抗的矛头首先对准他无情的主人维克托。他多次出现在维克托的梦幻中，日夜折磨维克托，致使他长期处于紧张、痛苦的状态。维克托在恐惧中惊呼道："救救我，救救我吧！我仿佛觉得那怪物将我攥住，我拼命挣扎，昏倒在地上。"维克托饱尝了受精神折磨的苦头，原来美妙的梦幻成了他可怕的地狱。

在小说的第十章，作者设计了一场怪物与维克托之间的舌战。从中，我们可以看到被压迫者与压迫者之间的鲜明对照。玛丽·雪莱将维克托描写成一个疯子，对着怪物咆哮，威胁要杀死怪物："我们是冤家对头。滚开，否则就让我们比力斗劲，大战一场，拼个你死我活！"，相比之下，怪物却显得沉着、冷静。他首先批评维克托抛弃他的冷酷态度，继而抨击社会对他的不公："相信我，弗兰肯斯坦，我原本是仁慈善良的；我的灵魂闪耀着爱和人性的光。然而现在，难道我不孤独吗？难道我不是形单影只，孤苦伶仃吗？你，我的主人，尚且恨我，那我还能从你的同类中得到什么希望呢？"

怪物对主人的反抗进一步扩展到对整个社会不公的反抗和揭露。在小说的第十四章，怪物通过自己的所见所闻，揭露了统治阶级对人民的宗教迫害。怪物在森林中栖身时，偶然发现了被法国政府流放到此的德拉西一家。这家人被流放的原因是帮助了土耳其姑娘萨菲的父亲越狱。原来，萨菲的父亲在巴黎经商期间，因宗教信仰不同而被法国政府逮捕入狱，并被判处死刑。法国政府草菅人命的行径使整个巴黎群情激愤。德拉西的儿子费利克斯得悉此事后义愤填膺。他几经周折，在父亲和妹妹的帮助下终于将萨菲父亲营救出狱。事发后，德拉西一家财产被抄，并被永远逐出法国。萨菲与德拉西两家人的不幸遭遇激起了怪物对他们的深切同情，他痛恨这种“闻所未闻的迫害”，这种可悲的“人间罪恶”。

在揭露统治阶级草菅人命的罪行的同时，怪物还揭露了他们对劳动人民的经济剥削。怪物发现，德拉西一家租种别人的一块土地，生活十分艰难。为了贴补家用，老人常打发儿子外出帮工。即便如此，他们仍然食不果腹，在饥饿中苦度时日。正如怪物所说：“他们经常要忍受饥饿的痛苦煎熬，而那两个年轻人就更是如此。他们常将食物放到老人面前，而没给自己留下一点吃的。”怪物对社会财富分配不公深恶痛绝，他愤怒地指出，在这样的社会里，如果你没有地位和财富，你就会被看成是“流浪汉和奴隶，注定要为少数上帝的特选子民徒然卖命”。

怪物对主人及整个社会不公的反抗，不仅深刻揭露了一七九〇年前后英国黑暗的社会现实，而且反映了当时英国思想政治战线上一场激烈的大论战。以辉格党人埃德蒙·伯克为代表的政客恣意攻击法国大革命，哀叹反动王朝的垮台，将革命党人斥责为食人肉的妖魔鬼怪。为了反击伯克的谬论，著名激进派政论家托马斯·佩恩在《人的权利》(*The Rights of Man*, 1791）一书中尖锐地指出，任何不为人民的自由和幸福谋利益的政府都必须被推翻。他号召人民起来革命，彻底摧毁魔鬼般的贵族阶级。威廉·戈德温及玛丽·沃斯通克拉夫特等其他著名激进派政论家亦纷纷著书撰文，抨击法国政府的倒行逆施和上层统治阶级的腐败堕落，强调要以暴力推翻反动的统治阶级。《弗兰肯斯坦》的反叛主题正是呼应了当时那场以压迫与反压迫为中心的大论战。

小说的最后几章主要描写了怪物与主人维克托之间复仇与反复仇的生死斗争，从而进一步深化了小说的反叛主题。怪物在长期遭受孤独和遗弃之后，要求维克托为他制造一个异性同类以伴余生，并保证他们将远离人类文明，去南美的荒原中安家落户，这再次表现他对情与爱的渴望。然而，这样一个合情合理的要求却遭到维克托的无情拒绝。他担心，如果雌雄两怪物繁衍出整个一代怪物，起而造反，那后果将是不堪设想的。怪物最后一线希望破灭了，他忿忿不平地呼喊道："每个男人都可以娶个老婆搂在怀里，连畜生都可以成双成对，难道要我打光棍不成？"

此后，怪物怀着一腔怨恨，将维克托引至北极。这时，维克托已是奄奄一息，最终在严寒疲惫中死去。怪物闻讯后，向北极探险家沃尔顿重申了自己反抗主人的缘由，随后跃入海中，消失在远方茫茫的黑夜里。

在这篇小说中，玛丽·雪莱塑造了一个反叛的怪物形象。他虽然面目丑陋，但勇敢机智，颇具爱心。他生来受到主人的冷淡和遗弃，因而遭受许多不公平的待遇，但他仍然关心和同情处于社会底层的劳苦大众，为他们的不幸遭遇鸣不平。他敢于抨击社会的不公，揭露统治阶级鱼肉人民的罪恶；同时，他敢于反叛自己无情的主人，为获得社会的承认，人类的爱和同情而抗争。小说这一反叛主题真实地反映了十八世纪末英法等国正义与非正义，被压迫者与压迫者之间的矛盾斗争。虽然玛丽·雪莱后来放弃了她的激进的民主思想，但她在《弗兰肯斯坦》中所表现的反叛精神却鼓舞了当时人们争取民主自由的斗争，在英国文学史上写下了辉煌的一页。

刘新民

作者导言

规范小说的出版商们将《弗兰肯斯坦》一书列入他们的出版系列，并希望我向他们提供故事的有关来源。我很愿意满足他们的要求，因为我可以借此机会概略地回答一个人们经常向我提出的问题——当时作为一个年轻姑娘的我，怎会想到如此可怕的事情，并将它描写得如此详尽？当然，我很不愿意将自己对这一问题的解释付梓，但是，我的解释只作为过去一部作品的附言而发表①，我要谈的内容仅限于那些与我作者身份有关的问题，别无其他，因此，我就无需指责自己将个人看法强加于人。

我的父母双亲都是文坛名流②，作为他们的女儿，我很早便萌发了写作的念头，这并不是什么了不起的事。还是在孩提时代，我便开始写写画画了。在父母让我娱乐玩耍的时间里，我非常喜欢的消遣便是“写故事”。不过，最使我感到快乐的还是建造空中楼阁——即做白日梦，凭空想象，紧紧追逐自己连续不断的思绪，根据其具体内容形成一连串虚构的事件。我的想象比我的故事更离奇，也更令人快乐。就写故事而言，我总是依样画葫芦，竭力模仿别人的作品——如法炮制，而不是根据自己的想法去写。我写的故事，读者至少还有一人，那就是我童年的伙伴和朋友；而我那些空泛的遐想则完全属于我自己，从不向他人谈及。当我郁闷烦恼时，如梦的遐想给我以慰藉；而当我无忧无虑时，它们又给我以无穷的快乐。

我的童年时代主要是在乡村度过的，后来我又在苏格兰住了很长一段时间。虽然我有时也去一些风景胜地游玩，但我仍然常住在泰河北岸，它是紧靠丹迪③的一块沉寂荒凉的不毛之地。我现在回想往事，把那地方称为沉寂荒凉的不毛之地，可我当时并不这么认为。那时它是自由之土，欢乐之地；因为在那儿，不受注意的我可以与我想象中的生灵交流。我那时已开始写作，但就风格而言并无独特之处。后来，就在我家庭院的树下，抑或是在附近寸草不生的荒凉山坡上，我的想象力像插上了鸟儿的翅膀在空中飞翔，于是，我的真正的创作开始起步和发展。我没有把自己写成故事里的女主人公，因为生活对于我来说实在太平淡无奇了。我根本无法想象，那些富有浪漫色彩的悲欢离合，那些令人惊叹的世事经历会让我碰上。当然，我并没有把自己局限在个人的小圈子里，而是充分利用工作时间，创造了许许多多文学形象。按我当时的年龄，我觉得这些文学形象要比我自己生活中的感受有趣得多。

打那以后，生活琐事多了起来，我总是忙于应付现实问题而无暇顾及文学创作。然而我丈夫从一开始便非常着急，极力希望我跻身于名人的行列，以不辜负我父母的声誉。他总是激励我，要我在文坛上一举成名。虽然我后来对成名成家极为淡泊，可当时连我自己对它也看得很重。在此期间，丈夫希望我写点东西出

---

① 《弗兰肯斯坦》于1818年正式出版，共分三卷；后于1823年和1831年又出过两个版本，目前通行的是1831年的版本。

② 威廉·戈德温及玛丽·沃斯通克拉夫特两人均为当时著名的文学家、政论家。

③ 丹迪为苏格兰东部一港市。

来，他倒不是想看我能否写出引人注目的作品，而是要看我有无发展前途，今后能否写出更好的作品。然而，我还是什么也没写。外出旅游和照顾家庭占据了我很多时间；此外，还有学习，其形式为阅读文学作品，或与丈夫交流以使自己的看法更加完善，因为他的思想远比我敏锐、深邃。这种学习便是我当时专心从事的文学活动。

一八一六年夏天，我们访问了瑞士，并成了拜伦的邻居。起初，我们三人或在湖上荡舟，或在岸边漫步，大家玩得不亦乐乎。当时拜伦正在创作《恰尔德·哈罗尔德游记》的第三章，他是我们三人中唯一将思想付诸文字的人。他把所写的诗篇相继拿给我们看；我们发现，大凡诗歌中的火花灵光，韵律的和谐悦耳尽在他这些诗歌中了。他的诗篇似乎表明，天国与人间的荣光是非凡而神圣的；而我们和诗人都被这种荣光所感化了。

可是，那年夏天雨水甚多，令人生厌；连绵的阴雨往往把我们困在家中达数日之久。我们手边有几本从德文译成法文的书，写的都是些鬼故事，其中一本是《负心郎的恋爱史》。书里的那个男人曾向自己的新娘发誓诅咒不变心，当他拥抱她时，发现自己搂着的却是一个面色惨白的女鬼——原来，一个曾遭他遗弃的女人此刻变成了女鬼。还有一本书，讲的是一个罪孽深重的家族缔造者，他的命运十分可悲——他的家族已注定灭亡，他不得不在几个年幼的儿子长到充满希望的年龄时，将死亡之吻赐予他们。半夜时分，他那巨大的影子出现了。只见他全副武装，除面罩朝上掀开外，活像《哈姆雷特》中的鬼影。在忽明忽暗的月光下，他沿昏暗的大街缓缓走着，最后消失在他宅院围墙下的阴影里；

少顷，一扇大门洞开，随即传来脚步声，卧房的门开了。他走到孩子们的床前，见他们蜷着身子，睡得正甜。望着自己青春年少的孩子们，他不禁黯然神伤，脸上流露出无尽的悲哀。他弯下腰亲吻他们的额头，孩子们顿时像被摘下的花朵凋残消亡了。我后来再没看过这些故事，然而我对故事的情节却仍然记忆犹新，仿佛昨天刚刚读过一样。

“我们每个人都来写个鬼的故事，”拜伦说道。他的提议得到大家的一致赞同。我们共有四个人①，这位赫赫有名的大作家开始写了一个故事，其中的部分情节后来被他附印在他的长诗《默泽珀》的末尾。雪莱比较善于以鲜明生动、光彩照人的各种形象以及美化我们语言的最为和谐的诗歌来表达他的思想和情感，而不太善于构思故事的人物和情节。于是，他根据自己童年时的一段经历动笔写了一个故事。可怜的波利多里想出的故事很恐怖：一个髑髅头女人透过钥匙孔偷看——偷看什么我忘了，但肯定是什么粗俗低级的事情——可是当波利多里将髑髅头女人的下场写得比大名鼎鼎的考文垂的汤姆②还要凄惨时，他一时不知如何写下去，便不得已将那女人打发到卡普莱特家③的墓穴中去了——这是唯一适合她去的地方。两位蜚声文坛的诗人竟也感到写故事单

---

① 拜伦，雪莱夫妇及拜伦的私人医生约翰·威廉·波利多里。

② 汤姆是戈戴弗夫人传说中的一个人物。戈戴弗夫人为11世纪时考文垂（英国一港市）的著名美人，心地善良，乐善好施。她要求丈夫利奥弗里克伯爵减免当地百姓的税收，并根据丈夫提出的条件，赤身裸体骑马通过街市。其时，全城百姓均按指令待在家中，无一窥视，唯有汤姆违抗指令，偷看戈戴弗夫人，结果双目失明。

③ 这里指莎士比亚《罗密欧与朱丽叶》一剧中，罗密欧与朱丽叶自杀身亡的墓穴。

调乏味，心中郁闷于是很快半途搁笔，不再去写那不合他们胃口的故事了。

我紧张地思索着，试图**想出一个故事**——这个故事必须与前人写的故事同样精彩，同样能激发我们去写新的故事；它必须迎合人本性中那份莫名的恐惧心理，从而引起人们极度的恐惧感——这个故事要让读者吓得不敢左右旁顾，吓得他们心惊肉跳，面如土色。如果我的故事不能达到这些要求，那它就名不符实，不配叫鬼故事。我绞尽脑汁冥思苦想，可一无所获。众人心焦如焚，盼望故事的出现，可等来的只是“没有”这个索然无味的字眼。每当这时，我就感到自己才疏笔拙，创作无能——作家之不幸莫过于此了。“你有没有把故事想出来？”大家每日上午都这样问我，而我每次都不得不回答说没有。这真令人无地自容。

桑切[①]曾经说过，万事皆有开头时；而事情的开头又必然与其前面的事情相联系。印度人曾给这个世界带来一头大象以助其一臂之力，可他们却让大象站在一只乌龟上。我们必须老老实实地承认，发明创造是在混乱无序中诞生的，而决不会在虚无空白中产生。发明者必须首先具备各种物质材料，因为发明创造可以使模糊无形的物质呈现某种形状，但它不能创造物质本身。搞任何发明创造，甚至包括那些想象中的发明创造，我们必须时刻牢记哥伦布和鸡蛋的故事[②]。发明创造的先决条件在于一个人能否把

---

① 塞万提斯的小说《堂吉诃德》中的人物，以言辞富有哲理而著称。

② 据传，西班牙一大臣曾对哥伦布声称，其他人也能发现新大陆。哥伦布便向众大臣提出挑战，要求他们将鸡蛋直立于桌上。见无人成功，他便将鸡蛋一头往桌面一敲，蛋壳碎裂后鸡蛋遂直立起来。

握某事物潜在的作用，能否形成并完善与该事物有关的设想。

拜伦和雪莱多次进行长谈，在他们交谈时，我只是一个虔诚的听者，几乎一言不发。有一次，他们讨论了各种学说观点，其中一点便是生命起源的本质，以及能否发现这一本质以创造生命。他们讨论了达尔文博士[①]的实验（我并不是说博士先生真的做了这些实验，我以前也没这样说过；我只是说，当时人们曾传说他做过这些实验。我这样说也许更能表达我的意思）。他将一段细面条放置于一个玻璃容器中，直至它以某种特殊方式开始作自发运动。然而，这样做并不能创造生命。也许一具尸体可以死而复生，电疗法已显示出这类事情成功的可能性；也许一个生命体的各组成部分可以制造出来，再将它们组合在一起，赋予其生命，使之成为温暖之躯。

两人侃侃而谈，不知不觉夜已深了；等我们休息时已过半夜。我躺在床上无法入睡，也不能说我在思考，因为突如其来的想象力攫住了我，指引着我，使我的脑海里涌现出一连串的形象，这些形象之鲜明生动，远非普通思维所及。我闭着眼睛，脑海里浮现出清晰醒豁的形象。我看到一个面色苍白、专攻邪术的学生跪在一具已组合好的人体旁边；看到一个极端丑陋可怕的幽灵般的男人四仰八叉地躺在地上。少顷，在某种强大的机械作用下，只见这具人体不自然地、无精打采地动了动。他活了。这情景一定会使人毛骨悚然，因为任何嘲弄造物主伟大的造物机制的企图，其结果都是十分可怕的。这一成功会使这位邪术专家胆寒，他惊

① 伊拉兹马斯·达尔文（1731—1802），英国著名进化论创立者查尔斯·达尔文的祖父。

恐万分，扔下自己亲手制作的丑八怪，撒腿逃跑。他希望自己亲手注入那丑八怪体内的一丝生气会因其遭到遗弃而灭绝；尚处于半死不活状态中的丑八怪便会因此而一命呜呼。这样一来，他便可以高枕无忧了。虽然他曾把这具丑恶的躯体视为生命的摇篮，然而他相信，坟墓中死一般的沉寂将永远为它短暂的生命画上句号。他睡着了，却又从睡梦中惊醒。他睁开双眼，发现那可怕的东西就站在自己床前，只见他掀开床帘，睁着水汪汪的黄眼睛好奇地注视着他。

我吓得睁开双眼，刚才的情景占据了我整个头脑，一阵强烈的恐惧感不禁油然而生。我真希望眼前的现实能驱走我想象中的怪物。我仍然能看见眼前的一切：这房间，这深色的橡木地板，那关闭的百叶窗，以及透过窗户隙缝投射进来的月光；我也分明知道不远处就是明镜般的大湖和白雪皑皑、高耸入云的阿尔卑斯山，然而，我却很难摆脱眼前这个可怕的幻影；它仍然死死地缠着我，驱之不去。我得想点什么别的才行，于是我又想起了自己要写的鬼故事——这讨厌的鬼故事真不走运！唉！要是我能写出让读者像我这天晚上一样害怕的故事那该多好！

突然，一个令人振奋的念头如闪电般从我脑际掠过。“有了！它既然能吓着我，就能吓着别人，只要能把半夜纠缠我的暗鬼写出来不就成了。”次日一早，我便对众人宣布说，我已经**想出了一个故事**。我当天便动笔写起来，开头一句是“那是十一月一个阴沉的夜晚”。我所写的只是我想象中的那些可憎可怖的情景。

起初，我只写了几页，不过是个小故事而已，可雪莱硬要我开拓思路，加大篇幅。当然，我丈夫并未就故事中的任何情节提出什么建议，也很少谈过他自己的感想和见解；但是，如果没有他当时的鼓励，我的故事绝无可能以书的形式奉献给世人。我这么说并不包括小说的原序，根据我的回忆，该序完全为他一人所作。

现在，我就再次让我这丑陋可怕的孩子走到读者中去，愿它一帆风顺，万事如意。我非常爱它，因为它降生在幸福快乐的日子里；那时，死亡和悲哀只是虚幻之词，并未在我心中引起任何真正的共鸣。此书以数页篇幅记录了我们多少次散步，多少次驾车，多少次促膝谈心的情景。那时的我有丈夫陪伴，并不孤独，可在这个世界上，我已永远不能与他见面了。当然，这只是我个人的心情，与读者无涉。

我想再提一下小说修改的情况。我主要是对小说的语言作了一些润色，而并未改动小说的情节，也未增添任何新的内容。我修改了其中一些枯燥的语句，以免影响故事的趣味性。这些改动之处几乎都出现在第一卷的开头，并自始至终都限制在小说的附带部分，而其主要情节和内容均未作任何增删。

1831 年 10 月 15 日

于伦敦

原　序[①]

达尔文博士及德国的一些生理学著作者们曾经认为，构成这部小说的事件，并非完全不可思议。可人们不能因此而认为我真的会相信这种虚构的事件——我根本不相信；但是，将它作为一部虚构作品的根据，我并不认为自己纯粹是在编造一系列光怪陆离的恐怖情节。这篇故事的趣味性所依赖的主要情节摆脱了一般鬼怪或魔法故事的种种瑕疵，并以其逐渐展开的新奇的场面而为人们所称道；再者，尽管这不是一件真实发生的事情，但无论如何，它都为人的想象力提供了一个新的视角，而这一视角比现存事物一般关系中的任何观察角度都能更为全面地、高屋建瓴地描绘人类的激情。

有鉴于此，我一方面大胆创新，组合更完美的人性，另一方面则尽力保存了人类本性的基本要义。希腊悲剧史诗《伊利亚特》、莎士比亚的《暴风雨》和《仲夏夜之梦》，尤其是弥尔顿的《失乐园》，均遵循这一原则；即便是最卑微的小说家，只要他想借自己的辛勤创作娱人或自娱，他都会老老实实地将一种自由而奔放不羁的手法，或者更准确地说，将文学创作中的一个基本准则运用到小说创作中来。诗歌这一领域，采用了这种不拘一格的创作手法，因而涌现出多少华美无比的逸品佳作，从而细致入微地表达了人类复杂的情感。

我这篇故事的场景是在一次闲谈中提及的。开始谈起这个话题是为了娱乐助兴，同时也权当练一练大脑中那些尚未检测过的才情智慧。除此以外，在小说的创作过程中，又融会进了其他一些动机。这部小说所涉及的人物及其情感所表现出的道德倾向，会以何种方式影响读者，我当然不会等闲视之，但在这方面，我主要关心的问题是：如何避免现今小说感染力的日益削弱，如何表现父母之爱、手足之情的温馨亲切，以及人类美德之高尚可贵。小说中主人公的性格和境遇自然会引起人们的评说，但这些意见决不可认为是我个人固有的信念，也不应该认为，从下面这部小说推出的某种合乎情理的论断损害了任何一种哲学理论。

这部小说还有一层使作者感兴趣的理由——故事发端于那个景色壮丽的地区，而这一地区亦是小说主要场景之所在，而且当时陪伴我的几位友人[②]亦令我时时惦念，永生难忘。一八一六年，我在日内瓦的郊外度夏。那年夏季，天气清冷，阴雨连绵；傍晚时分，我们便围坐在熊熊燃烧的篝火旁，有时便以手头几本恰有的日耳曼鬼怪故事书消遣自娱。这些鬼怪故事激发了我们的模仿欲也想依样画葫芦嬉戏一番。我的两位好友（假如他们中哪一位能写篇故事，其受公众欢迎的程度必将远远超过我所希望创作的任何东西。）和我约定，每人根据某件神奇怪异的事情各写一篇故事。

然而，天气陡然放晴，我那两位朋友离开我去阿尔卑斯山中

① 此序系雪莱所作。

② 指拜伦、雪莱和拜伦的私人医生波利多里。

游玩。他们置身于雄伟壮丽的景色之中，便将脑子里的鬼怪幻象全部抛到九霄云外去了。下面这个故事乃是唯一得以完稿的故事。

1817 年 9 月于马洛

弗兰肯斯坦

致英格兰的萨维尔夫人的第一封信

你曾认为我这次外出凶多吉少，但在我出发之际，我并未遭遇任何劫难。获悉这一消息，你一定备感欣悦。我于昨日抵达这里后，首先要做的事就是让我亲爱的姐姐放心，我一切均好，而且对这次任务的完成信心倍增。

我此刻在远离伦敦的北方，走在圣彼得堡[①]的街头。寒冷的北风吹拂着我的面颊，使我精神抖擞，心中充满了喜悦。我此时的心情你能理解吗？这阵阵朔风发源于我正要前往的那个地区，它让我预先体验一下那一带天寒地冻的滋味。它是希望之风，给我以灵感，使我脑海里的幻想变得愈发强烈，愈发鲜明。我试图让自己相信：北极乃苦寒荒寂之地，但无济于事，因为在我的想象之中，北极永远是一方秀美之地，欢乐之土。玛格丽特[②]，那儿的太阳是永远不落的，它那硕大的轮盘拱卫着地平线，迸射出永恒的光辉。在那儿——我的姐姐，请允许我对以前的航海家们表示几分信赖之情——在那儿，冰雪和霜冻已荡然无存；在风平浪静的海洋上扬帆远航，我们说不定会随风漂流到一处仙乡佳境，那儿神奇的风光，美丽的景致，胜过迄今为止人类生息的地球上所发现的任何地区。在这块宝地上，物产奇特，地形瑰异，可谓闻所未闻；此与天体征象之怪诞和无从探索，自有异曲同工之妙。在这个日辉恒久之地，什么样的奇观异象不会出现呢？或许我会在那儿发现吸引铁针的神奇力量，还有可能理顺数以千计的天文观察资料——只要我作这次远航，便能一劳永逸地将这些看起来扑朔迷离的资料整理得井井有条。我那强烈的好奇心将得到满足，因为我将亲眼看一看世间这个渺无人迹的地方，而且还要亲自踏上这块以前无人涉足的土地。这一切都令我心驰神往，足以克服我对危险和死亡的任何恐惧心理，并激励我踏上这艰难困苦的航程。我就像个孩子一样，美滋滋地与其他度假的小伙伴们登上一叶小舟，沿家乡的一条河流扬帆远航，去探索世间的奥秘。退一步说，即便所有这些猜测都虚妄不实，我也将在北极附近探明一条通往那些国家的航线，而目前去那些国家所需时间长达数月之久；或许我还会发现磁场的秘密，倘真有可能揭示这一秘密，那就非得进行我这样的一次航行不可。总之，我将给全人类，乃至千秋万代带来不可估量的恩惠，这一点你是不会持有异议的。

这些想法驱散了我提笔写信时紧张不安的情绪，心头不由热乎乎的，油然生起一股激情，它仿佛使我腾云而起，飞向苍穹。树立坚定不移的目标最能镇定人的情绪，这是任何力量都无法比拟的，因为人的灵魂会将它智慧的眼神凝聚到目标这一点上。这次探险活动是我孩提时代梦寐以求的事。有关航海家们经北极附近的海域驶入北太平洋的各种航行资料，我都如饥似渴地阅读过了。也许你还记得吧，我们的好叔叔托马斯的图书室里，全是些记载各种海上探险的书籍。那时我的学业荒废了，但我酷爱阅读这些书籍。我夜以继日地一卷卷地读着，可随着对书中内容的熟

---

① 俄罗斯一城市。

② 即萨维尔夫人。

悉，我心中的那份遗憾也与日俱增——那时我还是个孩子，当我听说父亲临终前留下遗言，不允许我叔叔让我去海上闯荡生活时，我心中便产生了这份遗憾之情。

当我第一次仔细阅读一些诗人的作品时，我的这些梦幻便开始消退，因为诗人们那奔涌宣泄的激情使我如痴如醉，将我的灵魂送至青青云天。我后来也成了一名诗人，在自己开创的天国乐园里整整生活了一年的时间。我想象着自己也能在那座献祭荷马与莎士比亚的圣殿中占有一席之地。可你十分清楚，我未能如愿，沮丧的心情沉重地压在我的心头。就在这时，我继承了我堂兄的遗产，于是，我的思想又转入了原先的轨道。

还是在六年前，我就下定决心要作现在这次探险。甚至现在我还记得自己立志献身于这一伟大事业的那个时刻。我首先磨炼筋骨，使自己的身体适应艰苦的环境。我曾数次随捕鲸船赴北海捕鲸，我心甘情愿地忍受严寒、饥饿、干渴和睡眠不足的折磨。我白天干活比一般水手还要卖力；每到夜晚，我便学习数学、医学理论，以及自然科学中那些对海上探险者最为实用的学科。我曾两次在一艘格陵兰的捕鲸船上真的充任了二副这一职务，并干得相当出色，受到众人的赞扬。船长又让我在他手下干大副，还极其诚恳地留我与他一起干。我必须承认，我当时的确有点得意洋洋，因为船长如此看重我的工作。

现在，亲爱的玛格丽特，难道我不应该去成就一番伟大的事业吗？我这一生本可以在安逸和奢华中度过，但我更看重荣誉，而对财富在我的人生道路上设置的种种诱惑无动于衷。唉，如果有人能用赞许的口气鼓励我，那该多好啊！我无所畏惧，意志坚定，但我心中对成功的希冀时强时弱，心情也常感压抑。我很快就要踏上一段艰苦而漫长的航程，途中将会遇到各种不测，这就要求我必须坚韧不拔，刚毅顽强。我不仅要激励其他人的士气，而且还要在他们情绪低落时为自己鼓劲。

眼下是俄罗斯最好的旅游季节，游客们乘坐雪橇在雪地上疾驰。那飞速滑行的感觉真令人惬意，在我看来，比在英国坐公共马车舒服多了。如果穿上皮大衣，这儿的严寒还能抵挡得住——这种皮衣我也穿上了，因为过去在甲板上可以来回走动，而现在得连续几小时一动不动地坐在雪橇上，情况则大不相同，根本无法借运动来舒筋活血。我可不想逞强好胜，在圣彼得堡与阿克安吉尔间的驿路上把命给搭上。

我将于两三个星期后启程去阿克安吉尔，打算在那儿租一条船——这事很容易办到，只要替船主付一笔保险金就行了；然后再从一贯从事捕鲸业的人中雇请足够的水手，以应工作之需。我打算到明年六月才起航，至于我何时归来，唉，亲爱的姐姐，我该怎么回答这个问题呢？如果我马到成功，那得过好几个月，甚至好几年我们才能见面；如果我此行失败，你不久便会再见到我，要不就永远也见不到我了。

再见了，我亲爱的，出类拔萃的玛格丽特，愿上苍降福于你，也保佑我，好让我不断向你的爱心和关切表示我的一片感激之情。

你亲爱的弟弟

罗·沃尔顿

17×× 年 12 月 11 日于圣彼得堡

致英格兰的萨维尔夫人的第二封信

我被围困在这儿的冰雪霜冻之中，时间过得多慢啊！但我在自己远航探险的征途上仍然迈出了第二步：我已经租好了一条船，正忙着招募水手；而那些已经接受雇请的船员看来都是可以信赖的，他们显然都是些胆大如斗的骁勇硬汉。

然而，我有一个需求至今未能满足；若不能获得我之所需，那将是我一辈子最大的不幸——我没有朋友。玛格丽特，当我事业有成，激情满怀之时，无人与我分享喜悦；倘若我遭受失望的袭击，同样没有人会尽力鼓励我从消沉中振作起来。当然，我会把我的心绪诉诸笔端，但对于情感交流来说，这的确是一种较逊色的表达方式。我渴望有一个兄弟般的知己朋友，他能同情我，与我披心相见，肝胆相照。亲爱的姐姐，也许你会认为我太浪漫了，但我没有朋友，这的确是我的切肤之痛。在我身边找不到一个与我情趣相投，能支持，或改进我的远航计划的朋友——一个文雅而有胆识，心胸开阔而且素养颇深的知音。你可怜的弟弟多么渴望这样一位朋友来帮他补偏救弊啊！我办事急于求成，遇到困难还烦闷焦躁，然而，更糟糕的是我无人指点，完全靠自学成才。在我十四岁以前，我整天在旷野田头胡乱游荡，除了托马斯叔叔那些有关航海的书籍外，我什么书也没读过。十四岁那年，我读了一些我国著名诗人的作品；后来我又意识到，除了本国语言外，还有必要学习其他语言，可这时我已是心有余而力不足，无法从这一信念中获得最为宝贵的裨益了。我现在已二十八岁，可实际上我比许多十五岁的学童还要无知。不错，我的思想比他们更丰富，我的幻想就内容来说也更广泛而绚丽，但是，用画家的术语来说，我的那些幻想还缺乏“和谐”。我非常需要这样一位朋友，他通情达理，不因为我好幻想不切实际就鄙视我，而是对我满腔热情，竭力帮助我调整我的思绪。

嗨，抱怨叫苦无济于事；将来到了那茫无涯际的大海上，我根本无法寻得知己；即便在这阿克安吉尔城，我也不可能在商人和海员中找到任何朋友。然而，在他们那粗犷豪放的心胸里，同样荡漾着某些情感，而这些情感与人性的渣滓决不可同日而语。就拿我的副手来说吧，他是个天不怕，地不怕的汉子，而且具有很强的事业心，对荣誉的渴求简直到了痴狂的地步，说得更形象一些，他巴不得干出一番事业，好步步高升。他是个英国人，虽然对某些民族和职业抱有偏见，而且这些偏见并未因他所受到的教养而淡化，但他身上仍然保留了人类某些最崇高的情操。我起初是在一艘捕鲸船上结识他的；当时我了解到他在本市尚未找到工作，没费任何口舌就将他雇来协助我的事业了。

船长是个脾气极好的人，他待人彬彬有礼，从不严厉惩罚船员，因而在这条船上颇负盛誉。除了他待人谦和以外，他还以勇敢、为人正直而著称。当初我就是因为他的这些品质才很想请他来工作的。我原本是个在孤独的环境中长大的青年，我最美好的岁月是在你女性温柔的哺育下度过的。那段岁月从根本上造就了我文雅善良的性格，因而我对船上司空见惯的野蛮行为深恶痛绝，无法容忍。我一贯认为这种做法是没有必要的。当时，我听说有这么一位远近闻名的船长，待人宽厚，船员对他也非常敬重，都愿意听从他的指挥，我就想，如能将这么一位船长招募过来为我所用，那实在是再幸运不过的事了。我第一次听人说起他时，觉得他还挺浪漫的。一位女士对我说，她一生的幸福全亏了这位船长。这件事简单说来是这样的：几年前，船长曾热恋过俄罗斯一位小户人家的姑娘。当他积攒了一笔可观的捕鱼赏金后，姑娘的父亲便同意了这桩婚事。在他俩预定的婚期之前，他同那姑娘见了一面，可当时那姑娘哭成个泪人，噗通一声跪在船长面前，哀求他高抬贵手，同时向船长坦白，她另有所爱，只是因为那人家境贫寒，她父亲决不会同意他俩结婚。我这位宽宏大量的朋友要姑娘放心，并在听说了她恋人的名字后，随即放弃了这桩婚事。船长原已用钱购置了一座农场，并打算在那儿度过自己的后半辈子，可他却将整座农场送给了自己的情敌，还用余下的赏钱为他购买牲口。随后，他又恳求姑娘的父亲同意姑娘与她的意中人结婚。可这位老人一口回绝，认为自己必须对我的朋友信守诺言。船长发现姑娘的父亲执意不允，便离境出国，直到后来听说那位他曾经爱过的姑娘如愿以偿，与意中人结了婚，他才返回家园。你一定会感叹道："他真是个品德高尚的人！"他确实如此，可他却是个没有受过任何教育的人，他与土耳其人一样沉默寡言，举止言谈中透出一种蒙昧无知，漫不经心的样子，这使他高尚的人品显得更令人惊异，再说，如果不是他的缺陷，他本应受到人们更多的关切和同情。

然而，不要因为我抱怨了几句，或者因为我在为无法预料的艰难困苦寻求安慰，你就认为我的决心动摇了。我的决心犹如宿命一般，早已注定决不动摇。我只是暂时推迟行期，一俟气候许可，我便立即起程。这儿冬季的气候十分险恶，但春天大有希望，而且大家认为这里的春天来得特别早，所以我的起程日期可能会比原先预计的要早一些。我决不会贸然行事；你对我十分了解，相信我无论何时，只要他人生死存亡系于我一身，我一定会小心谨慎，替他人着想的。

我这次的探险行动即将开始，我此时的心情无法用语言向你描述。在踏上征途之际，我的心在颤抖——既欣喜，又恐惧，这种感受难以言传。我即将去的是一个无人探索过的地区，一块"霜雪雾霭"之地；但我决不会捕杀信天翁，因此，你不必为我的安全担惊受怕，如果我回到你身边时像"老水手"①那样形容枯槁，愁眉不展，你也不必为我担忧。你准会笑话我引用了这个典故，不过我想对你袒露我心中的一个秘密。我对凶险而神秘莫测的大海十分眷恋，对它怀有极大的热情，而我常常认为，我之所以如此，是因为最富想象力的现代派诗人影响了我。在我的心灵深处，常有一股力量在涌动，而我对它却茫然不解。我一贯注重实际，勤奋刻苦（或者说任劳任怨），就像一个在工作中坚韧不拔、不辞劳瘁的工匠。不仅如此，我对那些令人惊叹的事物情有独钟，抱有一种信念；这种眷恋和信念交织融会在我的全部工作中，促使我舍弃常人所走之路，另辟蹊径，甚至要去波涛汹涌的

---

① 老水手是长篇幻想叙事诗《古舟子咏》中的主要人物，作者为英国19世纪早期著名浪漫派诗人柯尔律治。该诗叙写了一位老水手在海上航行时用箭射杀了一只信天翁，因而给他本人及其他水手带来一系列厄运。

大海，探索我即将前往的无人涉足之地。

还是让我言归正传说说知心话，听起来要更亲切些。待我横越苍茫的大海，从非洲或美洲最南端的海峡归来时，你我再相见如何？此举能否成功，我不敢奢望，但如果事与愿违，我是无法忍受的。请你现在利用一切机会继续给我写信，我有可能在最需要精神支持的时候收到你的来信。我爱你，温柔地爱着你；万一你以后再也收不到我的来信，愿你将我深深地铭记心中。

你亲爱的弟弟

罗伯特·沃尔顿

17×× 年 3 月 28 日于阿克安吉尔

致英格兰的萨维尔夫人的第三封信

亲爱的姐姐：

我匆忙中写上寥寥数语，告知你我一切安好；同时告诉你，我们在海上已航行很远了。此信将由一艘英国商船捎回国内，这艘船已离开阿克安吉尔，眼下正在返英途中。它自然比我幸运，因为我也许数年不能再见故乡。不过，我目前精神状态很好，手下的人个个骁勇强悍，显然意志都很坚定。海上大片的浮冰接连不断地从我们船边掠过，预示着我们正开赴的那个地带危机四伏；即便如此，他们也面无惧色。我们已行至一个纬度很高的地区，不过眼下正值盛夏，我们乘着阵阵南风，向我望眼欲穿的彼岸扬帆疾驶。和英国的南风相比，这儿的南风虽不那么温煦宜人，可也透出融融暖意，令人神清目爽，这倒是我意想不到的。

迄今为止，我们尚未遇到任何值得在信中写上一番的意外事件。有时海面突然刮起零星几阵狂风，或是偶尔出现船身漏水，这些情况对于一个经验丰富的航海家来说，几乎不屑一顾，不会将它们记录在案。只要我们航行途中不发生更为糟糕的情况，我也就心满意足了。

再见了，亲爱的玛格丽特。请你放宽心，为了你，同时也为了我自己，我决不会鲁莽行事，胡乱冒险。我一定保持清醒的头脑，小心谨慎，同时保持百折不挠的意志。

尽管如此，我作出的种种努力，最终**必将**获得圆满成功。为什么不会呢？我已航行如此之远，在无人勘探过的大海上探索着一条安全可靠的水路。天上的群星将目睹我的成功，成为我胜利的见证。在尚未驯服但并不肆虐横行的自然力面前，为什么不继续前进呢？又有什么能阻挡人类坚不可摧的决心和不屈不挠的意志呢？

我这颗激动的心不由自主地喷涌出如此豪情壮志，但我必须就此搁笔。愿上苍保佑我亲爱的姐姐！

罗·沃

17×× 年 7 月 7 日

致英格兰的萨维尔夫人的第四封信

我们遇到了一件异常奇怪的事情，尽管很有可能在你收到我这几页信纸之前我们就见面了，但我还是忍不住要将它写下来。

上星期一（七月三十一日），我们几乎被海上浮冰困住。冰块从四面八方向我们围了过来，几乎没给我们的船留下容身之处。我们当时的处境相当危险；更糟糕的是，我们当时还被一场浓雾所笼罩，因此我们只好将船泊在原处，巴望天气和海面情况会有所好转。

大约两点钟时，雾霭消散了。我们放眼望去，只见四周海面全被起伏不平的浮冰所覆盖，无边无际，简直成了一片冰海。我的一些伙伴因为忧虑而唉声叹气起来，我也因心情焦虑而变得愈发警觉。正在这时，一幅怪异的景象引起了我们的注意，使我们暂时忘记了自己的处境。只见半英里开外处，几条狗拉着一辆上面固定了低矮车厢的雪橇朝北驶去。一个怪物坐在雪橇上赶着那几条狗，他体形像人，但身材异常巨大。我们透过望远镜注视着这个海上过客驾车疾驶，直至他消失在嶙峋起伏的冰洲之中。

这个怪物的出现使我们惊讶不已。我们本以为自己与任何陆地的距离都不下几百英里，但这个幽灵的出现，似乎表明我们离陆地事实上并不像我们原先估计的那么遥远。尽管我们刚才紧紧盯着那怪物行驶的路线，但由于我们被冰块所围困，根本无法尾

随追踪。

此事过后约摸两个小时，我们听到惊涛骇浪拍击海岸的咆哮声。夜幕降临之前，冰层破裂了，我们的船也随之被解了围。不过我们还是将船泊在原处，直至第二天早晨才起航，因为生怕撞上碎裂后四处漂浮游移的巨大冰块。我利用这段时间休息了几个小时。

第二天早晨，东方刚露出鱼肚白，我便登上甲板。这时，我发现所有的船员都聚集在船的一侧，似乎正忙着与海上的什么人说话。原来，昨天夜里一大块浮冰载着一辆雪橇漂到我们这里；那雪橇挺像我们先前见过的那辆，可是只剩下一条狗还活着。雪橇里还有个活人，水手们纷纷劝他上船来。这人和我们昨天看到的那个海上过客不同，并不是居住在某个未经发现的岛屿上的野蛮人，而是个欧洲人。见我走上甲板，船长便说道："这是我们头，他不会让你葬身在这片茫茫大海里的。"

陌生人见到我，便用英语——虽然夹带点外国口音——对我说道："在我上贵船之前，可否先告诉我你们驶往何方？"

你可以想象，当我听到一个已半死不活的人竟向我提出这样一个问题，我当时是多么惊讶。我本来认为，我们的船可以使他脱离险境，这，即便是地球上最名贵的稀世珍宝他也不会以此去交换。不过我还是回答了他，告诉他我们正开赴北极探险。

听我这么说，他才露出满意的神色，同意上船了。天哪！玛格丽特，他只是为了自己的安全才不得不屈尊上船的。如果你能亲眼见见这人，那你准会惊得目瞪口呆呢。他的四肢几乎都冻僵了，由于他吃苦受罪，疲惫不堪，他的身体已极度虚弱。我还从未见过有谁像他这样凄惨可怜。我们试着将他抬进船舱，可他一呼吸不到新鲜空气，便立即晕了过去。于是我们又将他抬回甲板上，用白兰地给他擦身，又给他硬灌了几口白兰地，他这才缓过点气来。他刚苏醒过来，我们又赶紧用毯子裹住他，将他抬到厨房炉子的烟囱旁边。他渐渐恢复了元气，喝了点汤，身体便好多了。

就这样一连过了两天，他才张口说话。我一直担心，他遭受如此磨难，恐怕早已丧失理解能力。在他的身体又有了些起色后，我便将他搬到我自己的舱室，只要不影响工作，我都尽量照料他。我从未见过有谁比他更有趣了。他的双眸常显出一种痴迷甚至狂乱的神色；但有的时候，如果谁帮了他点忙，或者为他做了件最微不足道的小事，他便会满脸放光，那慈眉善目、亲切可人的神色，我还真从未见过呢。然而，他也时常流露出悲伤绝望的神情，有时还咬牙切齿，似乎对压在自己心头的忧愁痛苦忍无可忍了。

待我的客人身体有所好转后，船员们便都想过来问这问那，向他提出一大堆问题，我好不容易才将这些人挡回去，因为他目前的身体状况显然需要完全静养才能恢复，我自然不会允许船员们以了无意义的好奇心去折磨他。然而有一次，我的副手向他提出了一个问题：为什么他要乘坐这样一辆怪异的雪橇车，打老远跑到这儿来呢？

他的脸上顿时显露出一副极为忧郁的神色。他回答说：“我要追踪一个从我身边逃跑的人。”

“你追的那个人也驾这种雪橇车？”

“是的。”

“如果是这样的话，我想我们见过那个人。在救你上船的前一天，我们曾看到几条狗拉了辆雪橇从冰上经过，上面还坐了一个男人。”

这番话引起了这位陌生人的注意，他对那个魔鬼——他是这么称呼的——所行驶的路线提了一连串的问题。过了一会儿，当只剩下他和我两人时，他说道：“我一定让你和那些好心的船员们感到好奇吧，不过你还是非常体谅我的，没有对我问这问那。”

“当然啦，如果我去烦你，打破砂锅问到底，那我就太无礼，太残忍了。”

“可是你把我从一个陌生而危险的环境中解救出来，你的仁慈善良救了我的性命。”

这话说过不久，他又问我是否认为冰层破裂时另外那架雪橇也随之完蛋了。我回答道，此事我无法肯定，因为冰层破裂时已近半夜，而那个冰上过客兴许会在此之前赶到某个安全地带；不过这一点我也无法肯定。

从这时起，陌生人衰弱的体内滋生出一股新的生命活力。他心急火燎，恨不得立即登上甲板，守候那架曾经出现过的雪橇。不过我还是说服他留在了船舱里，因为他毕竟太虚弱，根本抵御不了外面恶劣的气候。我同时向他保证，我会派人替他守候，一旦发现新的目标，便立即通知他。

以上就是迄今为止有关这桩怪事的记录。那位陌生人逐渐恢复了健康，但他总是寡言少语，除了我以外，其他任何人走进他的舱室，他都会显得紧张不安。然而，他待人谦恭随和，举止温文尔雅，水手们虽然很少与他交谈，但都很关心他。而我自己呢，也开始像兄弟般疼爱他。他终日陷入深深的悲哀之中，我的心里充满了对他的同情和怜悯。我想，在平静如意的生活中，他一定是个品行高尚的人，即便而今落到这般凄惨的境地，他仍然那样富有魅力，和蔼可亲。

亲爱的玛格丽特，我在以前给你的一封信中曾经说过，我根本不可能在这汪洋大海之上找到一个知己；然而，我还是遇到了这样一位，只要他挺得住，不在痛苦中消沉下去，我当然应该为自己觅得这样一位兄弟般的知心朋友而高兴。

有关这个陌生人的情况，如果以后还有什么新鲜事的话，我将继续写在我的航海日志中。

17×× 年 8 月 5 日

我对这位客人的感情与日俱增。他激起了我对他的钦佩，同时也牵动了我的怜悯之心，而我对他的这两种感情都达到了令人吃惊的地步。如果眼睁睁地看着这位高洁之士被痛苦压垮，我怎能不肝肠寸断，心如刀割？他是那样温文儒雅，聪颖贤明，他的思想又是那样深邃练达。他平时说话虽然字斟句酌，表达极为准确，但仍能口若悬河，流利畅达，显示出高超过人的雄辩之才。

他现在身体已大有好转，因此常常待在甲板上，显然是在守候他当时追踪的那辆雪橇。虽然他并不快乐，但也没有完全沉湎于自己的痛苦中。他常常兴致勃勃地讨论别人的计划，也常与我商谈我的探险方略。我毫无保留地将我的计划和盘托出，阐述我必将赢得最后胜利的种种理由，并详尽说明了我为获得这一胜利而已经采取的各种措施。他聚精会神地听我说着，赞许之情溢于言表。受他的情绪所感染，我很自然地便对他敞开心扉，倾吐我心中炽烈的情怀。我心潮澎湃，激动不已地向他表示：为了推进我的探险事业，我将不惜牺牲我个人的财产、生命，放弃自己的一切希望。为了换取我所探求的知识，为了征服自然这一人类的顽敌，并使子孙万代成为大自然的主人，我个人的生死安危是无足轻重的。我正说着，发现他的脸上布满了一层暗淡的愁云。我起初发现他竭力抑制自己的情绪，只见他用双手捂住眼睛，眼泪如雨帘般从他手指夹缝间流下，起伏的胸膛中发出一声哀鸣——这时，我的声音颤抖起来，只觉得喉头一阵哽噎，说不出话来……良久，他终于断断续续地说道：“不幸的人啊，你怎么也和我一样发疯了？难道你也喝了那种令人痴迷的蒙汗药吗？听我说——待我把我的遭遇说出来，你就会把你嘴边那只药杯砸个粉碎！”

你可以想象，他的这番话激起了我强烈的好奇心。然而，由于刚才突如其来的悲哀，陌生人这时已心力交瘁，虚弱不堪，必须休息好几个小时，并与别人平心静气地进行交谈才能恢复平和的心境。

他强使自己动荡不安的心情平静下来，似乎为刚才做了感情的俘虏而自惭。他摆脱了残酷折磨他的绝望的情绪，重新将话题引到我身上。他询问我早些年的经历——这个问题很快便谈完了，不过它倒勾起了我一连串的思绪。我谈到自己寻找知己的愿望——渴望觅得一位比我以前遇到的任何人更加贴心，并能与我志同道合的知心朋友；接着，我又表示了我的信念：一个人如果不能享有这份幸运，就别侈谈什么人生的幸福。

“我赞同你的看法，”陌生人附和道，“如果没有一位比我们更贤明、完善、更可亲可爱的挚友——这样一位朋友应该如此——来助我们一臂之力，完善我们懦弱而有瑕疵的人性，我们这些人便只是未经雕琢加工的半成品。我曾经有过一位朋友，一位世间最高尚的人，因此我有资格谈论友谊。你前程似锦，拥有整个世界，没有任何绝望沉沦的理由。但是我——我已失去了一切，重新生活已属不能。”

他说这话时，脸上显露出平静而深沉的悲哀，那神色深深地触动了我的心灵。他不再说话，很快便回自己的舱室去了。

他尽管心灰意冷，可没有谁比他更能深切地感受大自然的美。那星空、大海，以及这一奇妙地区所展示的每一幅图景，似乎仍能使他心灵升腾，摈弃红尘。像他这种人的生存方式具有两重性：他可能会遭受磨难，会因失望而意志消沉，然而当他离群独处，他便像天神一般，光环绕身，任何悲哀或愚昧都不敢闯入这一光环之中。

我对这个神圣的漂泊者所表现出的热情，你会不会付之一笑？你如果亲眼见到他，就不会笑话我的。你深居简出，不与此人交往又受到书本的教诲和熏陶，因此你对别人的看法多少有些挑剔，但这反而使你更能赏识这位奇妙之人超群出众的气质。我有时也试图探明，他究竟具有何种气质使他在我认识的人中如此卓尔不群、出类拔萃。在我看来，他那种气质是来自直觉的辨识力；是一种敏锐而绝对准确的判断力；一种对事物成因无比清晰、无比精确的洞察力；此外还具有雄辩的口才和抑扬顿挫、妙如音乐般的动人嗓音。

17×× 年 8 月 13 日

那位陌生人昨天对我说："沃尔顿队长，也许你不难看出我曾遭受过人世间前所未有的、最大的不幸。我曾一度发誓，要让自己记忆中那些痛苦的往事随我一同死去；然而，是你感动了我，使我改变了决心。你与我过去一样，追求知识，探寻智慧，但我衷心地希望：待你如愿以偿之时，不要反被毒蛇咬伤——这就是我以前的教训。向你讲述我过去的不幸遭遇，不知对你是否有益；但是，想到你正步我的后尘，正处在我落到现在这般田地的种种危险之中，我就觉得，你也许会从我的遭遇中汲取某种适当的教训，它能在你事业取得成功时为你指明前进的方向；同时在你万一失败时给你以慰藉。请你思想上做好准备，你将听到的事情在一般人看来是不可思议的。如果这一带的自然环境不那么险恶，我还会担心遭你怀疑，甚至嘲笑呢；但是，这一带荒无人烟、神秘莫测，很多事情都有可能发生，而对那些尚未领教大自然变幻无穷的威力的人来说，这种事情自然会令他们捧腹大笑。然而我相信，我的故事有序展开时，将呈现其内在证据，证明构成这一故事的各个事件都是真实可信的。”

也许你不难想象，他主动提出要向我讲述他的遭遇，我自然十分高兴，可万一他提起往事再次陷入悲伤之中，那我又于心何忍呢？我之所以迫不及待地想听听他答应要讲的故事，一方面是出于好奇，另一方面也是出于自己想改变他命运的强烈愿望——如果我力所能及的话。我在回答他时向他表示了这些想法。

“我非常感谢你的同情，”他回答道，“但这无济于事。我差不多气数已尽，只等办完一件未尽之事，然后我便可安然而逝了。我理解你的心情。”他发现我想打断他的话头，便又接着说道：“你错了，我的朋友——如果你允许我这么称呼你——任何力量都无法改变我的命运，等你听完我的遭遇，你就会发现，我的命数已定，无法挽回了。”

他接着对我说，如果我第二天有空，他便开始讲述他的经历。他的许诺使我非常感激，我打定主意，除非不得已有急事要办，每天晚上我都要尽可能照他的原话如实记录他白天所说的内容；即便有事要处理，我至少也要作些笔记。这份手稿无疑会给你带来极大的乐趣；至于我，本来就认识他，又是听他亲口所说，将来有朝一日再读起这份手稿，我定会兴味盎然而又感慨万端的！即便是现在，我刚刚开始进行这项工作，他那圆润洪亮的嗓音已在我耳畔萦绕，他那熠熠闪光的双眸凝视着我，向我投来哀伤而慈祥的目光。我看见他兴奋地扬起一只干瘪的手，整个脸庞闪现出心灵深处的光辉。他的故事一定离奇而催人泪下；它就像一场令人恐惧的风暴，将正在航行中的巨轮卷起并击个粉碎——的确如此！

17×× 年 8 月 19 日

第一章

我出生于日内瓦，在那个共和国，我的家庭是名门望族。父辈们长期担任地方议会议员和市政长官。我父亲曾担任几个公职，并享有崇高的声誉。他为人正直，对公务笃行不倦，因而所有认识他的人都十分敬重他。他年轻时一直忙于政府事务；由于种种原因，他延误了自己的婚姻大事，直至晚年才有了妻室，当了父亲。

由于父亲结婚前后的情况反映了他的为人性格，因此我觉得有必要在此说明一下。他的至亲好友中有一位是商人，原本生活安乐富足，但由于屡遭不幸，家道中落，一贫如洗。他名叫波弗特，此人生性执拗、心高气傲；以前他地位显赫，光彩体面，落难以后家徒四壁，默默无闻。他不堪忍受继续在当地居住，便以最体面的方式还清了债务，然后带着女儿到卢塞恩城隐居，过着穷困潦倒的日子。我父亲很爱波弗特，他是父亲最真诚的朋友。见波弗特命运多舛，避世隐居，不禁心如刀割，同时对波弗特因狂妄自大而干出的行径十分痛心，认为他的所作所为有负于他们之间的深情厚谊。父亲立即设法寻找波弗特的下落，希望能说服他借助我父亲的信誉和资助再谋生计。

波弗特销声匿迹的办法还真管用，父亲花了十个月的时间才打听到他的住处。父亲欣喜若狂，立即赶往波弗特家。那是坐落在罗伊斯河畔一条偏僻小街上的一所房子。父亲走进屋子，然而迎接他的只是凄苦和失望。原来，波弗特破产后只剩下一笔为数很小的款子，不过这点钱倒也够他过上几个月的了。于是他希望能在本地一家商行里找一份体面的工作。然而，在找到工作之前的这段间隙时间里，他一直无所事事。闲来反省思过，反而更使他觉得创巨痛深，五内俱焚。三个月以后，他终因悲伤过度而一病不起，什么事也不能干了。

他女儿无微不至地照料他，可她眼见他们那点钱像流水般花去，又无法筹到任何外援，心中甚是沮丧。然而，卡罗琳娜·波弗特具有超出常人的意志，艰难的处境反而激起了她自谋生计的勇气。她找了份针线活，又帮人编织草帽，千方百计挣点钱，勉强度日。

就这样过了几个月，她父亲的病越来越重，她便将全部时间用来照料父亲。她手头的钱也日见减少，到了第十个月时，父亲便死在了她的怀里，从此她沦为孤女，一贫如洗。父亲的死使她遭受了巨大的打击，她跪在父亲的灵柩旁悲不自胜，泣不成声。恰在此时，我父亲走进屋来。他的到来对这个可怜的姑娘来说自然是保护神从天而降，姑娘也就将自己托付给了他。父亲埋葬了他的朋友，便将姑娘带回日内瓦，并委托一位亲戚照护她。两年后，卡罗琳娜便成了父亲的妻子。

我父母年龄悬殊，但这似乎使他们更亲密无间，恩爱有加。父亲心地坦荡，富于正义感，因而他只对自己称心如意的人才倾注强烈的爱——此其性格使然。也许他年轻时曾爱过一个人，一个不值得他爱的人等他察觉已为时太晚。这事曾让他痛苦过，因此他对经过考验而值得他爱的人便倍加珍惜。在他对母亲的绵绵柔情中，还流露出感激与崇拜之情。这绝不是一个垂年老者对自己年轻妻子的溺爱，而是出于对她美德的景仰，并且在某种程度上，也是对她往昔所受痛苦的一种补偿。当然，他如此善待母亲，也不免表现出对母亲的一种无法用语言形容的宠爱。父亲处处为母亲着想，事事让她称心如意。他就像园丁保护一朵娇媚的奇葩，尽力保护母亲不受任何狂风的侵袭。他在母亲周围所安排的一切，都无一例外地能在母亲那温柔仁慈的心田里激发起愉悦的情绪。母亲由于饱经磨难，身体受到很大摧残，甚至她一贯安然平和的心灵也失去了往日的宁静。在我父母结婚前的两年里，父亲便陆续辞去了所有公职；两人结婚后又立即动身去意大利旅游，领略那块神奇土地上宜人的气候和美丽的风景，希望改变一下环境和兴趣，以便母亲虚弱的身躯得到康复。

离开意大利以后，他们又去了德国和法国游玩。我作为他们的第一个孩子便出生在那不勒斯，因此，我在襁褓之中便随父母四处游历。有好多年，我是他们唯一的孩子，如同他们自己相亲相爱那样，他们似乎也从爱的宝库中汲取了千般慈爱倾注到我的身上。我最早的记忆，便是母亲温柔的抚摸和父亲端详我时脸上漾起的慈祥微笑。我是他们的玩具，又是他们的偶像，还有比这更美妙的——我是他们的孩子，上天赐给他们的纯洁无瑕、无助无奈的小生命。他们将把我培养成为善良之人，而我将来的命运则掌握在他们手中，是祸是福全由他们引导，全看他们如何履行对我的职责了。我父母深深地意识到，他们对于自己赋予了生命的襁褓小儿必须履行应尽的义务，加之他俩温柔多情、充满活力，所以不难想象，在我的婴儿时代，每时每刻我都受到忍耐、慈爱和自制等品格的教育。我就是这样被一根柔韧的丝带牵引着向前，似乎一切都那么美好，令我赏心悦目。

有好长一段时间，他们只有我这么一个孩子。母亲很想再生个女儿，可我仍然是他们唯一的孩子。大约在我五岁那年，父母去意大利的边境一带远足，在科莫湖畔度过了一周。他们生性宽厚仁慈，因而常常走访当地的贫苦人家。对我母亲来说，这不仅是一种义务，更是一种需要，一种强烈的愿望。每当她想起自己所遭受的不幸，后来又是如何绝处逢生，得到解救，她自己便也充当起贫苦人的守护神。有一次，他们外出散步，途中一座破烂的茅舍引起了他们的注意。这座茅舍位于小山坳里，显得格外冷清凄凉。屋子周围聚集了一群孩子，个个破衣烂衫。贫穷在这里真可谓无以复加，莫此为甚了。一天，父亲一人去了米兰，母亲便由我陪着去拜访那茅舍的主人。她看到一位农夫和他的妻子，正在将少得可怜的一点食物分给他们五个饥肠辘辘的孩子。夫妇俩由于长年劳作，含辛茹苦，腰都累弯了。在五个孩子中，有一个特别引起母亲的注意。这小姑娘似乎与其他孩子血统不同；其他四个孩子都是黑眼睛，长得粗粗壮壮，像小流浪汉似的，而这女孩却显得纤瘦单薄，肤色白皙；尽管她衣衫褴褛，可那一头闪闪发亮的金发却好似给她戴上了一顶高贵的皇冠。她的双眉清晰、浓密，一对眼睛湛蓝、明澈，她的双唇和脸庞无不显示出她的多情善感和清纯甜美。凡是见过她的人都会把她看成是超尘脱俗、天国下凡的仙女，容貌神态无不带有天国的印记。

那农夫的老婆发现我母亲瞪着双眼，惊羡地打量着这个可爱的姑娘，便热情地谈起了她的来历。这姑娘并非她所生，而是米兰一个贵族的女儿。女孩的母亲是德国人，生下她后便死去了。婴儿于是便被托付给了这两位纯朴善良的人抚养，而当时他俩日子也还算过得去。那时他们结婚不久，第一个孩子刚刚出世。夫妻俩领养的这个女孩的父亲是一个缅怀意大利光荣历史的意大利人，即那些主张**奴隶要造反**的人中的一员①。他不遗余力地为争取祖国的自由而斗争，可由于意大利的软弱无能，他最终成了牺牲品。他究竟是死了，还是仍被关押在奥地利的监狱里，谁也不知道。他的财产被没收，孩子沦为孤儿，一文不名。就这样，孩子一直和养父母生活在一起，在他们这寒门陋室里出落得楚楚动人，连那黑莓园里、万绿丛中的玫瑰也自叹不如。

父亲从米兰回来时，发现我和一个孩子在别墅的前厅里玩耍。这孩子生得比画中的天使还漂亮，脸上似乎透出道道灵光。她体态轻盈，动作敏捷，胜过山间的羚羊。母亲很快就把这小生灵的情况作了解释。在征得父亲的同意之后，她便去说服这孩子在乡下的两位监护人，要他们将孩子交给她抚养。他们很疼爱这可怜的孤儿，在他们夫妻的眼中，这孩子的存在似乎是上天对他们的赐福。但话又说回来，既然现在上天赐给了这孩子强有力的保护，如果再要她吃苦受穷，那对她就太不公平了。于是他们就去和村里的牧师商量，结果呢，漂亮而惹人喜爱的伊丽莎白·拉凡瑟便成了我们家的一员，成了我玩耍嬉戏以及一切活动的同伴。我俩形影不离，比亲兄妹还亲。

---

① 这里指 18 世纪和 19 世纪意大利人民反抗奥地利入侵者的斗争。

人人都喜欢伊丽莎白，大家对她怀有热烈、近乎崇拜的感情——我也不例外——这使我感到自豪和高兴。在她被带到我们家来的前一天晚上，母亲开玩笑地说道：“我给我的维克托带来了一份漂亮的礼物，明天他就可以拥有这份礼物了。”第二天，她把答应给我的礼物——伊丽莎白带到我的面前。这时，我以一种孩子的认真态度从字面上去理解母亲的话，真的把伊丽莎白当成了我的人——将由我保护，由我热爱和珍惜的人。我把人们对她的赞美，无一例外地看成是对我个人一件私有之物的颂扬。我俩十分亲昵，彼此以表兄妹相称。世上没有任何语言可以表达我们之间的关系——我俩亲密无间，胜似兄妹，而只要她活在这个世上，她就只属于我一人。

第二章

我俩在一起长大，年龄相差还不到一岁。我俩决不是那种拌嘴闹气之辈，这是不言而喻的。彼此间的和睦融洽是我们友谊的灵魂。虽然我俩性格在某些方面存在差异，甚至截然相反，但这反而将我俩更加紧密地连接在一起。伊丽莎白性格比较文静、专注；而我则满怀热情，具有极强的实际运用能力，还具有极为强烈的求知欲。伊丽莎白总是徜徉在诗人笔下那些虚幻的景物之中，并醉心于我们瑞士住地周围那雄伟奇丽的风光。那里重峦叠嶂，巍峨挺拔；四季分明，景致多变；时而狂风骤雨，时而恬静肃穆；冬日悄无声息，而夏季的阿尔卑斯山区则生机勃勃，欢腾喧闹。所有这一切都让伊丽莎白赏心悦目，赞叹不已。等我的同伴带着心满意足的神情专心致志地观察事物的华美外表时，我却在探索事物的成因，并且乐此不疲。世界对我来说是个谜，而我渴望揭开它的奥秘。那时，我满怀好奇心，认真研究大自然的内在规律，而一旦那些规律展示在我的眼前，我心中的喜悦近乎痴狂——这些就是我记忆中最早令我怦然心动的感觉。

当我父母生了他们的第二个孩子——小我七岁的弟弟之后，他们便不再周游各国，而在自己的国家里定居下来。我们在日内瓦拥有一幢住宅；在日内瓦湖的东岸，离城约三英里的贝尔里韦湖畔还拥有一幢别墅。我们大部分时间都住在那幢别墅里，因而我父母基本上过着遗世索居的生活。我生性孤僻，不愿与多数人来往，而只倾心眷恋于少数几个人。因此，我与同窗学友的关系一般都很冷淡。然而，他们中有一个却成了我最亲密的朋友。他名叫亨利·克莱瓦尔，是日内瓦一个商人的儿子。克莱瓦尔才华横溢，想象力极为丰富。他热爱自己的事业，喜欢过艰苦的生活，甚至喜欢单纯为了冒险而去做危险的事。他潜心研读过许多有关骑士传奇的小说，谱写过一些英雄诗歌，并已着手编写许多有关巫师和骑士历险的故事。他鼓动我们表演戏剧，参加化装舞会，而其中的角色则有龙瑟瓦尔斯之役①的英雄，亚瑟王手下的圆桌骑士，还有与异教徒浴血奋战而夺回圣墓的骑士团。

谁也没有比我更幸福的童年了。父母双亲宽厚仁慈，在我们的心目中，他们绝不是反复无常，任意主宰我们命运的暴君，而是幸福的缔造者，使我们享受到生活中无数的欢愉快乐。在我与其他家庭的交往中，我深感自己无比幸运。对父母的感激之情更加深了我对他们的一片孝心和爱戴。

我有时脾气暴躁，情绪激动，但由于我性格中某种固有的发展趋势，我这种激烈的情绪没有被引向荒唐幼稚的行为，而是转化成了极其强烈的求知欲，但不是那种不管三七二十一，什么都想学的盲目冲动。我承认，使我感兴趣的并不是什么语言结构，不是什么政府的法律条款，也不是各个国家的政治状况，我所渴

---

① 龙瑟瓦尔斯位于西班牙的那瓦尔省内，是比利牛斯山的一个隘口，距潘普洛纳约 20 英里。公元 778 年，法兰克王查理曼大帝征战西班牙，试图击败西班牙境内的阿拉伯人。在他攻占潘普洛纳之后，因国内撒克逊人起义而被迫回国。在后撤途中，查理曼的后卫部队在龙瑟瓦尔斯遭阿拉伯人伏击，他手下的罗兰、奥利弗等十二武士全部阵亡。

望探求的乃是天地之奥秘。我要弄清楚究竟是什么力量在支配着我？是构成事物的外部物质，还是大自然的本身意志和人的神秘的灵魂？更为重要的是，我要探明这个世界上的一种超自然的奥秘，也就是一种从其本质上来说的的确确存在的奥秘。

在这期间，克莱瓦尔可以说是在悉心探讨各种事物在道德意义上的相互关系。他既研究生活这一繁忙的大舞台，英雄人物的美德，也研究人们的行为活动。他企盼甚至梦想自己成为见义勇为、万死不辞的豪侠，从而跻身于名垂青史的英雄行列。伊丽莎白那圣洁的心灵宛若一盏供奉在神龛前的明灯，把我们这宁静祥和之家照得满屋生辉。她和我们心心相印；在我们家里，她的笑容，她那柔和的嗓音，还有她那天仙般的眼里投射出的甜甜的目光时刻在为我们祝福，永远给我们以活力。她是降临人世的爱神，使人温顺，令人倾慕。由于我生性好冲动，学习时常会闷闷不乐，粗暴无礼，然而有了她，我的坏脾气得到抑制，因而我也变得像她那样温文尔雅。再说克莱瓦尔——他那高尚的心灵是否被邪恶的东西盘踞过？如果不是伊丽莎白向他展示了善行的真正可贵之处，并使他确立了以行善助人为自己凌云壮志的最终目标，他就不可能如此仁慈高尚，如此慷慨大度而细心周到——在他豪情满怀，扬善惩恶之时也就不会这么宽厚，这么温柔。

每每忆及童年时代的那段生活，我总是心欢情悦，感到其乐无穷。可打那以后，噩运便侵袭了我的心灵，将童年时代所展示的一幅大有作为的灿烂前景变成阴郁而狭隘的自我责备。在描绘我童年时代的画卷时，我还要记述一下那些日后在不知不觉中将我引向灾难的事情，因为当我要向自己说明那股日后主宰我命运的狂热缘何产生时，我便发现这股狂热犹如一条山间的溪流，虽然发源于某个不起眼、几乎为人所遗忘的地方，可在汩汩流淌中却不断上涨变宽，最后形成一道奔腾的激流，冲走了我全部的希望和欢乐。

物理学是支配我一生命运的守护神，因此，我想在这篇故事中交代一下导致我偏爱这门学科的几件事情。在我十三岁那年，我们全家曾高高兴兴去托农[①]附近的温泉浴场游玩。不料天公不作美，我们在旅店中被困了一整天。就在这家旅店，我偶然发现了一本科尼利厄斯·阿格里帕[②]的著作。我漠然地翻开这本书，作者试图证明的理论以及他所阐述的种种奇妙的事实，很快使我从冷漠的态度转而对它发生浓厚的兴趣。我的脑海里似乎闪现出一道新的灵光；我大喜过望，立即将这一发现禀告了父亲。可父亲却漫不经心地瞥了一眼书的扉页，说道："啊！科尼利厄斯·阿格里帕！我亲爱的维克托，别在这上面浪费时间，书里全是些无稽之谈，糟糕透了。"

如果父亲当初不说这话，而是认真耐心地向我作一番解释，说明阿格里帕的这套理论早已被全盘否定，现代科学体系已经确立，它比古代的理论体系具有更为强大的威力，因为古代那套理论，其所谓的威力只是存在于人们的幻想之中，而现代科学的威力才是名副其实，行之有效的——如果他这样向我解释一番，那我肯定会将阿格里帕的书扔到一边，以更大的热情投入到我原先

① 法国一城市，位于日内瓦湖南岸。

② 科尼利厄斯·阿格里帕（1486—1535），查理五世的宫廷秘书、法国神秘学家和哲学家。

的研究中去，从而使我的想象力——已经十分活跃的想象力得到充分发挥，甚至在我纷至沓来的思绪中根本不会出现后来导致我毁灭的那股致命的冲动。然而父亲当时只是匆匆瞥了一眼那本书，我根本不相信他了解书中的内容，因此还是极其贪婪地读了下去。

回家之后，我第一件心事就是要把阿格里帕的全套著作搞到手，以后再设法搞到帕拉塞尔瑟斯①和阿尔伯图斯·马格努斯②的全部著作。我兴致勃勃地阅读了这些书籍，并认真研究这些作家痴狂般的奇想。对我来说，这些作家的痴心妄想是除我之外鲜为人知的奇珍异宝。前面我已经说过，我的心中总是怀有一个强烈的愿望：探索大自然的种种奥秘。尽管现代物理学家作出了艰苦的努力，发现了许多自然界的奇迹，然而通过研究，我心里总觉得遗憾，觉得不尽如人意。据说艾萨克·牛顿爵士曾经坦言，在尚未探索的真理的大海面前，他觉得自己只是个在岸边拾贝的孩童。至于那些我们熟知的，牛顿在物理学的各个领域里的继承者们，即便依我这个孩童之见，他们也只是相同研究领域中初出茅庐的新手。

目不识丁的农夫通过观察其周围的自然力，因而熟知自然力的实际用途；而博闻强识的科学家并不比农夫知道得更多。科学家只是撩开了大自然面纱的一角，而她那永恒不朽的面貌却仍然是那样深奥，那样神秘。科学家也许能对大自然进行解剖和分析，并对其各个部分加以命名，但是，他们对形成大自然的原因，别说是处于首位或最根本的原因，即便是处于第二位或第三位上的

---

① 帕拉塞尔瑟斯（1493—1541），瑞士医生，炼金术士。

② 阿尔伯图斯·马格努斯（1193—1280），亚里士多德学派的哲学家。

次要原因也一无所知。我曾经仔细观察过阻碍人类进入大自然这座城堡的层层壁垒，道道屏障，终因一无所获而心急火燎，愤懑烦躁。

然而我现在有了书，有了这些观察更深入、知识更为丰富的先知贤达。我对他们的一切论断深信不疑，成了他们的忠实信徒。这种事情竟然发生在十八世纪，似乎令人百思不解。不过，当我在日内瓦的学校里接受常规教育时，对我所喜欢的那些学科，我在很大程度上也是靠自学的。我父亲对自然科学一窍不通，因此，我只好带着孩子的盲目性，加上学生所具有的强烈的求知欲，苦心摸索。在这几位新导师的指引下，我笃行不倦，刻苦钻研，寻求点金石和长生不老之药。不过我很快便将全部精力投入到长生不老药的研究中去了。如果我能为人体驱除病魔，使人类得以抵御除暴死外的任何灾祸，那我的发现将会赢得多么大的荣誉！相比之下，如果是为了发财致富，那实在是微不足道的。

我梦寐以求的还不止于此。降妖驱魔这套本事是我喜爱的这几位作家明白一致地许诺过的，这是我最渴望学成的本事。假如我的符咒屡试不灵，我便把失败的原因归结为自己没有经验，或是犯了错误，而从不责怪我的导师们技艺不精，或是挂羊头卖狗肉。因此有段时间，我满脑子都是些支离破碎的理论体系，还假充内行，将上千种互相矛盾的理论糅合起来，挖空心思，胡乱推理，在五花八门的各种知识的泥潭里拼命挣扎，直至后来又一起偶发事件，才改变了我涌动的思想潮流。

大约在我十五岁那年，我们全家迁回贝尔里韦湖畔的寓所。就在那一年，我们目击了一场最猛烈、最恐怖的大暴雨。这场暴雨从侏罗山脉[1]背后向前推进，顷刻之间，四面八方雷声大作，震耳欲聋，令人毛骨悚然。狂风暴雨中，我一直站在门口，好奇而兴奋地注视着这场暴风雨的进程。突然，我发现约二十码处的一棵古老而秀美的橡树间蹿出一道火光。待那耀眼的火光闪过之后，老橡树已无影无踪，只剩下一段被击枯了的树桩。我们第二天早晨前去观看时，发现这株古树被击毁的样子十分奇特。它不仅被雷电击成碎片，而且整个地被劈成了条条碎丝。我从未见过任何东西被如此彻底地摧毁过。

在此之前，我对电学的一般规律已有所了解。当这事发生时，一位研究物理学的著名学者正好与我们在一起。这场自然灾害使他激动不已，于是，他便开始阐述自己建立的一套有关电学和流电学的理论。我对他的理论既觉得新鲜，又感到惊诧不已。他所阐述的一切使科尼利厄斯·阿格里帕、阿尔伯图斯·马格努斯和帕拉塞尔瑟斯等这些主宰我思想的先哲们相形见绌，黯然失色。命运竟如此捉弄人，这些先哲的垮台使我无心再继续以往的研究。我似乎觉得，世上万物皆不可知，永远是不可知的。我长期以来悉心研究的东西也突然显得那么丑陋卑鄙。由于一时冲动——这也许是我们刚刚跨入青年时代的通病——我立即放弃了以前的研究，将自然科学史及其一切研究成果看作是一个畸形的，发育不全的怪胎，对这门甚至不配跨入真正知识大门的所谓的科学视如敝屣，嗤之以鼻。我就是怀着这样的心情开始研究数学及其相关学科的，认为数学是建立在牢固的基础之上的，因而值得我去认

① 侏罗山脉位于法国东部，山势崎岖险峻。

真钻研一番。

人类灵魂的构造就是如此奇怪，一些细微的韧带竟决定着我们个人的荣辱成败。回首往昔，我觉得当时自己在兴趣和意志两方面所发生的几乎是不可思议的变化，似乎是我生命的守护女神直接向我暗示的结果——即便那时，星空中已在韫蓄着一场风暴，随时准备将我吞噬；而我的守护女神作出了最后的努力，使我避免了那场灾祸。当我抛弃了对古代自然科学的研究（这一研究近来尤令我备受折磨），我的心灵显得异乎寻常的宁静和欢愉——这标志着我的守护女神的胜利。正因为如此，后来我才懂得：搞那些研究，必然遭到不幸，而摈弃它，就会得到幸福。

善良的守护女神虽然作出了很大的努力，然而却无济于事。命运之神太强大了，它那不可抗拒的法令早已注定了我彻底而可怕的毁灭。

第三章

我满十七岁那年，父母决定让我去因戈尔施塔特[1]大学念书。我以前一直是在日内瓦的一些学校就读，为了让我接受完整的教育，父亲认为我有必要了解外国的风俗习惯，而不仅仅是熟悉本国的民俗风情。因此，父母把我的行期定得很早。然而我尚未动身，一生中第一桩不幸的事便发生了。这似乎是我日后遭噩运的一个凶兆。

伊丽莎白不幸染上了猩红热，而且病势很重，情况万分危险。在她患病期间，我们竭力劝阻母亲不要护理伊丽莎白。母亲起初依从了我们的请求，可后来她听说自己最疼爱的伊丽莎白生命危在旦夕，便再也按捺不住心中的焦虑，来到伊丽莎白的病床前护理。母亲的一丝不苟、无微不至的照料终于战胜了凶恶的病魔——伊丽莎白得救了；然而，她的保护人却因感情用事而给自己招来了致命的后果。到第三天，母亲就病倒了。她不仅发高烧，而且还伴有其他一些极可怕的症状。她的医护人员神色凝重，这无疑预示着噩运的到来。在她临终之前，这个人世间最善良的女人仍然表现得那样坚毅、慈祥。她将我和伊丽莎白的手拉在一起。“孩子们，”她说道，“我们家将来的幸福就寄托在你俩的结合上，

---

① 德国一城市，位于多瑙河畔。

这是我最大的愿望；而现在，这一愿望也是对你们父亲的安慰。伊丽莎白，我亲爱的，请务必替我照顾好我的两个小儿子。唉！我就要离开你们了，这真让我遗憾。我这辈子过得很幸福，你们也都那么爱我；现在要我离开你们，我怎能不难受呢？可我现在不应该有这些想法，还是看开点，愉快地走吧。盼望能在另一个世界与你们见面。”

母亲静静地走了。即便在她去世时，她的面容仍是那样亲切慈祥。家人当时的心情已无需赘述——他们最珍贵的感情纽带被这场无可挽回的灾难撕裂了；他们心头惘怅空虚，他们神情颓然绝望。母亲与我们朝夕相处，与我们骨肉相连，可她那晶莹明亮的目光熄灭了，她那熟悉而亲切的声音消失了。要我们承认这一事实，该需要多么漫长的时日！这就是我们最初几天的心情。而当时间的流逝将证明这一灾难的确是无法抹去的事实时，到那时，我们心中真正的哀痛才算开始。然而，又有谁没有被残暴的死神之手夺走过自己的亲人？我又何必去倾吐那份大家都曾感受过或必然要感受到的悲哀呢？尽管我们免不了还会沉湎于悲伤，但随着时间的推移，这已不是必不可少的了。再者，我们的嘴角仍会漾起微笑，虽然还可能会被认为是对死者的不恭，但微笑是驱之不去，欲罢不能的。母亲已离开人世，但我们这些人还有自己应尽的责任，我们必须与别人一起，在人生的道路上走下去；此外，我们还要学会把自己看成是幸运的，因为我们没有被死神夺去生命。

我去因戈尔施塔特求学一事被这件事情给耽搁了，现在要再次作出决定。我征得父亲同意暂缓几周动身，因为我似乎觉得，这么快就离开这个死一般悄无声息的家庭，匆匆闯入喧闹繁忙的生活，未免是对死者的亵渎。我原先从未体尝过悲伤的滋味，但这并没有减轻我内心的惊恐之感。我不愿离开家人，尤其想照顾好可爱的伊丽莎白，使她在某种程度上得到一些慰藉。

伊丽莎白确实在掩饰自己心中的悲哀，还千方百计地安慰我们每一个人。面对生活，她表现得沉着冷静，并以自己的勇气和热情承担起生活的责任。她将自己的全部心血倾注到她称为表叔和表弟的身上。她的脸上重新绽开了笑容，那阳光般的微笑洒在我们身上。此时的她显得从未有过的妩媚动人。为了让我们忘掉悲哀，她可谓费尽心思，甚至忘记了自己心头的遗憾。

我启程的日子终于来到了。克莱瓦尔与我度过了临行前的最后一个晚上。他曾努力劝说他父亲准许他与我同行，一起去上学，但他终未成功。他父亲是个心胸狭隘的商人，把儿子的凌云壮志，雄心抱负看成是毫无意义的痴心妄想，最后注定要导致毁灭。亨利为自己被剥夺了接受大学文科教育的权利而深感不幸。他显得寡言少语，但当他开口说话时，他的双眸炯炯发亮，目光中透出虎虎生气。我看得出，尽管他在竭力克制自己，但他主意已定，不可动摇——他决不会甘愿被他父亲繁杂的生意而捆住手脚的。

我俩坐到深夜，互相依依不舍，谁也不忍说一声“再见！”可我们最后还是互相道别，都说该休息了，以为这样就可瞒过对方。第二天一早，我走下台阶，来到载我上路的马车旁。他们都已等在那儿了——父亲再次为我祝福，克莱瓦尔又一次与我紧紧握手，我的伊丽莎白则一再恳求我常给她写信，并向她的玩伴和朋友最后表示她女性的关怀。

我一头钻进载我离去的马车里，陷入缠绵悱恻的沉思之中。我自小就生活在亲朋好友之中，一直努力为自己和别人带来欢乐，可我现在却形单影只，孤身一人。到了我要去的大学后，我必须建立自己的朋友圈，并能自己保护自己。迄今为止，我一直离群索居，从未跳出家庭的圈子。这种生活使我养成了孤僻的性格，十分厌恶与外人接触。我爱我的两个弟弟，爱伊丽莎白和克莱瓦尔，他们都是我的“老熟人”①，除他们以外，我深信自己完全不适合与陌生人交往。这些就是我刚踏上旅途时的想法，但随着马车飞奔向前，我的情绪逐渐好起来，希望又在我心中升起。我渴求知识。在家时我就常想，我年纪轻轻的，若久居一处，把自己禁锢起来，那可真叫人难以忍受；因而我渴望到外面的世界闯一闯，在世人中间确立自己的位置。现在我已如愿以偿，倘若吃起后悔药来，岂不犯傻！

去因戈尔施塔特路程遥远，旅途无聊乏味，我有足够的时间考虑各种问题。因戈尔施塔特那高耸的白色尖塔终于映入了我的眼帘。我下了马车，由人引至供我一人独居的套房里。这样，我就可以自由自在地度过这个夜晚了。

翌日上午，我递交了介绍信，并拜访了几位主要教授。一个偶然的机缘，抑或说一股邪恶的力量，即那毁灭之神在我依依不舍离开父亲门前时，便声称，已将我的命运牢牢攥在手中。我首先来到了自然科学教授克兰普先生处。这是个言行举止粗鲁的人，但他对自己学科领域里的奥秘颇有研究。他向我提了几个问题，

---

① 语出英国19世纪著名散文作家、诗人查尔斯·兰姆（1775—1834）写的《老熟人》一诗。

了解我在物理学各个领域里的学习情况。我心不在焉地回答了他的问题，并以略带轻蔑的口吻提到那些炼金术士的名字，说他们就是我所学习过的主要作家。教授瞪着双眼对我说道："你真的把时间花在这些乌七八糟的东西上？"

我作了肯定的回答。"你花在这些书上的每分每秒全都给浪费了，"克兰普先生激动地继续说道："你现在满脑子都是那些鸡零狗碎的理论体系和毫无用处的名字。我的天哪！你究竟住在什么荒漠之中，就没人行行好，告诉你这些虚妄之说全是一千多年前的陈词滥调？亏了你还如饥似渴地去学那些陈旧过时，发霉无用的东西！我真没想到，在我们这个开明通达的科学时代，竟能找到你这样一个阿尔伯图斯·马格努斯和帕拉塞尔瑟斯的忠实信徒！我亲爱的先生，你必须彻底重新开始学习。"

克兰普先生说着走到一旁，给我开了一张有关自然科学的书单，要我搞到这些书。在让我离开之前，他又告诉我，从下星期一开始，他将为我开设自然科学概论的课程；而在他没课的时候，便由他的同事沃尔德曼教授给我开化学课。

我回到住处，心中并不感到沮丧，因为克兰普教授刚才痛斥过的那几个作家，我早就认为他们毫无价值，这在前面已经说过。可我回来以后，对物理学的任何形式的研究还是提不起劲儿来。克兰普先生又矮又胖，嗓音粗哑，面目丑陋。这位先生打一开始便令我生厌，因而我对他的研究也不以为然。我已经陈述过自己早年对自然科学下过的定论，不过我的论述也许太空泛，口气也太尖锐。我在孩提时代便对自然科学教授们所预言的成果很不满意。由于年轻幼稚，思维混乱，在研究中又无人指点，因而在探求知识的路上步古人之后尘，竟置现代学者的研究成果于不顾，沉湎于早已为人所遗忘的炼金术士的梦想之中。除此以外，我还鄙视现代科学的实际应用。古代的科学大师们探索长生不老之道，寻求超自然的威力，这与现代科学完全是风马牛不相及的两码事。这种观点虽然毫无价值，倒也十分美妙。然而现在情况大不相同了。现代研究者的雄图大志似乎完全在于驱除那些离奇的幻想，而我对自然科学的兴趣却主要建立在这些幻想之上。现在我不得不以无比壮观的神奇幻想去换取一文不值的现实。

我刚到因戈尔施塔特的头两三天，这些想法一直在我脑子里盘旋。这几天，我主要是在熟悉周围环境和我新住所里的主要房客。第二个星期开始时，我记起了克兰普先生所谈上课一事。虽然我不想去听那个傲慢的矮胖子在讲台上夸夸其谈，可我想起了他曾提到过的那位沃尔德曼先生。我一直没见到这位先生，因为他出城了，至今未归。

由于好奇，加之闲来无事事，我便走进了教室。不一会儿，沃尔德曼先生走了进来。这位教授与他的同事截然不同。他看上去大约五十岁年纪，面容慈祥亲切；两鬓上的几缕银丝掩盖着太阳穴，可后脑勺上的头发倒几乎还是黑的。他身材不高，腰杆挺得笔直；说起话来嗓音之柔和悦耳，我还从未听到过。他首先概述了化学这门学科发展的历史以及不同学者所作出的种种贡献，并以饱满的热情列举了最杰出的科学家的名字。接着，他简单介绍了这门学科的现状，解释了许多基本的化学术语。在展示了几个预备性的实验之后，他又对现代化学大加颂扬并以此结束了他的讲课。他最后的一席话令我永志难忘：

“研究这门科学的古代学者们曾经许下诺言，要完成人力所不及的事情，结果一事无成。现代科学家们很少许愿，他们深知金属是不能互相转化的，而所谓长生不老药只是幻想而已。但是，现代科学家们，尽管他们的双手似乎生来便要与泥土打交道，他们的双眼也只是盯着显微镜和坩埚，然而，他们却创造了多少人间奇迹。他们潜入大自然的幽深之处，揭示了她隐藏着的神秘活动；他们冲上九重天宇，研究宇宙太空；他们发现了血液循环的规律以及我们所呼吸的空气的特性。他们获得了新的力量，几乎无所不能；他们可以驾驭空中雷电，模拟地震，甚至以幽灵世界的幻影幽灵嘲笑了幽灵世界。”

这就是教授的一席话——可我还不如说，这是命运之神对我死刑的宣判。在他继续往下讲的时候，我似乎觉得自己的灵魂正与一个活生生的敌人作激烈搏斗；与此同时，在我的机体中，一个个键被揿下，一根根弦被拨动，发出声响；瞬息之间，我整个头脑便被一个想法，一个欲念，一个目的所占据。前人取得的成就如此之多——弗兰肯斯坦的灵魂大声呼喊——我一定要取得更大的成就，远远超越他们！我将沿着前人的足迹走下去；与此同时，我要走出一条新路，探索未知的自然力，向世界揭示生命创造的讳莫如深的奥秘。

那天夜里，我一刻不曾合眼。我的灵魂在挣扎反抗，躁动不安；我感到世界将出现一种新的秩序，可我无力建立这一秩序。天色微明，睡意渐渐向我袭来。等我一觉醒来之后，昨夜的思绪已如梦幻般逝去，只剩下一份决心——重操旧业，继续我以前对古代科学的研究，将自己毕生的精力贡献给这门自认为对之颇具天赋的科学。就在当天，我去拜访了沃尔德曼先生。他私下待人比在公开场合更加和蔼可亲，更富有魅力。堂上讲课时，他还带着几分威严，而在自己家里，他一点架子也没有，显得那样温和亲切，平易近人。我向他谈了自己以前的学习情况，又把上次对克兰普教授所说的那番话几乎又重复了一遍。他聚精会神地听我作简短的介绍。等我提到科尼利厄斯·阿格里帕和帕拉塞尔瑟斯等人的名字时，他只是莞尔一笑，并没有像克兰普教授那样露出一副轻蔑的神情。只听他说道："现代科学家感谢这些前辈们作出的不懈努力，他们以自己的学识为现代科学奠定了基础。这些前辈科学家们为后人提供了便利，我们只要为他们的发现重新命名，并将各种事实分门别类加以整理就行了，而这些事实的发现则在很大程度上取决于他们的努力。大凡天才作出的种种努力，无论其欲实现的目标如何荒谬，最终几乎无一例外地为人类带来了殷实的利益。"他在发表这番讲话时，毫无骄矜傲慢、矫揉造作之态。听他讲完之后，我便接着向他表示，他的讲话使我消除了对现代化学工作者的偏见。我说话时措辞谨慎，语气谦逊，以表示我一个后生之辈对老师的恭敬，而丝毫没有流露出那股激励我发奋图强的热情（倘若别人认为我初出茅庐，不知深浅，那我就无地自容了）。至于我需要搞到哪些书，我也征求了他的意见。

"我非常高兴收了一名学生，"沃尔德曼先生说道，"如果你有天赋，再加上勤奋，你会成功的，对此我并不怀疑。化学是自然科学的一个分支，人类在这个领域里已经取得了很大的成就，但仍有可能作出新的建树。正因为如此，我才把化学作为自己专门研究的对象。但在研究化学的同时，我并没有忽略现代科学的其他领域。一个人如果把人类知识的这个领域作为自己研究的唯一科目，那他是不可能有所建树的。如果你想成为一个真正的科学家，而不仅仅是一个小小的实验员，我建议你认真学习自然科学中的每一个领域，包括数学在内。”

说完之后，他将我带到他的实验室，向我说明各种仪器设备的使用方法，并告诉我该配备哪些仪器，同时还答应我，等我在化学方面取得较大进展，并在不至损坏仪器性能的情况下使用他的实验室。他还应我的要求，开了一张书单给我，随后我便告辞了。

令我永生难忘的一天——决定我未来命运的一天，就这样结束了。

第四章

从这天开始，对自然科学的所有学科，特别是对化学的研究便占据了我全部的时间和精力。我满怀热情研读现代学者撰写的有关这些学科的论著。这些著作见解不落窠臼，论述博大精深，显示了作者超群出众的才华。我去学校听课，并逐渐结识了学校里许多研究自然科学的学者。我甚至发现克兰普先生也有许多正确的观点和合理的见解；尽管他的长相举止令人生厌，但这并不影响他学术见解的价值。沃尔德曼先生成了我真正的朋友。他待人彬彬有礼，从不专横跋扈；他讲课时坦率朴直，对学生循循善诱，从不卖弄学问。在我探求知识的路上，他千方百计地为我扫除障碍，铺平道路；即便是最艰深难解的问题，经过他的指点，也变得清楚易懂，令人茅塞顿开。入学初，我的学习积极性时高时低，很不稳定；随着学习的不断深入，我的劲头也越来越大，很快便一发不可收拾，变得热烈而急切；常常披星戴月，通宵达旦地在实验室里埋头苦干，简直到了废寝忘食的地步。

不难想象，我这样夜以继日地发奋学习，自然进步神速。我的学习热情令同学们惊讶不已；而我在学业上的谙练纯熟又使教授们瞠目结舌。克兰普教授常带着一种狡黠的微笑问我："科尼利厄斯·阿格里帕研究得怎样?"而沃尔德曼先生则对我在学业上取得的进步表现出由衷的高兴。两年就这样过去了。在这段时间里，由于我切盼有所建树，因此没有回日内瓦，而是将全部精力投入到科学研究中去。只有那些躬行实践的人才能体会到科学给人带来的兴奋和欢愉。如果从事其他领域的研究，你只能达到前人的水平而无法超越他们，但自然科学领域奥秘无穷，能不断向你提供新的研究课题，让你创造新的奇迹。即便一个平庸之辈，只要他笨鸟先飞，刻苦钻研某门学问，也一定能精通这门学问。而我呢，为了实现自己的研究目标，锲而不舍，全力以赴，因而在学业上取得了飞速的进步。我仅用两年时间便作出了成绩，改进了一些化学仪器，赢得了学校师生对我的尊敬和赞誉。既然我在学术上已达到这种水平，不但掌握了因戈尔施塔特大学的任何一位教授的课程，还掌握了自然科学的理论和实践，那么留在学校里对我今后的发展已无裨益。于是，我打算回老家去，回到朋友们中间去。可就在这时发生了一件意外的事，使我又留在了学校。

人体构造这一大自然的杰作曾引起我特殊的兴趣；其实，我对任何有生命的动物都怀有强烈的兴趣。我常常向自己提出这样一个问题：生命究竟是怎样起源的？这是一个十分大胆的问题，历来被认为是个不解之谜。然而，如果不是胆小怯懦或是粗心浮气阻碍了我们的科学研究，我们一定会发现许许多多未知的事物。这些念头在我脑海里盘旋，从此我下定决心，专门研究自然科学中与生理学有关的学科。那时我的钻劲之大几乎不可思议，要不是这股子劲头激励着我，这个课题肯定会令我兴味索然，甚至无法忍受。要想探究生命的起源，必须首先搞清楚死亡的原因。我已掌握了解剖学，但这还不够；我还必须观察人体自然衰亡腐败的整个过程。记得父亲在教育我时总是慎之又慎，决不让任何神秘兮兮、令人恐怖的东西在我的心灵上留下烙印。因此，我根本不记得有什么迷信故事曾使我心惊胆战，也没有任何鬼怪故事让我产生过恐怖之感。我不怕什么黑灯瞎火，心里根本不会胡思乱想。坟场对我来说无非是个储藏死尸的地方，而那些被夺去了生命的，原先优美而有力的躯体也只是蜕变成了蛆虫的食物而已。现在，我要去探明人体腐烂的原因和过程，因而不得不日日夜夜待在墓穴和陈尸所里。我在那里所看到的一切对人类脆弱的心灵是一个莫大的刺激。我看到美好的人体如何衰败毁损；我看到生命那鲜花般的容颜腐烂、坏死；我看到蛆虫如何侵蚀了奇妙非凡的眼睛和大脑。我暂时停止了手头的工作，转而审视和分析生与死这一周而复始过程中所蕴含的因果关系及其一切细节。骤然间，一道闪光划破了墓穴中的幽冥黑暗；它是那样璀璨耀眼，神奇莫测，然而又是那样简单明快，令人一目了然。它在我的眼前展示了一幅无比广阔的前景，使我头晕目眩；同时，它又使我感到惊讶：研究这门科学的天才学者不知凡几，可偏偏让我发现了这一惊心动魄的秘密。

请您记住，我在此录下的并非狂人的幻觉，而是千真万确的事实；它犹如空中闪耀的太阳，决无半点虚假。诚然，这一秘密的发现也许应该归之于某种神奇的力量，然而，最终导致发现这一秘密的各个阶段却清清楚楚，令人可信。我卧薪尝胆，日夜奋战，终于发现了生命的起因；不，还不止这些，我自己就能使无生命的东西起死回生，赋予它们生命的活力。

我刚发现这一秘密时的惊愕之感很快便被销魂的兴奋所替代。经过这么长时间的艰苦努力，我突然实现了平生最大的愿望，这是多么完满而令人欣慰的结果！由于这一发现太巨大，太震撼人心，我兴奋得不知所措，竟然把一步步逐渐将我引至这一发现的全过程忘得一干二净，展现在我眼前的只是发现这一秘密的最终结果。自从上帝创造世界以来，多少出类拔萃的能人贤士苦心探索，孜孜以求；而今，他们的所探所求已尽在我的掌握之中。当然，这一秘密的发现并非像魔术师表演那样，突如其来地展露在我的眼前；我所获得的知识有其独特性，需要我尽快作出努力，实现我所追求的目标，而不是向世人展示那个已经实现了的目标。我就像被活埋在死人堆里的那个阿拉伯人①，仅凭一缕昏暗摇曳、似乎并无效用的光线，终于寻找到了一条生路。

我的朋友，您的双眼流露出急切，惊讶和充满期待的神情，我看得出您很想知道我掌握的那个秘密。可我不能告诉您。等您耐心地听我把故事讲完之后，您就自然会明白，我为什么要暂时保密的原因了。我不想牵着您的鼻子把您引向毁灭的深渊，遭受无法幸免的苦难；别像我当年那样，满腔热情却无人保护。请您一定吸取我的教训，即使您不愿听从我的劝告，至少应该将我这个例子引以为戒：获得知识太危险了；一个认为自己的故乡便是整个世界的人要比一个好高骛远、志大才疏的人不知幸福多少倍。

当我意识到自己的双手具有如此惊人的威力之后，我倒是犹豫了很长一段时间：究竟该以何种方式使用这一威力。虽然我已掌握了制造生命的本领，但是，要制作一副骨架，再将所有错综复杂的神经纤维、肌肉和血管植于其中，使之具有生命的活力，

① 即《一千零一夜》中的主人公，航海家辛巴德。

这仍然是一件难如登天、千辛万苦的工作。我起初迟疑不决，究竟是制造一个像我一样的活体，还是一个结构较为简单的生命体。然而，由于我旗开得胜而忘乎所以，因此完全相信自己有能力制造出一个与人一样复杂而奇妙的活物来。当时我手头的所有材料尚不足以完成如此艰巨的任务，可我毫不怀疑，我最后一定能获得成功。我对可能遇到的种种挫折做好了充分的准备；我的工作也许会出现一路不顺，屡屡受挫的情况，最后结果亦可能不尽如人意；但是，一想到科学和机械等方面日新月异的进步，我就深受鼓舞，希望自己目前的努力至少能为将来的成功奠定基础。至于我的计划，尽管十分庞大、复杂，但我决不能以此为理由认为这一计划无法实现。我就是在这种心理状态下开始造人的。由于人体各个部件十分精密，我的工作进程受到很大影响，因此我改变初衷，决定制造一个庞然大物，也就是说，制造一个高约八英尺，身体各部位尺寸相应放大的巨人。这一方案确定之后，我又花了几个月时间，成功收集到了所需材料，经过整理后，一切就绪后我便开始干了起来。

我初战告捷，激情满怀，心中油然而生的千百种感受犹如飓风一般将我推向前进。谁也无法想象我当时那种复杂的心情。在我眼里，生与死的界限是虚幻的、并不实际存在的，我应该率先打破这一界限，让万丈光芒普照那黑暗中的冥冥世界。由我缔造的一种新的生物将奉我为造物主而对我顶礼膜拜、感恩戴德。许多尽善尽美、妙不可言的幸运儿亦将感谢我赐予了他们生命。天下做父亲的，有谁能像我这样要求自己的孩子如此结草衔环，感激涕零？顺着这一思路，我想，倘若我能将生命的活力注入无生命的物体，到时候我便能将明显腐烂的尸体起死回生（虽然我现在还无法做到这一点）。

这些想法鼓舞着我的士气，激励我满怀热情、孜孜不倦地从事这项工作。由于刻苦钻研，我的双颊变得苍白憔悴；而由于闭门不出，我的身体日见清瘦羸弱。有时，成功仅一步之遥，似乎确定无疑，却又功亏一篑；但我仍然满怀希望——再过一天，也许再过一小时我就能大功告成了。我有一个独属我一人的秘密，这就是我的期盼，我为之献身的期盼。夜半时分，我急切地闯入大自然奥秘的藏身之处，凝神屏息，埋头苦干，丝毫不敢松懈——明月便是我的见证。我不顾亵渎神明，涉足于阴暗潮湿的墓穴之中。为了使无生命的泥塑之躯富有生气，我甚至折磨活生生的动物。我心中那份恐惧感，谁能想象？现在想起这一切，我就头晕目眩，四肢发抖。然而当时，一种不可抗拒的，几近疯狂的冲动驱使我继续干了下去。我似乎丧失了一切理智和感觉，心中所想的，唯有这一件事情。当然，出现这种状况只是神志一时恍惚，而当这种不正常的刺激消失之后，一切又恢复原状时，我的感觉反而变得更加灵敏。我从藏尸间里找来各种尸骨，用罪恶的双手搅扰人体骨架中无穷的秘密。在我住所的顶层，有一间单独的房间，更确切地说，那是一间斗室，与其他房间隔着一条长廊和楼梯。这里就是我搞那些肮脏勾当的工作间。我双眼瞪得大大的，全神贯注地做着各项细活。解剖室和屠宰场为我提供了许多材料。出于人的本性，我常常厌恶地丢下手头的工作；尽管如此，由于我心中的急迫感仍在增强，不断驱使我继续干下去，我的工作终于接近尾声了。

夏季的几个月就这样过去了，我把全部心血都倾注到了这项工作上。这是一年中最美丽的季节；大地原野从未赐予人们如此丰盈的收获，葡萄的收成超过了以往任何一年。然而，我对大自然的魅力视而不见，对周围的景致无动于衷；出于同样的心情，我把远方阔别已久的亲朋好友也忘得一干二净。我知道，不给他们去信，他们会为我担忧的。我还清楚地记得父亲说过的话："我知道，当你春风得意之时，你一定会深深地想念我们，我们也就会定期收到你的来信。如果你不给我们写信，我会认为你同样疏忽了其他责任。我有这种想法，还请你原谅。"

因此，我非常清楚父亲那时会是什么心情，可我一门心思扑在那件事上，欲罢不能。此事固然令人生厌，可我的心已被它牢牢攫住，我以往的脾气习惯全被眼下这个伟大的目标湮没了；所以，我只能指望在完成这一目标之后，再向家人倾吐自己的一腔深情。

当时我觉得，如果父亲把我对家人的疏忽说成是一种过错或罪孽，那他就有失公允了。不过我现在相信，父亲当时有理由认为，我不应该完全不受责备。一个性格完善的人应该永远保持平静坦然的心理，决不能因一时的冲动或突发的欲念而扰乱了自己内心的安宁。我想，即便是探求知识这种事也不能违背这一原则。如果你所从事的研究有可能使你冷落别人，使你丧失生活的情趣，不想体验那种纯真质朴的生活乐趣，那么，你的研究就是不正当的，换句话说，你就不应该在这种研究上耗费心思。如果人们一直遵循这一准则，无论如何不让任何事业破坏自己家庭的宁静和亲善，那么，希腊人就不会遭受奴役，恺撒就不会使他的国家蒙难，美洲的发现也不会那么突然，而墨西哥帝国和秘鲁帝国也不会灭亡。

故事正说到精彩处，我却忘了讲下去，在这里谈论做人之道；还是您的眼神提醒了我，那我就言归正传吧。

我一直未给家里写信，因而引起了父亲的注意；不过他在给我的几封信中并没有责备我的意思，只是更加详细地询问我学习和工作的情况。我一直不辞劳瘁，苦度时日，冬天、春天和秋天悄然逝去。花儿吐艳，幼芽萌生这些曾使我心旷神怡的美丽景致，我都无心观赏——我的整个心思都放到工作上了。那年树叶凋零之后，我的工作也快告结束。打那以后，我更加清楚地发现，我的工作每天都有明显的进展。可是，我内心的焦虑却抑制了我工作的热情。我就像个奴隶，命中注定要在矿井里卖苦力，或干其他任何有损于身心健康的苦活，哪里还像个艺术家在搞自己最心爱的艺术创作！每天晚上，我都被低烧搅得烦躁不宁，心情变得极度紧张，就连一片落叶也会使我惶恐不安。我像个罪犯一样躲开我的同类，有时看到自己瘦骨嶙峋，不成人样，也感到心慌意乱，不知所措。唯有自己坚强的决心在支撑着我。我的艰苦工作很快就要结束；我相信，只要加强锻炼，适当娱乐，就可以驱除任何尚处于早期阶段的疾病。我暗自保证：若能顺利完成我的创造物，我一定要好好锻炼身体，尽情玩乐一番。

第五章

那是十一月的一个阴沉的夜晚，我终于看到了自己含辛茹苦干出的成果。我心中的焦躁几乎让我痛苦万分，我将制造生命的器具收拢过来，准备将生命的火花注入躺在我脚边的这具毫无生气的躯体之中。当时已是凌晨一点，雨点啪嗒啪嗒地敲打在玻璃窗上，平添了几分凄凉之感。我的蜡烛快要燃尽了，就在这时，在那摇曳飘忽、行将熄灭的烛光下，我看到那具躯体睁开了一双暗黄色的眼睛，正大口喘着粗气；只见他身体一阵抽搐，手脚开始活动起来。

我披星戴月，吃尽千辛万苦，却造出这么个丑巴巴的东西，我现在真不知怎样描绘他的模样；目睹这一凄惨的结局，我现在又该怎样诉说我心中的感触？他的四肢长短匀称，比例合适；我先前还为他挑选了漂亮的五官。漂亮！我的天！他那黄皮肤勉强覆盖住皮下的肌肉和血管，一头软飘飘的黑发油光发亮，一口牙齿白如珍珠。这乌发皓齿尽管漂亮，可配上他的眼睛、脸色和嘴唇那可真吓人！那两只眼睛湿漉漉的，与它们容身的眼窝颜色几乎一样，黄里泛白；他脸色枯黄，两片嘴唇直僵僵的，黑不溜秋。

人生世事虽变幻莫测，仍不及人的情感那样此一时，彼一时。我没日没夜地苦干了两年，一心想使毫无生气的躯体获得生命。为了实现这一目的，我废寝忘食，弄得自己心衰体虚。我对它的期盼之情很是强烈，远超寻常。现在我折腾完了，美丽的梦幻也随之化为泡影，充塞在心头的只是令人窒息的恐惧和厌恶。我亲手制造了这个生物，可他的丑模样简直叫我无法忍受。我急忙冲出实验室，跑到卧室里长时间地踱来踱去。我的心情久久不能平静，根本无法入睡。最后，折磨我的这股躁动——以前也同样折磨过我——总算平息了。我感到疲乏困倦，便和衣倒在床上，竭力想暂时忘掉这一切，可无济于事。我后来确实睡着了，然而连绵的梦幻一直搅扰着我。我梦见伊丽莎白在因戈尔施塔特街头漫步。她精神抖擞，浑身洋溢着青春的朝气。我惊喜交集一把将她拥在怀里，第一次深深地吻了她。可与此同时，她的双唇却变得死一般铅灰，面容似乎也变了。我觉得自己搂着的是我死去的母亲，她的尸体被一层法兰绒裹尸布蒙着，只见墓穴中的蛀虫在裹尸布的皱褶内爬来爬去。我从噩梦中惊醒，吓得一头冷汗，牙齿直打战，四肢也抽搐起来。此时，惨淡的月光透过百叶窗的缝隙挤进屋来。借着昏黄的月色，我又看到了那倒霉鬼——那个我亲手制造的可憎的怪物。他掀开床帘，一双眼睛——如果还能称之为眼睛的话——紧紧地盯着我。他张开嘴巴，发出一串低沉、含混不清的声音，随后呵呵一笑，脸上露出道道皱纹。他也许说了些什么，可我没弄明白。他伸出一只手，看样子想拦住我，但我一闪身，冲下楼去。那天夜里，我一直躲在住所的院子里，在那儿来回踱步，心里七上八下，惴惴不安，还竖起耳朵四下里听着，一有什么动静，便汗毛直竖，以为那具可怕的僵尸追了过来。我真晦气，竟让这么个东西活了过来。

唉！他那副可怖的面容，谁看了都会心惊肉跳，无法忍受。

就是活转人世的木乃伊也没这背时鬼丑陋可怕。在制作的过程中，我就仔细看过他，那会儿他就很丑；现在他的肌肉和关节都动了起来，那副尊容，恐怕连但丁也想象不出来的。

那一夜，我就这么苦苦熬着。有时脉搏跳得很快，很厉害，我甚至可以感到每一根血管都在跳动。有时，由于困倦和极度虚弱，我几乎瘫倒在地上。恐惧和失望交织在一起，揉搓着我的心。多少年来，美丽的梦幻一直伴我酣睡，给我精神上的慰藉；而如今，我一进入梦乡便如同下了地狱，变化如此之快，真是一落千丈！

我总算熬到了天亮。这天早晨，天空昏沉，阴雨霏霏。我睁开因失眠而疼痛的双眼，看到了因戈尔施塔特教堂。它那白色尖塔上的大钟正指着六点。守门人打开了院子的大门，这院子昨夜竟成了我的避难所。我来到大街上，甩开步子，疾走如飞，似乎要躲避那怪物，生怕在哪个街口再碰上他。天空阴云密布，令人抑郁不快。我被雨淋得浑身湿透，可不敢回寓所，身不由已地匆匆向前走去。

我就这样在街上走了好一阵子，想通过身体运动，尽量减轻压在心头的重负。我走过一条条大街小巷，不知自己身在何处，也不知自己在干什么。我感到厌恶、恐惧，心头怦怦直跳，两眼紧盯着前方，不敢左顾右盼——

“恰似荒凉路上的旅人，
心惊胆战，行色匆匆，
回眸一望，又疾步向前，

再不敢伫足回身，
因为他知道背后有恶魔，
穷追不舍，步步紧跟。”①

我就这样漫无目的地向前走着，最后来到一家小旅店的对面，这里如往常一样停放着各种各样的驿车和马车。我不知自己为什么要在这里收住脚步。我停留了几分钟，眼睛一直盯着一辆从街那头驶来的马车。等车靠近时，我发现这是一辆来自瑞士的驿车。这车径直驶向我站立的地方停住。车门打开后，我看到的竟是亨利·克莱瓦尔。他一见我，立即纵身跃下马车。“亲爱的弗兰肯斯坦，”他大喊道：“见到你，我太高兴了！刚下马车就在这儿碰上你，真是走运！”

见到克莱瓦尔我真打心眼里高兴，他的到来，勾起了我对往事的回忆：父亲、伊丽莎白，还有家中的一切都显得那样亲切。我紧紧握住他的手，一时间把自己的恐惧和不幸全忘了，心中平添了一种平静、安宁的快乐，数月以来，我还是头一回有这样的感觉。我向克莱瓦尔表示了最为真诚热烈的欢迎，随后，我俩便一同朝我的学校走去。克莱瓦尔又谈了一阵和我们要好的朋友，并庆幸自己运气不错，因为他父亲最终还是同意他来因戈尔施塔特学习了。“也许你不难相信，”他说道，“要说服我父亲，让他明白，簿记这门技艺虽然高雅贵气，可它毕竟不可能包容一切必须具备的知识，要让他相信这一点，可真是难上加难。说实在的，

① 摘自柯尔律治的《古舟子咏》。

我相信直到最后我都没能说服父亲。尽管我再三恳求他，可他每次都像《威克菲尔德牧师传》中的荷兰教员那样对我说，‘我不懂希腊文，可我一年照样挣一万个弗罗林；我不懂希腊文，照样能尽情吃喝。’①不过，他对我的一片慈爱之心最终还是使他摒弃了对学习的反感情绪，同意我扬帆出征，开启发现之旅，驶向知识的彼岸。”

“见到你，我心里那开心劲儿就别提了。对了，跟我说说，你离开家时，我父亲、两个弟弟和伊丽莎白的情况如何。”

“他们身体都很好，都很快乐；只是你很少给家里写信，他们有点为你担心。啊，对了，我可要替他们说你几句——算了，我亲爱的弗兰肯斯坦。”他突然煞住话头，仔细端详着我的脸，接着说道：“我刚才还没说呢，你的气色真难看，一张脸清瘦苍白，就像熬了几个通宵似的。”

“算你猜着了，最近我竭尽全力在忙一件事情，根本无暇顾及自己的休息，这你看得出来。不过我希望，我真心诚意地希望，有关此事的一切，现在能够了结，希望我最终能够获得自由。”

我浑身颤抖得厉害，昨晚发生的一切，别说我不愿提它，就连想起来都受不了。我迈开步子急速地向前走着，不一会儿我俩就到了学校。这时，我突然想到，被我甩掉的那个怪物，现在说不定仍然活着，正在我的房间里走来走去呢。想到这儿，我就不寒而栗，生怕再见到那怪物，可我更担心亨利会见到他。于是，我请亨利在楼梯口稍等片刻，自己飞快向房间冲去。我伸手抓住

① 《威克菲尔德牧师传》是英国 18 世纪小说家戈德史密斯写的一本小说，这句话出自该小说第 20 章。

房间的门把，可这时我还没缓过气来。于是我收住脚步喘口气，心里不禁打了个寒颤。我猛地将门推开，就像小孩子常做的那样，以为有什么鬼怪站在门背后等着他们，最后却什么也没看到一样。我战战兢兢地走进房间，可屋里空无一人，卧室也不见那丑八怪的踪影。我简直不敢相信自己如此走运，等我确信那冤家对头真的逃走了，我高兴得直拍手，连忙下楼去叫克莱瓦尔。

我们上楼进了房间，仆人很快便送来了早餐；可这时我仍然控制不住自己的情绪。我并不仅仅是异常兴奋，更觉得自己浑身筋肉麻扎扎的刺痛，异常敏感，脉搏也跳得很快。我根本没法在那儿待上一会儿，一时半刻都安静不下来。我一会儿跳上这张椅子，一会儿又跳上那张椅子，拍着双手，哈哈大笑。起初，克莱瓦尔见我情绪反常，还以为是我见到他乐不可支的缘故，可等他仔细观察之后，发现我眼神痴狂，这令他百思不解；而我莫名其妙，控制不住地放声大笑又使他惊恐不安。

“我亲爱的维克托，”他大声喊道，“我的上帝，你究竟是怎么啦？快别这么笑，你可真病得不轻！这一切究竟是什么原因？”

“别问我，”我大声嚷道，双手捂住眼睛，似乎看见那可怕的幽灵溜进了房间。“他会告诉你的。啊，救救我，救救我吧！”我恍惚觉得那魔鬼将我攫住，我拼命挣扎，浑身一阵痉挛，昏倒在地上。

可怜的克莱瓦尔！他当时会是怎样的心情？他满怀喜悦，翘首企盼着我俩的重逢，可万万没有想到，到头来却莫名其妙地看到这样一个令他心酸的场面。不过，我并没有亲眼看到他悲痛的模样，因我已不省人事，不知过了多久才清醒过来。

从那时起，我就患上了神经性发烧这种病症，连续几个月被禁锢于病房。在这期间，唯有亨利在我身边护理。后来我才得悉，亨利知道我父亲年事已高，经不起长途跋涉；但如果让伊丽莎白知道我的病情，她又准会柔肠百转、痛苦不堪；因此，他没有将我得病一事告诉他们，以免他们悲伤。亨利清楚，不管谁来护理我，都不会像他那样亲切耐心、细致周到。他坚信我一定能病愈康复，并认为由他护理我，是帮衬我的家人，是对他们最善意的表示，而决不会对他们有半点伤害。

我的确病得很厉害，只有我这位朋友自始至终、无微不至的悉心照料，才有可能使我起死回生。那个由我赐给生命的魔鬼始终浮现在我的眼前，我总是喋喋不休地诅咒他。毫无疑问，我这样胡言乱语自然会使亨利吃惊，他起初还以为我是因神志恍惚而说胡话，可后来发现我每次都重复同一内容，便认定我神志错乱，是因某种异乎寻常而又令人恐怖的事件引起的。

我的病情时有反复，好好坏坏，我的朋友也常常为我担惊受怕、黯然神伤。不过，我的病体还是逐渐康复了。我至今还记得，当我第一次有兴趣观赏周围景致时，我发现秋日的落叶已无影无踪，遮掩我窗户的一棵棵树上绽出了嫩绿的新芽。那年春天妩媚动人，大大促使了我病体的康复。与此同时，欢乐在我胸中复苏，爱情又一次在我心头萌生；郁郁不乐的情绪也已消逝。没过多久，我便又像未被那股致命的狂热侵袭时一样开心了。

“我最亲爱的克莱瓦尔，”我大声说道，“你真善良，待我太好了。你原本打算去学校念书，可你整个冬天都耗在了我的病房里，这叫我怎么报答你呢？我让你失望，真是万分悔恨，你会原谅我吧？”

“只要你不糟蹋自己，尽快恢复健康，那就是对我最好的回报。你现在情绪很好，我想和你谈一件事，你看好吗？”

我一听这话就浑身发抖。一件事！什么事？难道是指那个我连想都不敢想的坏蛋？

“冷静点，”克莱瓦尔说道，他已看出我脸色变了。“如果这事让你内心烦乱，那我就不问了。不过，要是你父亲和表妹能收到一封你的亲笔信，那他们一定会很高兴的。他们对你的病情几乎一无所知，而且你长期不给家里写信，他们都很担心。”

“你要说的就是这些吗，亲爱的亨利？你怎么会认为我首先想到的不是那些我最亲、最爱的家人呢？他们是完全值得我爱的。”

“如果这的确是你现在的心情，我的朋友，那你也许会很高兴看到一封信，它已经到了几天了，我想是你表妹寄给你的。”

第六章

接着，克莱瓦尔便将下面这封信递到我手中。信是属于我的伊丽莎白写来的：

我最亲爱的表哥：

你生病了，而且病得很重，尽管热心厚道的亨利经常来信，可仍然不足以消除我对你的忧虑。医生不许你写信——不许你提笔；可是，如果你能写上只言片语，亲爱的维克托，那我们也就放心了。每次来邮车，我心里都在念叨，这次总会捎来你那只言片语了吧。我就这样一直盼了好长时间，还说服了姑父，没让他去因戈尔施塔特市。由于路程遥远，旅途多有不便，也许还会遇上什么危险，因而我竭力劝阻姑父前往；可我自己也未能前来看你，总耿耿于怀，引为憾事！我心里常常嘀咕：在你病榻前护理一事准是交给了哪个雇来的老护士了，她根本想不到你需要什么，也不可能像你可怜的表妹那样，一腔柔情，悉心满足你的愿望。不过，现在这一切总算都过去了。克莱瓦尔来信说，你的病情已在好转。我热切盼望你能亲笔写封信来，证实这一消息。

愿你尽快康复——尽快回到我们身边来。你定会看到一个充满幸福、欢乐的家庭；看到深深爱着你的朋友们。你父亲精神矍铄，身子硬朗，他现在唯一的心愿就是能见到你——只有你健康无恙，他的心绪才会安然，慈祥的脸上才不会愁眉深锁。当你见到欧内斯特已长成大小伙子，你心里该多高兴啊！他现已十六岁，朝气蓬勃，浑身充满了活力。他很想做一个地地道道的瑞士人，还巴望着能去国外服役。可我们舍不得让他走，至少也要等他哥哥回来再说。我姑父也不愿意欧内斯特去遥远的异国他乡入伍当兵，只是欧内斯特一点儿也没有你那种勤奋好学的精神，他厌恶读书，把学习看成是束缚自己的枷锁——他整天不归家，不是爬山越岭，就是泛舟湖上。我真担心他会变成一个游手好闲的人，除非我们作出让步，同意他入伍当兵，遂了他的心愿。

你离家以后，除了亲爱的孩子们长大了以外，我们这里几乎没什么变化。湛蓝的湖水，白雪覆盖的群山，一切依然如故。我想，我们这个温馨祥和的家，还有我们知足常乐的心田，也都是被这些同样不可变更的法则所支配着。我的时间都花在了日常琐事上，可我觉得挺有趣；能看到周围一张张亲切幸福的笑脸，我所做的一切努力也就得到了报偿。你走了以后，在我们这个小小的家庭中也发生了一点变化。你还记不记得贾丝婷·莫里茨是怎样来我们家的吗？恐怕你已不记得了，所以我在此对你简单说一说她的身世。她母亲莫里茨太太是个寡妇，膝下有四个孩子，贾丝婷排行老三。这姑娘一直是他父亲的掌上明珠，可说来奇怪，她母亲不知中了什么邪，却把她视为眼中钉，根本容不下她。因此，莫里茨先生去世后，她母亲便百般虐待她。我姑母看到这种情况，便在贾丝婷十二岁那年说服了她母亲，让她住进了我们家。在我们这样一个实行共和体制的国度里，人们的风俗礼仪要比周围那些君主立宪制的大国简单宽松，因此，国民中的不同阶层并不显得那样等级森严。下层人民既不算贫穷，也并不受人歧视；他们的举止比较文雅，道德水准也高一些。日内瓦的仆从是不能与法国和英国的下人同日而语的。于是，贾丝婷便被我们收留下来。她学会了女佣应做的各项工作。她身为女佣，但在我们这样一个幸运的国家里，并不意味着愚昧无知，丧失做人的尊严。

你也许还记得，贾丝婷那会儿是你最喜欢的姑娘。我还记得你以前曾经说过，如果你心情不好，只要贾丝婷看你一眼，你心中的忧愁苦恼便会烟消云散；这与阿里奥斯托①吟颂安吉莉卡的花容月貌可谓异曲同工——贾丝婷看上去是那样纯真，那样快乐。姑母非常疼爱她，不由得改变初衷，使她受到更好的教育。贾丝婷悉力还报姑母的一片恩情，她是世界上最懂得感恩图报的小姑娘。我并不是指她嘴上说些什么感激之词，我从未听她说过，然而，你能从她的眼神里看出，她对照护自己的姑母十分崇敬，几乎到了顶礼膜拜的地步。虽然她生性调皮，在很多方面粗枝大叶，不替别人着想，可她对姑母的一举一动却非常留心。她认为姑母是美德的典范，竭力模仿姑母的举止言谈，即便是现在，她还常常让我想起姑母的神态和风度。

---

① 罗德维克·阿里奥斯托（1474—1533），意大利文艺复兴时期的著名诗人，安吉莉卡是他的长诗《奥兰多》中的女主人公。

我最亲爱的姑母去世时，大家心情沉重，悲痛万分，谁也没去留心可怜的贾丝婷。在姑母患病期间，她怀着万分焦虑的心情，精心护理姑母。可怜的贾丝婷当时也身患重病；然而，还有更多的不幸在等待着她。

她的兄弟姐妹一个接一个地离开人世，除了她这个被疏远了的女儿之外，她母亲已没有别的孩子了。由于良心的发现，这个女人开始感到，她最喜欢的孩子相继夭折，这是上天对她偏心的惩罚。她是个罗马天主教徒；我相信，她的忏悔神父曾证实了她认为自己因偏心而受罚的想法。于是，在你去因戈尔施塔特市的几个月之后，贾丝婷便被她有所悔悟的母亲叫回家了。可怜的姑娘！她在离开我们家时，哭成了个泪人。自打姑母去世之后，贾丝婷像变了个人似的。她以前性格活泼，是个有名的乐天派，可由于姑母辞世，悲痛使她的举止言行变得温和柔顺，很是迷人。她回到母亲家居住后，也没有恢复她以前那种乐乐呵呵的样子。然而，那可怜的女人却朝三暮四，反复无常，她有时悔不当初，恳求贾丝婷原谅她冷酷无情，但更多的时候却责怪贾丝婷，说兄弟姐妹之死是由她一手造成的。无休止的忧郁烦恼终于拖垮了莫里茨太太的身体。她先是脾气变得越来越暴躁，后来便长眠地下，永远安息了。她是在去年冬天气候刚刚转冷时离开人世的。贾丝婷已回到我们身边，你可尽管放心，我会好好疼她的。她天资聪颖，举止文雅，长得如花似玉，正如我前面所说，她的风度和神态总让我想起亲爱的姑母。

亲爱的表哥，有关亲爱的小威廉的情况，我还要向你略微谈一谈。你要是能见到他，那该多好。他长得很高，跟他的年龄不太相称；一双含笑的眼睛蓝莹莹的，可漂亮了，乌黑的睫毛，鬈曲的头发，一笑起来，红润的脸颊便露出一对小小的酒窝。他已经有了一两个小“情人”了，不过他还是最喜欢那个五岁的漂亮小姑娘路易莎·拜伦。

嗯，亲爱的维克托，关于日内瓦的那些名人雅士们，我相信你对他们一星半点的轶事趣闻也挺感兴趣吧？那个眉清目秀的曼斯菲尔德小姐很快就要和一位年轻的英国人约翰·梅尔本结婚了，她已经在接待前来祝贺的亲朋好友。去年秋天，她那模样寒碜的姐姐玛农已与那个阔绰的银行家杜维尔拉德先生结婚了。你挺喜欢的同窗学友路易·马诺瓦，自从克莱瓦尔离开日内瓦之后屡遭不幸，不过，他现在已经重新振作起来，据说就要和一位活泼漂亮的法国女人塔弗尔尼尔太太结为伉俪。塔弗尔尼尔太太是个寡妇，比马诺瓦年长许多，可她很受人敬佩，大家都很喜欢她。

亲爱的表哥，写这封信时，我越写心里越高兴，可现在要搁笔了，我又变得愁肠百结、忧心忡忡。我最亲爱的维克托，给我们写封信吧，哪怕是片言只字也会给我们带来福音的。万分感谢亨利的关心，感谢他的一片深情和他的许多来信；我们由衷地感激他。再见！我的表哥，请多保重，我恳求你务必来信！

伊丽莎白·拉凡瑟

17×× 年 3 月 18 日于日内瓦

“我最亲爱的、亲爱的伊丽莎白！”看完她的信之后，我大声喊道，“我一定要立即写信，消除他们心中不可避免的忧虑。”于是，我提笔写了一封信，真把我给累得够呛。不过，我已经开始康复，身体日见好转。两星期以后，我便能外出活动了。

我病愈后首先要做的事情之一，便是为克莱瓦尔引见大学里的几位教授。做这件事真叫我为难，对我这颗已是伤痕累累的心灵很不适宜。自从那个使我遭受致命打击的夜晚以后，我的辛苦工作算是了结了，可我的灾难却降临了。打那以后，我心中甚至对自然科学这一名称都深恶痛绝。即便我完全恢复健康以后，一看到化学仪器，我原先神经方面的种种痛苦症状又会重新出现。亨利发现这一情况后，便将我所有的化学仪器统统从实验室搬走，不让我再见到它们。他还让我换了个住所，因为他发觉我讨厌原先用作实验室的那个房间。然而，一旦我去拜访那些教授，亨利的关心体贴对我也不起作用了。沃尔德曼先生热情地赞扬我在各个学科领域所取得的惊人进展。他的夸奖是善意的，可对我却是痛苦的折磨。他很快便意识到我不喜欢谈这个话题，可他并未猜到真正的原因。他以为我的厌恶情绪是因为谦虚，于是便不再谈我的成绩，而将话题转到科学本身上来。我当时心知肚明，他这么做，只是想引我说话，让我谈出自己的看法。我又有什么办法呢？他本想让我高兴一番，结果却把我给折磨苦了。我仿佛觉得，他将一台台化学仪器精心安放在我的眼前，而这些化学仪器日后则被用来残酷折磨我，将我慢慢置于死地。他的话使我怆然伤怀，可我却不敢流露出内心的痛苦。克莱瓦尔目光敏锐，感情细腻，总是一眼便能察觉出别人内心的想法。他借口自己对科学一无所知，婉转地拒绝了这一话题，因而我们的谈话也就转到了较为一般的问题上去了。我由衷地感谢我的朋友，但我没有作声。我看得十分清楚，克莱瓦尔流露出惊讶的神色，但他决不会打探我内心的秘密。尽管我对克莱瓦尔情深义重，不胜景仰，但我根本不可能说服自己，将日夜萦绕在我心头的那件事向他吐露，因为我担心，若将此事的根根节节向另外一个人和盘托出，那它在我心头留下的烙印将会更加深刻。

克兰普先生可就不那么和风细雨了；由于我当时神经极度过敏，几乎到了难以自制的地步，因此他对我粗鲁而生硬的夸奖比起沃尔德曼先生柔婉的称誉之词更使我痛苦。“这浑小子够厉害的！”他大声嚷道：“喂，克莱瓦尔，我跟你说，他把我们这些人全给比下去了，我这话担保没错。怎么？你瞪眼了，随你怎么着，可这是千真万确的事实。这小伙子几年前还对科尼利厄斯·阿格里帕笃信不疑，把他当作福音书来崇拜，而现在却在全校出人头地，名列前茅；如不赶快把他拉下马，我们这些人就会羞愧难当，汗颜无地了。难为情，难为情啊！”他发现我脸上露出痛苦的神情，便继续说道：“弗兰肯斯坦先生挺谦虚的，这可是年轻人的优秀品质。你知道，克莱瓦尔先生，年轻人要有自知之明，不应该锋芒毕露，我自己年轻时就虚怀若谷，可这种品质没过多久就丧失殆尽了。”

克兰普先生话锋一转，开始为自己唱赞美歌了。他这么做倒让我暗自高兴，因为我不用再听他唠叨那个令我难受的话题了。

我在自然科学方面的兴趣，克莱瓦尔从不以为然。他的志向在文学方面，这与我对自然科学的研究完全是两回事。他进大学的主要目的是要把自己造就成东方诸种语言的名家大师，这样，他便能为自己制定的人生道路开辟一方天地。他志存高远，决心创一番轰轰烈烈的伟大事业，于是便将目光转向东方，因为那里可以为他的宏图大志提供广阔的发展天地。波斯语、阿拉伯语和梵语吸引了他；受他的感染，我也不由自主地学起这些语言来。我一贯讨厌游手好闲，无所事事；再说，既然想从对过去的回忆和反思中解脱出来，又厌恶以前的研究，那么，能与我的朋友一起学习，共同切磋，自然是我求之不得的事情。东方学者的著作不仅使我受益匪浅，而且给了我心灵的慰藉。我与克莱瓦尔不同，并不想以批判的眼光去评论东方各民族的语言，不以使用这些语言为目的，而只是暂时消遣自娱而已。我读书时只求读懂书的内容，我的努力当然也没白费，收获颇丰。这些东方作家所表现出来的悲伤凄婉之情抚慰着我的心灵，他们的欢愉振奋了我的精神。这些作品的感染力之强，是我在研读其他国家的作品中从未体验到的。在阅读他们的作品时，你仿佛觉得生活像是一座玫瑰园，充满了和煦的阳光，又像是暗藏杀机的美女，时而笑容可掬，时而双眉紧锁；它还像一团烈火，吞噬人们的灵魂。这些作品的风格与气势宏伟、波澜壮阔的希腊、罗马史诗真有天壤之别！

夏天就在读书中消磨过去了。我原定秋末回日内瓦，可我的行期被几件料想不到的事情耽搁下来。严冬来临，大雪纷飞，道路受阻，无法通行，于是我的行期推迟到了来年春天。不能按期返家，我心中十分痛苦，因为我日思夜想，渴望见到故乡，见到亲爱的家人。不过，我的行期一拖再拖，也是因为不愿把克莱瓦尔一人撇下，他人地两生，我想等他熟悉了环境再走。行期是拖延了，可我冬天过得还挺快活；虽然春天来得特别晚，但万物复苏，春暖花开的宜人景致倒也不失为一种补偿。

五月来临了，我望眼欲穿，日日等待着确定我返家日期的来信。这时，亨利提议我俩徒步远足，去因戈尔施塔特市郊游玩，好让我亲自对漂泊了如此之久的异国他乡告别。我欣然接受了这一提议，一来我喜爱运动，二来我在家乡云游大自然的风光美景时，克莱瓦尔一直是我最喜欢的旅伴。

我们徒步游玩了两个星期。在此之前，我的病体早已恢复健康，心情也完全平静下来。在这次旅行途中，我呼吸着益于身心健康的清新空气，目睹大自然宜人的景物，加之与友人一路亲切交谈，只觉得体力日见增强，我以前埋头学习，不与他人来往，成了离群索居的孤家寡人；是克莱瓦尔唤起了我心中美好的情感，重新教会了我热爱大自然的美丽景色，热爱孩子们欢快的笑脸。多好的朋友啊！你是那样真诚地爱我，那样不遗余力地帮我重新振作起来，直至与你一样心地坦荡，意气风发！一个自私的追求束缚了我的思想，使我变得心胸狭窄，鼠目寸光；是你那善良的心地，满腔的热情温暖了我的心房，使我从麻木混沌中清醒过来，重新恢复了自我，又像几年前那样，我爱人人，人人爱我，无忧无虑，无悲无愁。当我心绪欢畅时，沉寂静谧的大自然也能使我心中涌起最美好的感觉；明朗的天空、青翠的田野，使我陶然忘情，为之心醉。这年的春天的确美极了，树篱上，春天的花朵争奇斗艳，夏日的花蕾也正含苞欲放。在过去的一年里，万般思绪犹如驱之不去的重负，沉重地压在我的心头，尽管我竭力驱赶它们，终究徒唤奈何；而今，我已甩掉了这个包袱，再也不受它的纠缠了。

我心情舒畅时，亨利也乐不可支。我的各种心绪都能在他心灵深处引发真诚的共鸣。他一边向我倾诉他心头的感受，一边想方设法让我开心。在这种时候，他才思之敏捷，令人惊叹不已。他说起话来充满了想象力，还常常模仿波斯和阿拉伯作家，随口编出许多奇幻神异而又充满激情的故事。还有的时候，他向我吟诵我最喜欢的诗篇，或设法引我与他争论，并总是机智巧妙地，独出心裁地论证自己的观点。

我们是在一个星期天的下午回到学校的；农夫们在翩翩起舞，我们遇到的每一个人看上去都是那么高兴，那么幸福。我自己也情绪高昂，一路连蹦带跳，心花怒放，沉浸在无限的喜悦之中。

第七章

我回来之后，发现了下面这封父亲的来信：

我亲爱的维克托：

你一直在等待确定你返程日期的信，也许你已等得不耐烦了吧？我起初只想草草写上几句话，仅仅告诉你回来的日子就算了，看起来这似乎是关心你，可实际上对你却很残酷，因此我不敢那样做。你本指望我们高高兴兴地欢迎你，却不料看到家人痛哭流涕的惨景，我的孩子，你一定会大吃一惊的。维克托，我该怎样向你讲述我们家中的不幸呢？你虽然离家在外，可你决不会对我们的悲欢无动于衷，既然如此，我又怎么忍心让我长年在外的儿子遭受痛苦呢？对于这个令人悲哀的消息，我希望你在思想上有所准备，可我知道这是不可能的；即便是现在，你的眼睛已飞快地在信纸上扫视，想尽快搜寻出向你传达这一噩耗的字句。

威廉死了！这个可爱的孩子，他的微笑曾温暖着我的心，给我带来多少欢乐；他多么文雅，又多么活泼可爱！维克托，他是被人谋杀的！

我不想劝慰你，只想在此简单地讲述一下这件事的前后经过。

上星期四（五月七日），我和侄女，还有你的两个弟弟一起去普莱恩帕莱斯草地散步。那天傍晚，天气暖洋洋的，四周一片恬静。我们在那儿散步的时间比平时长，等想起返回时已快天黑了。这时，我们发现走在前面的威廉和欧内斯特不见了踪影。于是，我们便在一张凳子上坐了下来，等他们回来。没过多久，欧内斯特回来了。他问我们有没有见到他弟弟，他说他曾和弟弟一块玩着，后来威廉跑开躲了起来，他四处寻找，可就是没找着，后来又等了他好长时间，可他仍然没有回来。

欧内斯特回来这么一说，我顿时大惊失色，于是我们到处去找威廉，一直找到夜幕降临。这时，伊丽莎白猜想，他可能已经回家了。可他并不在家里。我们遂又举着火把，返回原地寻找。一想到我那可爱的孩子走丢了，会受到夜晚寒露潮气的侵袭，我心里就忐忑不安。伊丽莎白也愁肠百结，痛苦异常。大约在第二天早晨五点钟，我终于发现了这可爱的孩子。不幸的是，这个头天晚上还敦敦实实，活蹦乱跳的孩子，现在却一动不动地躺在了草地上，只见他面色铁青，脖子上留有凶手掐过的指痕。

威廉被抬回家里。我本想瞒着伊丽莎白，可她一见我脸上露出的痛苦神色，便立刻明白了一切。她执意要看看尸体。起初，我试图阻止她，可她坚决要看。当她一走进停放尸体的房间，便急忙查看威廉的脖子。只见她紧握双手，大声喊道：“哦，天哪！是我害死了这可爱的孩子啊！”

伊丽莎白昏死了过去。我们七手八脚，费了好大劲儿才使她缓过气来。她刚苏醒过来，便失声痛哭，喟然叹息。她对我说，当天傍晚时分，威廉一直缠着她，一定要她把保存在身边的一枚极为珍贵的你母亲的微型肖像给他戴上。现在这枚肖像已不翼而飞。毫无疑问，凶手发现这帧肖像，遂起歹念，便对威廉下了毒手。虽然我们正竭尽全力查找凶手，但目前还没有任何线索。话又说回来，不管我们怎样搜查，都不可能使我那可爱的威廉死而复生了！

快回来吧，我最亲爱的维克托，只有你才能抚慰伊丽莎白的心。她终日啜泣不止，硬说是自己害死了威廉。听了她这话，我心里就像针扎一样难受。我们全家都非常悲痛；我的儿，这是不是应该成为你回家安慰我们的另一层原因呢？你那亲爱的母亲！唉，维克托！我跟你说，我还真要感谢上帝，她幸亏没有活着看到她那心爱的小儿子惨遭毒手，死得这么可怜！

回来吧，维克托；不要盘算着如何向凶手报复，这只能加深我们心头的悲哀；只有平心静气，宽容和顺才能抚慰我们痛楚的心灵。回到我们这个丧祭哀痛之家来吧，我的朋友，但你不要满怀对敌人的仇恨，而要满怀善意和深情回到爱你的家人身边。

你痛苦中的慈父

阿方斯·弗兰肯斯坦

17×× 年 5 月 12 日于日内瓦

克莱瓦尔在我看信时一直注视着我脸上的表情。他发现我收到父亲来信时的喜悦之情消失了，转而露出忧愁绝望的神色，禁不住心头一惊。我把信扔到桌上，用双手捂住脸。

“我亲爱的弗兰肯斯坦，”亨利见我在痛苦地哭泣，便大声问道，“你怎么没有高兴的时候？我亲爱的朋友，到底发生了什么事情？”

我示意他把桌上那封信拿去看，然后在房间里来回踱步，心里万分痛苦。克莱瓦尔看着这封报噩耗的家书，眼泪扑簌簌地淌了下来。

“我没法安慰你，我的朋友，”他说道，“你家中的不幸是无可弥补的，现在你打算怎么办？”

“即刻返回日内瓦。亨利，跟我一起去订辆马车。”

我们俩一路走着，克莱瓦尔竭力想说几句安慰我的话，可他也只能向我表示深切的同情。“可怜的威廉！”他说道，“多么可亲可爱的孩子，现在却和天使之母一起安眠了。这孩子天资聪颖、欢快活泼，长得相貌堂堂、洋溢着青春的朝气，凡是见过他的人，没有谁不为他的夭折而悲伤哭泣的。他死得多么凄惨，是被凶手活活掐死的！这个杀人凶手简直残忍到了极点，竟杀害了这样一个生气勃勃的无辜儿童！可怜的小家伙！我们唯一可以聊以自慰的是：虽然他的朋友们在为他哀痛流泪，可他却已永远安息了。他肉体上的痛苦已不复存在，心灵上的痛苦也一去不复返了。一层草泥覆盖着他那弱小的身躯，他再也不知道什么是痛苦，也不再需要人们的怜悯，我们必须把这份同情之心留给那些可怜的幸存者。”

克莱瓦尔一边和我急匆匆地穿过街道，一边对我说了上面那些话。他的话在我的脑海里留下了深刻的印象，后来我在独自回家的路上仍记忆犹新。这时，马车来了。我急不可耐地跳上车，向我的朋友告别。

一路上，我心情晦暗、抑郁悲伤。起初，我真巴不得马车快点往前跑，因为我急着回去安慰我所深爱的、悲不自胜的亲人们，向他们表示我的一片同情之心。然而，等马车驶近家乡时，我反而放慢了速度。我真没法忍受我心头纷至沓来的种种复杂的情感。一幕幕少年时代熟悉的情景在我眼前闪过——我已有六年没见到这些情景了。在这六年里，一切都有可能发生巨大的变化！这儿曾经突然发生过一次破坏性的剧变；但是，还有无数微小的事件，也可能逐渐引起其他种种变化。虽然这些变化较为隐蔽，并不那么引人注意，然而，它们并不是无足轻重的。恐惧攥住了我的心；我没有勇气再往前走，多少无名的魑魅魍魉使我浑身颤抖，心惊肉跳，尽管我无法说清楚它们到底是什么。

我在洛桑停留了两天，一直处于这种痛苦的心情之中。我凝视着湖面，水波不兴，四周静悄悄的，白雪皑皑的群峰——“大自然的宫殿”①，依然如故。这神奇而恬静的景致使我逐渐镇定下来。我继续登程，向日内瓦赶去。

当马车驶近我的家乡时，这条沿湖的公路变得狭窄了。那乌黑的朱拉山坡，那耀眼的勃朗山巅，看得越来越清楚了。我像个孩子似的抽泣起来。“亲爱的群山！我那美丽的湖水！你们将怎样来欢迎我这流浪归来的人儿？你们的山巅是那样清亮光洁，天空和湖水又是那样湛蓝、宁静，这一切是预示着太平安乐，还是在嘲笑我的不幸？”

我的朋友，我一直啰里啰唆地向你们诉说我过去的事情，恐怕我让你们讨厌了吧，但在过去那段时间里，我的确过得相当幸福，现在回想起来，我心里仍然乐滋滋的。我的故乡，我可爱的故乡！再次见到你那涓涓溪流、你那崇山峻岭，特别是你那口大湖，真令我欣然色喜，而我这种愉悦的心情，除了从小在故乡长大的人以外，谁能体会得到呢？

然而，当我快到家时，悲伤和恐惧又一次袭上心头。夜色笼罩了大地，我几乎已看不清那黑黝黝的山峦。这时，我心头愈发觉得阴郁愁苦。出现在我面前的，是一幅巨大、晦暗、阴森可怖的景象，我隐隐约约地感到，我命中注定要成为这个世界上最不幸的人。唉！我的命运不幸被我言中；不过，有一点我没有料到，也是我唯一没有料到的：所有我想到并为之恐惧的不幸尚不及我

---

① 语出拜伦的长诗《恰尔德·哈罗尔德游记》。

注定要遭受的百分之一。

当我到达日内瓦市郊时，天已完全黑了下来。城门已经关闭，于是我只得在离城一英里半的塞克朗村歇宿。夜空清朗宁静；由于无法入睡，我便决定去看一看可怜的威廉被谋杀的地点。因为无法穿过日内瓦城区，我只好乘坐一条小船，横穿日内瓦湖去普莱恩帕莱斯。在这短短的乘船途中，我看到勃朗峰顶闪电飞舞，映射出极为美丽的图案。雷暴雨很快就要来临。下船后，我爬上一座低矮的山丘，以观察雷暴雨的进程。它正向这边逼近，天空乌云密布，没多久，我便感到硕大的雨点徐徐洒落下来。不一会儿，雨势变得更加猛烈了。

我离开观察点，继续向前走去。天色越来越黑暗，暴风雨越来越猛烈，声声炸雷在我头顶掠过，令人毛骨悚然。雷声在塞勒夫山、朱拉山和萨伏依的阿尔卑斯山之间回荡。强烈的闪电照得我眼花缭乱，湖水也被映得通明透亮，整个湖面仿佛燃起一片漫无边际的火光。有一瞬间，四周漆黑一团，什么也看不见，直至视力从刚才令人目眩的闪电中恢复过来。顷刻之间，暴风雨便铺天盖地扑洒而来。这种暴风雨在瑞士是屡见不鲜的。暴风雨最为猛烈的中心区域是在日内瓦市正北方向上空，即在贝尔里韦岬与科佩特村之间的湖区上。另一处雨区较弱，隐隐约约地照亮了朱拉山脉；还有一处暴风雨区时暗时明，将日内瓦湖东部险峻的莫尔山峰照得时隐时现。

我一边注视着这场如此壮观，如此惊心动魄的大暴雨，一边大步流星向前疾走。天空中这场轰轰烈烈的雷电大战使我精神振奋。我将双手握在胸前，高声大喊道：“威廉，亲爱的安琪尔，这场暴风雨就是为你举行的葬礼，就是为你而吟的挽歌！”我正说着，只见昏暗中，一个人影从我附近的树丛后面悄悄闪了出来。我一动不动地站在原地，凝眸注视。我绝不可能看错。一道闪电将那人照亮，他的形态清楚地显露在我的眼前。只见他身材异常高大，面目畸形，奇丑无比，决不像人类。我顿时明白，他就是那个卑鄙的家伙，那个我赋予其生命的无耻恶魔。他在这儿干什么？难道（再往下想，我就浑身发抖。）他就是谋害我弟弟的凶手？这一想法刚刚掠过我的脑际，我立即便断定这是千真万确的事实。我的牙齿在格格打颤，我不得不靠在一棵树上支撑自己的身体。那个人影在我眼前一晃便迅速消失在黑暗中。只要是人，绝不可能对一个可爱的孩子下毒手，他就是凶手！这一点我决不怀疑。这个想法在我脑海里出现，本身就无可辩驳地证明了这一事实。我原打算去追那恶魔，可是，去追也是徒然的，因为又一道闪电划过夜空时，我发现他已攀上塞勒夫山的悬崖峭壁之间，这是邻接普莱恩帕莱斯南端的一座山。他很快便翻上山顶，消失得无影无踪。

我站在那儿，一动不动。这时，雷声已经平息，但雨还在下个不停，四周黑沉沉的，一切都笼罩在一层穿不透的夜幕之中。我竭力要忘却的那些事情又在我脑子里盘旋起来——我为制造这个怪物所采取的每一个步骤，我亲手制作的这个怪物怎样出现在我的床边，以及他最后又是如何从我身边消失的。从他最初获得生命的那个夜晚算起，差不多已过了两年的时间了。他获得生命之初，是不是他犯罪之始？天哪！我竟将一个无耻的坏蛋释放到这个世界上来，他专以杀人为快，以给人们带来不幸为乐。难道不是他杀死了我弟弟吗?

谁也想象不到我在那天后半夜所遭受的痛苦——我露宿山野，浑身湿淋淋的，备受寒冷的煎熬。然而，我根本没把这坏天气放在心上；我的脑海里翻腾着一幕幕不幸而令人绝望的情景。我暗自想道，我把这怪物带到人世，赋予他为非作歹的意志和力量，使他得以犯下现在这种骇人听闻的罪行。这简直是我自己变成了吸人血的妖魔鬼怪，是我自己的灵魂从坟墓中被释放出来，并被逼着去摧毁我所珍爱的一切。

天亮时，我拔腿向城里走去。城门已经打开，我急匆匆地朝父亲的住所赶去。我起初打算向家人披露我所知道的有关凶手的情况，并组织大家立即前去追捕凶手。然而，我必须向他们交代这件事的前后经过。仔细一想，我又犹豫起来。一个由我亲手制作、并赋之以生命的怪物，竟让我深更半夜在渺无人迹的悬崖绝壁上见到；而且我还回想起，就在我制造出怪物的那一天，我同时遭到神经性热病的侵袭。这件事的前后经过本已荒唐之极，加之我又曾得过此病，那别人准以为我神志不清，胡言乱语。我心里十分清楚，如果有谁对我说起这种事情，我肯定会认为他神经错乱，瞎说八道的。退一步说，即便我能取得家人的信任，说服他们去追捕那怪物，可那怪物生性诡异，定会逃之夭夭。这样看来，前去追捕他又有何用?一个能在塞勒夫山上飞檐走壁的怪物，有谁能抓得住他?考虑了这种种因素之后，我打定主意不提此事，保持沉默。

大约凌晨五点钟时，我走进了父亲的寓所。我吩咐仆人不要惊动家人，然后走进书房，静候他们起床。

离家六年了。这六年仿佛梦幻般逝去，仅仅留下一条无法抹去的痕迹。在我动身前往因戈尔施塔特时，我就是站在这里与父亲最后一次拥抱告别的。在我的心目中，父亲仍像以前那样可爱可敬！我凝视着壁炉台上一幅母亲画的画像。这幅画取材于一件往事，是根据父亲的意愿而绘制的。画中的卡罗琳娜·波弗特屈膝跪在亡父的灵柩旁，万念俱灰，痛不欲生。她衣着朴素，虽两颊苍白，但神态端庄、仪容秀美，不会轻易引起人们的怜悯之心。在这幅画像的下方，是一帧威廉的小型画像。我端详着这幅画像，泪水不禁夺眶而出。正在这时，欧内斯特走进书房来。他听说我回来了，急忙跑来欢迎我。见到我时，他内心既高兴，又悲伤。“欢迎你，我最亲爱的维克托，”他说道：“唉，你如果早三个月回来该多好，那你就能见到我们全家开开心心，万事不愁的情景。而你现在回来，却要与我们一起分担一份无可缓解的痛苦。不过，我希望你这次回来，能使父亲重新振作起来。他由于遭此不幸，似乎心灰意冷，日益消沉。再说，我还希望你多加劝慰伊丽莎白，不要让她再自怨自责，徒然折磨自己。可怜的威廉！他是我们最疼爱的小兄弟，是我们心中的骄傲！”

弟弟情不自禁，泪水夺眶而出。一阵极度的痛苦在我全身蔓延开来。回来前，我只能想象自己冷清的家里那凄苦悲惨的景象，而目睹眼前的现实却触目惊心，我仿佛看到了一场新的、同样可怕的灾难。我竭力使欧内斯特平静下来，并向他更为详细地询问了父亲和那位我称之为表妹的姑娘。

“她是我们全家最需要安慰的人，”欧内斯特说道，“她指责自己，硬说我弟弟的死是她一手造成的，因此心里万分痛苦。不过，既然杀人凶手已经查出……”

“凶手已经查到了！我的天哪！这怎么可能呢？谁敢去追捕他？这是万万不可能的事。去追捕那凶手无异于追赶清风，或试图用一根稻草阻挡奔流而下的山涧。我昨天夜里还见到过他，根本没被抓住！”

“我不知道你在说什么，”弟弟以惊讶的口吻回答道，“不过，凶手查出来以后，倒使我们雪上加霜，痛苦到了极点。起初，谁都不相信这是真的，就是现在，尽管证据确凿，伊丽莎白还是不相信。情况也的确如此，贾丝婷·莫里茨，她可是个非常温柔的姑娘，又那么喜欢我们全家人，谁能相信她会突然干出如此卑鄙，如此骇人听闻的罪恶行径？”

“贾丝婷·莫里茨！这姑娘太可怜，实在太可怜了。难道她会是被告？她肯定是被冤枉的，这谁都清楚，没人会相信的，对不对，欧内斯特？”

“起初大家也不相信，可后来发现的几件事情，几乎逼着我们去相信那是真的。再说，她自己的所作所为也前后矛盾，这使原先的证据更加确凿可信，要想就此事提出怀疑，恐怕已没有任何希望。法庭今天将会对她作出判决，到时你就什么都明白了。”

他说，发现可怜的威廉被谋杀的那天早晨，贾丝婷得了病，一连几天卧床不起。在此期间，一个仆人偶然翻了一下她在谋杀案发生的那天晚上穿过的衣服，结果在衣袋里发现了母亲那帧微型肖像。于是她被认定为谋财害命。那个仆人立即将这帧肖像拿给另一个仆人看。这两人也不对家里人说一声，便去报告了地方行政官。根据他们的证词，贾丝婷被拘押了起来。这可怜的姑娘被法庭指控杀人时，失魂落魄，神色极为慌张，这在很大程度上证明了人们对她的怀疑。

这件事很离奇，可它并未动摇我心中的信念。我认真地回答道："你们全弄错了，我知道谁是凶手，可怜的贾丝婷是个好姑娘，她是无辜的。"

我话音刚落，父亲走了进来。在他的脸上我看到了极度痛苦的神色，可他还是强颜欢笑，欢迎我的回来。我们怀着悲哀的心情彼此致意后，父亲本想把话题岔开，不再谈这场灾祸，可欧内斯特喊了起来："我的老天！爸爸！维克托说他知道谁谋杀了可怜的威廉。"

"不幸的是，我们也知道了，"父亲说道，"说句老实话，我宁可一辈子什么都不知道，也不愿意看到一个我非常珍爱的人，竟变得如此邪恶堕落，如此忘恩负义。"

"我亲爱的父亲，你弄错了，贾丝婷是无辜的。"

"如果她是无辜的，让她蒙冤受苦，为上帝所不容。今天就要宣判了，我希望，我真诚地希望，她会被无罪释放。"

父亲的这番话让我的一颗心安宁下来。别说是贾丝婷，任何人都是无辜的，谁都不可能去犯这个谋杀案，对此，我是坚信不疑的。所以我根本不担心法庭会举出什么有力的证据来判她的罪。至于我自己的事情，那是不能在公开场合披露的。此事异常恐怖，令闻者丧胆，因而会被那些凡夫俗子视为痴人说梦。其实，除了我——那个怪物的制造者，世上还有谁会相信，凭着自以为是和轻率无知也能搞出什么不朽业绩，也能搞出那个由我放到世上来的活物？除非谁能用理智去说服自己，否则，任何人都不会相信的。

没多久，伊丽莎白也来了。自从上次分手以后，岁月给她带来了很大的变化。她出落得亭亭玉立，楚楚动人，她的美已经远不是她童年时的美所能比拟的。她仍然显得那样真诚，那样富有生气，而在她的眉宇之间则增添了一种更为理智和灵慧的神情。她温情脉脉地欢迎我回来。“亲爱的表哥，”她说道，“你这次回来使我心中充满了希望。也许你能想出什么办法，证明可怜的贾丝婷是清白无辜的。唉，如果判她有罪，世人岂不都成了罪人？我相信她是清白的，就像相信我自己是清白的一样。我们真是祸不单行，备受煎熬，不仅失去了可爱的小弟弟，而且我真心喜爱的这个可怜的姑娘，也将被夺走，她的命运更加悲惨。如果贾丝婷被判了死刑，我这一生一世就再无欢乐可言。但是，她不会被定罪的，我相信她不会的；虽然我那小威廉死得凄惨，但只要贾丝婷平安无事，我还是会快乐的。”

“她是清白的，我的伊丽莎白，”我说道，“这一点将会得到证实；你什么也不用担心，我肯定她会无罪释放，你还是振作起来吧。”

“你的心地多么善良，你的胸怀多么宽广！人人都认为她有罪，这真叫我心如刀割，因为我知道，她决不会干那种事情。眼看大家都偏听偏信，愚顽不化，我已是心如死灰，完全绝望了。”她呜呜地哭了起来。

“我最亲爱的侄女，”父亲说道，“把眼泪擦了吧，如果她像你所说的那样，确是清白无辜的，你就相信我们的法律是公正的，相信我也会采取行动，以防止任何不公正的行为。”

第八章

我们在悲痛中过了几个小时，直至十一点开庭审判。我父亲和家里其他人都被指定出庭作证，所以由我陪同他们一起前往法院。这场审判是对正义的极大嘲弄，自始至终都在活活地折磨着我。必须作出裁决的是，我的好奇心和我使用非法手段制作的活物是否导致了我两位同胞的死亡，反正事情已成定局，很快就要宣判了：一个是天真清纯，笑盈盈、乐呵呵的孩子；另一个则要被处以极刑，其命运远为不幸；她的死还将因其罪孽深重而令人惊骇胆寒，梦寐难忘。贾丝婷是个好姑娘，具有优良的素质，自然能过上幸福的生活，可现在，随着她蒙受耻辱，含冤而死，她的一切都将化为乌有，而我却是害死她的元凶。我愿意认罪一千次，替贾丝婷承担强加在她头上的罪责。然而，谋杀案发生时我并不在现场，如果我替她承担责任，人们自然会认为我胡言乱语，精神失常，而替我受罪的贾丝婷亦不可能获救。

贾丝婷身穿丧服，显得神态自若。她天生丽质，而此刻由于神情庄重，看上去愈发风姿绰约。虽然她在众目睽睽之下受到诅咒，但她毫不慌张，自信是清白无辜的。尽管她的美可能会在平时引起人们的好感，但此刻大家都认为她犯下了滔天大罪，因而人们心里对她的好感也就不复存在了。她看上去挺沉着，可显然是在强作镇定。由于她以前神色慌张而被引为犯罪的证据，因此这时她沉下心来，竭力作出无所畏惧的样子。她走进法庭时，环视四周，很快便找到了我们的座位。她看到我们时，两眼似乎被泪水模糊住了，但她很快便恢复了镇定的情绪。她那满含哀怨的神色似乎证明了她的清白无辜。

审讯开始了。控方律师陈述了控词之后，法庭随即传唤几位证人当庭作证。有几件事很离奇，凑在一起对她十分不利。如果没有我手头所掌握的能说明她无罪的证据，恐怕任何人都会感到震惊。在谋杀案发生的当晚，贾丝婷彻夜未归，快到早晨时，有一卖菜女在后来发现孩子尸体处的附近见到她。这卖菜女问她在那儿干什么，她的回答前言不搭后语，不知所云，而且神色显得十分古怪。贾丝婷大约在八点钟回到家里，有人问她在哪儿过的夜，她回答说一直在找那孩子，还十分认真地询问有没有那孩子的消息。当别人带她去看那孩子的尸体时，她立即歇斯底里，后来还在床上一连躺了好几天。接着，法庭出示了仆人在贾丝婷衣服口袋里找到的那帧肖像。伊丽莎白用颤抖的声音作证说，在孩子失踪前的一小时，她曾将这帧肖像戴在孩子的脖子上。人们立即低声议论起来，恐惧和愤怒在整个法庭弥漫开来。

法庭遂叫贾丝婷为自己辩护。在开庭审理此案的过程中，贾丝婷的脸色变了，明显地流露出惊讶、恐惧和痛苦的神情。有时她强忍着眼泪，不让自己哭出来；可当她要为自己辩护时，她倒也鼓起了勇气，虽然说话的声音忽大忽小，但还是能听得清楚。

“上帝知道我是完全清白无辜的，”她说道，“但是，我并不奢望我的辩护能使我无罪开释。对于那些用来指控我的事实，我将作出简单明了的解释，希望借此证明自己的清白。同时我还希望，我一贯的人品能使法官们对任何看起来令人迷惑，或使人怀疑的情况作出对我有利的解释。”

她接着说道，在谋杀案发生的那天晚上，她经伊丽莎白允许，去谢纳村的一个姨妈家玩。谢纳村离日内瓦约三英里。她大约在九点钟从姨妈家返回，途中遇到一个男人，问她是否见到那个失踪的孩子。她听说后心忧如焚，立即四处寻找，一直找了几个小时。可这时城门已经关闭，她不得不在一个农户的谷仓里待了几个小时。虽然她同户主很熟，但她不愿意惊扰他们。这夜的大部分时间她都十分警觉，一直在观察外面的动静。快到天亮时，她相信自己睡了几分钟。后来，门外传来脚步声，她便醒了过来。这时，天已亮了，她于是离开了这个栖身之所，想再去找我的弟弟。即便她走近躺着威廉尸体的那个地方，她自己也全然不知。至于那卖菜女问她话时，她显得神色恍惚，这并不奇怪，因为她一夜不曾合眼，而且可怜的威廉下落不明，凶吉未卜。至于那帧肖像，她无法作出解释。

“我心中十分清楚，”这个不幸的受害者继续说道，“这一情况对我极为不利，足以判我死刑，可我却无法作出解释。我已经说过，我对这件东西一无所知，我只能作这样的猜测：可能有人将这件东西放到了我的口袋里。然而作此猜测我同样没有根据。在这个世界上，我相信自己没有任何敌人，没有谁会如此恶毒，竟无端加害于我。是凶手将它放到我口袋里的吗？据我所知，他没有机会这么干；如果说我有机会让他这么做，那么为什么凶手偷了那首饰很快就舍弃不要了呢？

“我的上述辩词望法官明断，但我看希望渺茫。我请求法官就我的人品传唤有关的几位证人；如果他们的证词不足以推翻强加于我的罪名，尽管我发誓自己清白无辜，指望以此获救，可我肯定还是会被判有罪的。”

法官传唤了几位与贾丝婷相识多年的证人。这些人平时对贾丝婷交口称誉，但他们认为贾丝婷犯了罪，并对这种罪行心怀恐惧和仇恨，因而唯唯诺诺，胆小怕事，不愿出庭为她作证。伊丽莎白眼见这最后一着——被告的优秀品质和无可挑剔的品行也将无济于事，尽管她心中紧张不安，但仍然请求法官准许她为被告当庭陈词。

“我是那个被谋杀的孩子的表姐，”她说道，“更确切地说，我是他的姐姐，因为自从这孩子出生以来，甚至早在他出世之前，我便受到他父母的教诲，并与他们生活在一起。有鉴于此，我在这种场合出庭为被告辩护，也许会被认为是不适宜的；然而，当我看到我的一位同胞将被她虚伪胆怯的朋友毁掉时，我希望法官准许我发言，就我所了解的被告的为人和品格向法庭陈述我的看法。我与被告非常熟悉，并与她同住一处，先是五年，后又同住了近两年时间。在与她共同生活的这些年里，我始终认为，她是世界上最温柔可亲，心地最善良的姑娘。在我姑母弗兰肯斯坦太太病重期间，她满怀深挚的情谊，无微不至地护理她。后来，她的生身母亲久病不愈，她也悉心照料，可谓其情切切；凡认识她的人有口皆碑，赞叹不已。这以后，她又回到我姑父家中居住，受到全家上下的喜爱。她深深地爱着那个已死去的孩子，对他体贴入微，俨如慈母一般。就我而言，我毫不犹豫地表示，尽管法庭出示的证据均对她不利，但我仍然坚信，她是完全清白无辜的。至于那件作为她重要罪证的小装饰品，如果她以前真的想要，我自然会非常乐意地赠送给她，因为我十分尊重她，看重她。”

继伊丽莎白简洁有力的申诉之后，人们交头接耳，法庭里响起了一片赞扬声。然而，人们是在盛赞伊丽莎白为被告辩护的坦荡胸怀，而不是对贾丝婷寄予任何同情。相反，公众对她的愤慨变得愈发强烈，指责她恩将仇报，无情无义。在伊丽莎白发言时，贾丝婷一直伤心流泪，但并未作任何答复。在整个审判期间，我自己一直坐立不安，心中极其痛苦。我相信贾丝婷是清白的，这我心知肚明。会不会是那恶魔杀害了我弟弟（对此我没有片刻怀疑），然后又心生歹念，嫁祸于人，将清白无辜的贾丝婷置于死地，让她蒙受不白之冤？我无法忍受自己这种可怕的处境；当我感到公众的呼声和法官们脸上的表情已对我那不幸的受害者作出判决时，我怀着痛苦的心情冲出了法庭。被告所受的折磨还不如我所受的折磨；她有精神上的支柱，因为她是清白的；而我心中的悔恨却像毒蛇的利齿，在撕咬着我的胸膛，毫不放松。

那一夜，我完全沉浸在痛苦之中。第二天早晨，我又去了法庭。我唇焦喉燥，没有胆量去问那个致命的问题。可是，别人已经认识我。法庭里的一位官员猜到了我来访的原因。法庭已经投过票，全是清一色的黑票，贾丝婷已被判定有罪了。

我不能对我当时的心情妄加描述。我以前也曾体验过恐惧的感觉，也曾努力用恰当的词语去描绘那种恐惧感；然而，我当时的感受却是一种令人抑郁窝心的绝望感，绝非任何文字所能形容。

那位与我谈话的官员还告诉我，贾丝婷已对指控她的罪行供认不讳。“这个案子一目了然，因此她的供词可有可无；不过，既然她招供了，我还是很高兴。老实说，我们那些法官谁都不愿意仅凭旁证判决罪犯，不管这些旁证有多确凿。”

这一情况十分蹊跷，完全出于我的意料。这究竟意味着什么？是不是我看错了？难道我真的疯了吗？就像我说出自己怀疑的对象，世人都会说我疯了那样吗？我立即赶回家中，伊丽莎白急切地问我判决的结果。

“我的表妹，”我告诉她说，“正如你所预计的那样，法院已作出判决，无可挽回了。所有的法官都一致认为，宁可错判十个无辜者，也不放跑一个罪犯，而且贾丝婷自己已经供认了。”

这对可怜的伊丽莎白是一个沉重的打击。她一直坚信贾丝婷是清白无辜的。“天哪！”她说道，“叫我以后怎么再相信人的仁慈和善良呢？我把贾丝婷当作亲妹妹看待，爱她，尊重她，难道她会装出一副天真无邪的笑脸，而专干丧尽天良的勾当吗？她那双温柔的眼睛似乎不可能隐藏着冷酷与奸诈，可她毕竟残杀了一条生命。”

此后不久，我们听说那可怜的受害者希望能见我表妹一面。我父亲不想让伊丽莎白去，不过他又说，此事还是由她自己的判断和感情决定吧。“是的，”伊丽莎白说道，“尽管她犯了罪，我还是要去。维克托，你陪我一起去，我不能一个人去。”要我去见贾丝婷，简直是对我的折磨，可我不能拒绝。

我们走进昏暗的囚室，只见贾丝婷坐在囚室那头的一堆稻草上；她的手被铐了起来，脑袋垂到膝盖上。一见我们进来，她便站起身，等牢房里只剩下她和我俩时，她一下子跪倒在伊丽莎白的脚边，失声痛哭，我表妹也禁不住抽泣起来。

“唉，贾丝婷，”伊丽莎白说道，“你为什么要从我身边夺走我最后的安慰？我过去相信你是清白的，虽然我那时痛苦不堪，可我现在比以前更加痛苦。”

“您也相信我那么凶残歹毒、十恶不赦吗？难道您也站在我的敌人一边，指责我是个刽子手，要置我于死地吗？”贾丝婷泣不成声，再也说不下去了。

“起来吧，我可怜的姑娘，”伊丽莎白说道，“如果你是冤枉的，为什么要下跪呢？我不是你的敌人；以前我根本不管那些证据，总认为你是无辜的，可后来我听说你自己承认犯了罪。如果你说没这回事，那么，亲爱的贾丝婷，你尽管放心，除了你自己承认犯了罪，我对你的信任决不会有一时一刻的动摇。”

“我的确承认我犯了罪，可我说的并不是真话。我之所以招供，是因为我想得到上帝的赦免；而现在，我的谎言比我其他任何罪孽都更为沉重地压在我的心头。上帝饶恕我吧！自从我被判有罪之后，我的忏悔神父就一直揪住我不放，他一而再、再而三地威胁、恐吓我，最后，几乎连我自己也开始相信，我就是他所说的那个恶魔。他威胁我，说我如果再不认罪，就会被逐出教门，并在我生命终结之前，将受到地狱之火的烧灼煎熬。亲爱的小姐，我孤立无援，谁也不肯帮助我，人人都把我看成是一个卑鄙小人，注定会声名狼藉，死有余辜。我又有什么办法呢！就在那不幸的时刻，我在假供词上签了名；而现在，唯独我才是真正不幸的人。”

她收住话音，抽泣了一会儿，接着又说道，“亲爱的小姐，您那在天堂里的姑母曾给了我崇高的荣誉，您本人也非常疼爱我，可您竟然相信您的贾丝婷会干出只有魔鬼才会干的罪恶行径。想到这，我就感到浑身颤栗。亲爱的威廉！最亲爱的、圣洁的孩子！我很快就会在天堂里再次见到你了；在那儿，我们将获得幸福；在我即将蒙冤死去之际，想到我们将会幸福，我心里就得到了安慰。”

“啊，贾丝婷！我一时动摇了对你的信任，请你原谅我吧。你为什么要认罪呢？不过，别难过了，我亲爱的姑娘。你不用害怕，我要向世人宣布，你是无罪的；我要证明你的清白；我要用自己的泪水和祈求熔化你的敌人的铁石心肠。你不会死的！你，我的玩伴，我的朋友，我的亲妹妹，竟要被处以绞刑！不！不！倘若这场可怕的劫难发生，我也不想再活下去了。”

贾丝婷悲哀地摇了摇头。“我并不怕死，”她说道，“我已不再被死亡的痛苦所折磨。上帝使我摆脱了懦弱，给了我勇气忍受最大的磨难。我将离开这个悲惨的、令人心酸的世界，如果您还记得我，把我看作是一个受到不公正判决的受害者，那我也就听天由命，决无半点怨言了。亲爱的小姐，请您接受我的教训，耐心地顺从上苍的意志吧！”

在她们谈话期间，我一直缩在囚室的一个角落里，以掩饰自己钻心的痛苦。绝望！谁敢侈谈绝望呢？这个不幸的受害者，明天就要跨过生与死之间那道可怕的分界线，可她用不着像我这样，心中苦涩难言，创巨痛深。我把牙齿咬得咯咯作响，从心灵深处慨然发出一声呻吟。贾丝婷不由一惊，当她看清楚是我在呻吟，便走过来对我说道："亲爱的先生，非常感谢您来看我。我想您并不相信我是有罪的，对吧？"

我一时不知该怎样回答她。"他不会的，贾丝婷，"伊丽莎白说道，"他比我更坚决，从不怀疑你的清白；即便听说你招供的消息，他也不相信那会是真的。"

"我由衷地感谢他。在我的生命即将结束的时刻，我向那些善待我的人们表示最诚挚的谢意。他们对我这样一个不幸的人如此关怀、怜爱，这份情谊是多么美好，多么亲切啊！他们排解了我心中一大半的苦痛。既然您，我亲爱的小姐，和您的表哥已肯定我是清白无辜的，那我觉得自己可以安然地离开人世了。"

这个可怜的蒙难者就是这样竭力安慰别人、同时也聊以自慰的。她已经如愿以偿，真正做到了无怨无悔，顺从命运的安排。然而，我这个真正的杀人凶手却感到那条永不死灭的蛀虫仍在我胸中蠢蠢而动，不给我任何希望和安慰。伊丽莎白也在哭泣，她心里也感到痛苦，但她的痛苦同样是清白的，就像一片云彩，飘过美丽的月亮，一时遮去了她的光辉，却决不会使她黯然失色。痛苦和绝望钻入了我心灵的深处；在我的心头沉重地压着一座地狱，任何力量也无法将它摧毁。我们和贾丝婷一连待了几个小时，伊丽莎白不得不竭力控制住自己的情绪，最后才依依不舍地离开了贾丝婷。"我情愿和你一起去死，"她哭泣着说，"我没法再活在这个充满了痛苦的世界上。"

贾丝婷作了极大的努力，才强忍下苦涩的泪水，作出一副高兴的样子拥抱伊丽莎白，并用克制住的动情声调对她说："永别了，美丽的小姐，我最亲爱的伊丽莎白，我深爱的、唯一的朋友，但愿上苍施恩于您，保佑您，让您活下去；但愿这是您遭受的最后一次劫难。您要好好活下去，快快活活的，也要让别人幸福愉快。”

第二天早晨，贾丝婷被处以绞刑。尽管伊丽莎白为贾丝婷作了言词凄厉、令人揪心的申诉，可法官们仍然认定圣洁的蒙难者有罪，维持已经作出的判决。我也满怀义愤，慷慨激昂地为贾丝婷申辩，可法官们置若罔闻。我本打算供出自己所做的一切，可当我接到法官们冷冰冰的答复，听到他们严酷无情的阐释，我欲言又止，因为我这样做，只会被人当作疯子，并不能改变对我那可怜的受害者的判决。就这样，她被当作杀人犯在绞刑架上被处以极刑！

从我自己心中的痛楚，我转而又想到了伊丽莎白那深沉而无言的悲哀。这也是我的罪过！我父亲心中的苦涩，那个不久前还充满了欢笑，而今却变得凄怆悲凉的家庭，这一切都是我这双十恶不赦的手造的孽啊！哭泣吧，你们这些可怜的人；可这不是你们最后的眼泪！你们还会为死去的人出殡号丧，人们还会一遍又一遍地听到你们的哀叹恸哭！弗兰肯斯坦，你们的儿子，你们的亲人，你们过去深爱着的朋友，他甘愿为你们挥洒每一滴生命之血，可他如今已心无所思，万念俱灰，失去了往日欢乐的感觉，除非欢乐会映现在你们那亲切的面庞上；他愿意祈求苍天赐福你们，甘愿终生侍奉左右，可他却让你们嘘唏悲咽，洒下无尽的泪水；如果无情的命运之神就此得到满足，而毁灭之神亦就此善罢甘休，不在你们遭受痛苦的折磨之后再将你们打入坟墓，永远安息，那他就深感幸甚，大喜过望了！

我那先知先觉的灵魂如是预测着未来。与此同时，我眼望着亲人们在威廉和贾丝婷的坟墓前悲哀叹息——他们的悲哀是徒然的，因为这两个蒙难者只是我亵渎神明之术的第一批不幸的受害者。悔恨、恐惧和绝望揉搓着我的心。

第九章

一系列接踵而来的事件往往使人们百感丛生，心情跌宕起伏，随之而来的便是死一般的沉寂，情绪消沉，懈怠驽散，等待命运的裁决；心中的希望和恐惧也丧失殆尽——世上再也没有比这更令人悲怆痛苦的事了。贾丝婷离开了人世，她安息了；而我却还活着。血液仍在我的血管里自由地流动，然而绝望和悔恨却沉重地压在我的心头，怎么也摆脱不掉。我夜不能寐，终日像个怙恶不悛的幽灵四处游荡，因为我干出的那些丧尽天良的罪恶勾当，无论用怎样可怕的文字都无法描述。而且我不得不相信自己以后还会造孽，我的恶行还远没有结束。然而，我的心却充满了仁慈和对美德的热爱。我曾满怀种种善良的心愿开始我人生的旅途，渴望有朝一日能将我的心愿付诸实施，从而使自己成为人类的有用之材。而如今，这一切都化为泡影了。我的良心不得安宁，我无法心安理得地缅怀往事，因而不可能从往事中获取新的希望。恰恰相反，悔恨与犯罪之感紧紧地攥住了我，而且很快将我推向地狱，使我遭受难以形容的巨大折磨。

这种精神状态侵蚀着我的身心健康，而且自从我第一次遭受打击之后，我恐怕从来就没有完全恢复过来。我对所有的人都避而远之，一听到别人的欢声笑语，心里就感到难受。孤独——深沉、晦暗、死一般的孤独，才是我唯一的安慰。

父亲发现了我性格和日常习惯等方面的明显变化，心里十分痛苦。他千方百计地启发我，以他自己安然的心绪，清白无过的生活经历，循循善诱地开导我，试图激发我的坚强意志，唤起我驱散心头乌云的勇气。“维克托，你是不是觉得，”他说道，“我心里不难受？我对你弟弟的疼爱是任何人也比不上的。”(他说着说着，眼睛里便噙满了泪水。)“但是，我们不应该过度悲伤而增添别人的痛苦，这难道不是我们对活着的人的一种责任吗？你也应该对自己负责，过度的悲伤不利于你恢复健康，你也无法享受生活中的乐趣，甚至连日常工作也不能做。如果这样，一个人是不可能在社会中生存下去的。”

父亲的意见固然不错，可对我的情况一点也不适用。如果不是极度的悔恨和惶恐不安的心情与其他种种感觉交织在了一起，我本应该把悲哀埋在心底，去安慰自己的朋友。而现在，我只能以悲观的神色回答父亲，尽量避开他的目光。

大约在这个时候，我们回到贝尔里韦的宅第去住了。这次搬迁使我感到特别愉快；住在日内瓦城里真让人憋得慌，因为城门通常晚上十点关闭，过了十点便不可能在湖上划船；而我现在可自由了。晚上，我常常在家人就寝以后，带上小船，泛舟湖上，一连划上几个小时。有时，我将船帆撑起，在湖上随风飘荡；有的时候，我把船划到湖中心以后，便索性任由小船随波逐流，而自己则陷入痛苦的回忆之中。这时，我常常受到诱惑。四周静悄悄的（只有我在靠岸时，才能听到几只蝙蝠和青蛙时断时续的刺耳叫声。），唯独我焦躁不宁，心烦意乱地在这美丽而令人神往的景色中徘徊游荡。我是说，每当这时，我就受到诱惑，真恨不得纵身跃入寂静的湖中，听凭湖水将我连同我的灾难一起淹没。可是，我一想起勇敢的伊丽莎白正在遭受痛苦的煎熬，我就控制住了自己烦乱不宁的情绪。我对伊丽莎白满怀一腔柔情，她与我心心相印；我还想到了我的父亲和我那活着的弟弟。我怎能卑鄙地抛弃他们，任由他们无人保护而遭受那个由我放到他们中间去的恶魔的残害？

在这种时刻，我总是心如刀割，低声啜泣，同时也企盼着自己的心灵能恢复平静；只有这样，我才能为自己的亲人带来安慰和幸福。然而，这一切已不可能实现，悔恨使我心中全部的希望都破灭了。是我一手造成了这一切无可弥补的灾难。我惶惶不可终日，生怕自己制造出来的那个魔鬼又会犯下什么新的罪行。我隐隐约约地感到，这一切并没有就此了结，他还会干出更令人触目惊心的罪恶勾当来，而其罪行之严重几乎可以抹去人们对往事的回忆。只要我所爱的一切尚存人间，我心中的恐惧就不可能消除。我对那个恶魔深恶痛绝，这种仇恨难以用语言表达。一想起他，我就咬牙切齿，两眼冒火，恨不能杀死那个我如此轻率造出来的怪物。每当我想起他毒如蛇蝎的心肠和他丧心病狂的罪恶行径，我就按捺不住满腔的愤恨，心中燃起复仇的怒火。如果我能站在安第斯山巅将那恶魔扔下山去，我定要去那儿朝圣，拜谒山神。但愿我能再碰见他，好让我将心中的深仇大恨通通发泄到他的头上，为威廉和贾丝婷的死报仇雪恨。

我们这个家成了哀丧之家。由于近来发生的一系列令人恐怖的事件，父亲的身心受到了极大的摧残。伊丽莎白痛苦不堪，心如死灰；她再也无法从处理日常事务中获得任何乐趣。对她来说，任何欢乐都是对死者的亵渎。她觉得，只有永恒的哀思和泪水才是她对惨遭摧残、毁杀的无辜者所应表示的敬意。她已不再是儿时那个快乐的小姑娘，终日与我漫步湖畔，兴致勃勃地畅谈未来广阔的前景；而是第一次感觉到了那些最终将使我们双双离开人世的悲伤和愁苦。这初次尝到的悲哀，使她心情晦暗，往日甜蜜无比的微笑已荡然无存。

"亲爱的表哥，"她说道，"每当我想起惨遭杀害的贾丝婷·莫里茨，我就无法再用以前的眼光去看待这个世界和它的各个组成部分。过去，当我从书本中读到，或是听别人说起一些犯罪的事情和不公正的行为时，我总认为这些都是古老的传说，或是虚构出来的罪恶；至少可以说这些事情离我们十分遥远，而要理解它们，只能凭人们的理智，而不是人们的想象。可现在，我已深深体尝到痛苦的滋味。在我看来，人就像嗜血成性的魔鬼。当然，我这么说也失之偏颇，并不公允。大家都认为那可怜的姑娘是有罪的；如果她真的犯下了她为之吃苦受难的罪行，她无疑是芸芸众生中最为可耻的败类。仅仅为了些许珠宝，就杀害了自己恩人和朋友的儿子，杀害了一个自出生之日起便由她抚养的孩子，而且她爱这孩子，就像爱自己的亲生骨肉一般！我不赞成处死任何人，但我肯定认为，这样的人是不适合在人类社会中继续生存下去的。然而，她是无辜的。我心知肚明，她是清白无罪的。在这一点上，你我看法一致，这就更加坚定了我的信念。唉！维克托，如果谎言看上去与真理能如此相像，真假难辨，那谁能担保自己一定能获得某种幸福？我似乎觉得自己是在悬崖峭壁的边沿上行走，而成千上万的人蜂拥而至，试图将我推下万丈深渊。威廉和贾丝婷被杀害了，而凶手却溜之大吉；他逍遥自在，无拘无束，也许还受到别人的尊敬。如果我犯了同样的罪行，我宁可被推上绞刑架处死，也决不逃之夭夭。”

我听着伊丽莎白这番话，心里就像刀割般痛苦。虽然我并未亲手去杀人，但实际上，我就是真正的罪魁祸首。伊丽莎白看出我脸上极度痛苦的神色，便关切地拉起我的手说道：“我最亲爱的朋友，你一定要平静下来。天知道这些事情给我带来了多大的打击，可我还不像你那么痛苦。你的脸上带有一种绝望的神情，有时还露出报仇雪恨的凶相，真让我看了不寒而栗。亲爱的维克托，你要将自己心中阴郁、暴戾的种种情感排遣掉，不要忘了你周围的朋友，他们将心中所有的希望都寄托在了你的身上。是不是我们失去了使你幸福的力量？啊！只要我们有一颗爱心，彼此以诚相待，我们就能在你的故乡——在这块宁静祥和、风光绮丽的土地上获得安宁和幸福——还有什么力量能搅扰我们平静的生活呢？”

我对伊丽莎白的珍爱，胜过这世上任何财富至宝。她这番肺腑之言，难道还不足以赶走在我心中作祟的恶魔吗？即便在她说话的时候，我也身不由己地往她身边靠过去，似乎心有余悸，生怕那嗜杀成性的恶魔在这个时候突然出现，将她从我身边夺走。

如此看来，缠绵的情义，大地的美景，甚至天国的绚丽都无法将我的灵魂从痛苦中拯救出来；爱的诉说也无济于事，而笼罩在我心头的乌云，任何有益于我的力量都无法穿透。一只被射伤的鹿儿，拖着瘫软的四肢，踉踉跄跄地走向一处萧森冷寂的丛林；在那儿，它盯着那支穿透自己身体的利箭，默默地死去——此鹿与我何其相似。

有时，我倒还能忍受压抑在心头的愤懑绝望之情，可有时，我心中旋风般势如破竹的猛烈情感，驱使我借助肉体的运动或更换所处的环境，以缓解一下难以忍受的剧烈心情。有一次，我突然发作起来，便立刻离家，向附近的阿尔卑斯山峡谷走去，试图借助雄伟壮丽、万古千秋的景致，忘却自我，忘却短暂（因为是人的）悲愁。我信步朝沙穆尼峡谷[①]走去，那是我少年时代常去的地方。现在，六年过去了，我已变得瘦骨嶙峋、心灰意懒——而那些原始、永恒的山野景观却依然如故。

我骑马走完了前半段路程；随后，我租了一头骡子，因为山路崎岖，骡子步履稳健，失蹄摔伤的可能性最小。天高气爽；时值八月中旬，离贾丝婷死后约两个月时间，我所有的悲伤苦痛都是从那个不幸的事件开始的。随着我不断向阿尔夫峡谷纵深行进，我明显地感到自己精神上的重负减轻了。在我的周围，崇山峻岭绵延起伏，沟壑绝壁嶙峋陡峭——阿尔夫河在巉岩乱石间喧嚣奔腾，周围那倾泻而下的瀑布，激越喧豗。这一切，显示出一种伟大的力量，似乎欲与无所不能的上帝分庭抗礼。我不再感到恐惧，也不再屈从于任何生存物，因为一切生物都无法与创造并统治大自然的上帝相抗衡；而在这里，大自然充分展示出它那无比雄伟壮丽的景色。我继续往上攀登，只见整个峡谷愈发显得巍然壮观、气象万千，令人惊叹不已。山上松林丛生，高处的悬崖峭壁上仍残留着古城堡的颓垣断壁。奔腾咆哮的阿尔夫河，加上散落在绿

① 位于法国境内的阿尔卑斯山中的一冬季旅游胜地。

树丛中的山野农舍，真可谓风景独好，美不胜收；而巍峨雄壮的阿尔卑斯山更使这幅美景平添了几分庄严。那一座座白雪皑皑、光芒四射的山峰和隆丘俯视着周围的一切，它们似乎属于另外一个世界，是另一种生物的安身立命之处。

过了佩里西尔桥，展现在我眼前的是由阿尔夫河冲击而成的深谷。我开始攀登耸立在河谷之上的大山。没过多久，我便进入了沙穆尼峡谷。这一带比塞沃克斯更显得雄伟奇妙，庄严肃穆；但没有我刚刚经过的塞沃克斯那么风景如画，美不胜收白雪皑皑的高大山脉直接形成了这条峡谷的边界，但我没有再见到古城堡的废墟和沃野肥田。茫茫无际的冰川几乎延伸至路边。我听到雪崩发出雷鸣般巨大的轰响，看到它移动时喷散出来的雾气烟尘。勃朗峰，雄伟壮丽的勃朗峰，矗立在拱卫着它的针尖般的山峰之中，它那巨大的山包俯瞰着沙穆尼大峡谷。

在这次旅行期间，丧失已久的那种令人心颤的欢愉常常在我心头涌起。路上的某个转弯处，或是突然碰到什么乍看陌生，却又眼熟的景物，都会使我想起那些逝去的岁月，想起那轻松愉快的童年时代。微风在我耳边喁喁低语，给我以心灵的慰藉；大自然像母亲一般安抚我，嘱我擦干眼泪。可随后，这股亲切友好的感染力失去了作用。我发现自己又一次被哀伤悲愁紧紧缠住，沉浸在对往昔苦痛的回忆之中。于是，我驱使乘坐的牲口向前疾驰，想竭力忘掉这个世界，忘掉自己心中的恐惧，特别是要忘掉自我。除此以外，我还采取一种更加极端的方式，翻身跳下坐骑，一头扑在草地上，任凭恐惧和绝望将自己压垮。

最后，我总算到达沙穆尼村。在经受了肉体和精神上的极度劳累之后，我终于精疲力竭，困顿不堪。我在窗前站立片刻，凝眸注视着在勃朗山巅飞舞的白色闪电，侧耳倾听着在脚下喧嚣奔腾的阿尔夫河。这水声对极为敏感的我来说，宛如一首摇篮曲，催我入眠。我刚把头靠到枕头上，睡意便向我袭来；我能感觉到它的来临，它使我暂时忘却了一切。一种感激之情在我心中油然而生。

第十章

第二天，我一直在峡谷中漫游。我伫立在阿维农河的源头。这条河发源于一条大冰川。这冰川从群山之顶缓缓而下，在峡谷里形成一条冰河。我的眼前矗立着巍峨陡峭、连绵不绝的崇山峻岭，而由冰川形成的冰墙高悬在我的头顶之上。零星几株倒伏的松树散落四周。富丽堂皇的大自然威严肃穆，一片沉寂，唯能听到哗哗的波涛声，巨大的土块坍塌时发出的轰鸣声，或是冰川崩落时的巨响，以及在山间回响震荡的冰川断裂之声。恒久不变的自然法则悄无声息地撕扯着千年冰层，使之不时断裂，仿佛那冰层只是这些法则手中的一具玩物。这一派壮丽雄伟的景色给了我莫大的安慰，同时荡涤了我心中渺小卑微的念头，使我的精神境界得到了升华。虽然我心中的悲哀尚未消除，但还是有所缓解，我的心情也因此趋于平静。从某种程度上来说，山中的美妙景致也分散了我的注意力，使我摆脱了郁积心头一月之久的种种思绪。夜晚，我安然入睡；白日里凝目注视的各种雄伟绮丽的景物，仿佛成了一群侍者，侍奉我甜甜地进入梦乡。那银装素裹、洁白无瑕的山顶，那光芒四射的峰尖，那松林，那崎岖荒芜的沟壑，还有那在云天中翱翔盘旋的山鹰——这一切景物都伴随在我的身边，嘱咐我安然入睡。

第二天清晨，当我从睡梦中醒来时，这一切都躲到哪里去了？动人心魄的美景已随着睡梦化为乌有，令人压抑的悲哀又重新袭上心头。屋外瓢泼大雨倾盆而下，浓厚的雾霭遮住了群山的峰顶，甚至连这些威武雄壮的老朋友的面容也看不清了。然而，我仍要撩开它们的雾帘，去那阴晦的幽静之处寻找它们的踪影。狂风暴雨又算得了什么？仆人将我的骡子牵了过来，我决心登上蒙坦弗特山巅。我第一次见到这座山时，那浩浩荡荡、川流不息的冰河在我心中留下的印象仍记忆犹新。当时我欣喜若狂，同时心中充满了对它的无限崇敬，我的灵魂仿佛生出了翅膀，从昏冥惨淡的世界飞向光明和欢乐。大自然中威武雄壮的奇观胜景的确总让我肃然起敬，使我忘却昔日生活中的忧愁和烦恼。我决计不要向导，单独前往，因为我很熟悉登山的路线，而如与他人同行，势必破坏那一带独具的壮丽而孤寂冷清的景色。

山势嵯峨，但沿着修筑在山间那蜿蜒曲折的小路，你便能爬上陡峭险峻的山峰。这一带荒寞寂凉，令人骇然。冬日雪崩遗留下来的碎冰残雪随处可见；满地都是倒塌断裂的树木，有些树已被完全毁坏，有些则被压弯了，斜靠在突起的山岩之上，或是横卧在其他树上。如果继续往上爬，山路常被雪沟阻断，山上的岩石还不时顺雪沟滚落下来，其中一种山石非常危险，只要有一丁点声响，哪怕是说话声大一点，也会引起空气的震荡而足以给说话者带来灭顶之灾。山上的松树长得并不高大，也不那么枝繁叶茂，但显得冷峻森严，给这里的景致平添了几分凝重的色彩。我俯视着脚下的峡谷，只见茫茫雾霭从流经峡谷的河面弥漫开来，围着对面的群山缭绕萦回，形成一个个圆圆的雾环。群山的峰顶掩藏在浩瀚的云海之中，而大雨则从昏暗的天空中倾注下来，这更加重了周围景物给我留下的抑郁伤感的心情。唉，人为什么要夸耀自己比野性动物具有更高级的情感呢？这反而使人类成了更受外界事物制约的动物。如果我们的冲动仅仅来自饥渴和情欲，那我们几乎可以不受外界事物的制约而获得自由。然而现在，只要刮上一阵风，或是偶尔说的一句话，或是这句话所表达的意境都会使我产生某种情感。

> 我们就寝，一个梦却能毒害睡眠，
> 　　我们起身，一缕飘忽的思绪就毁了一天。
> 我们感受，想象或推理；欢笑或哭泣，
> 　　心怀缱绻的忧思，或将愁绪搁置一边；
> 全都一个样，因为，无论欢乐或悲哀，
> 　　感情的排遣徜徉倏然，
> 人世间的昨天或许永远不同于他的明天，
> 　　唯有无常才永恒不变！①

约莫正午时分，我登上了山顶。我在一块俯临冰川的岩石上稍坐片刻。只见茫茫雾霭笼罩着冰川和它周围的群山。俄顷，一阵微风吹来，云消雾散。这时，我走下岩石来到冰川上。冰川的表面起伏不平，宛如波涛汹涌的海面——高处如巨浪掀起，低处则舒缓平和，上面还散布着许多深不可测的裂缝。这一大片冰川差不多有三英里宽，我花了将近两个小时才横穿过去。对面的山

① 出自雪莱1816年所作的《无常》一诗。

是一座寸草不生的悬崖峭壁。从我站的这边望去，正对面三英里处便是蒙坦弗特山；而巍然屹立在它上方的便是那座令人敬畏的勃朗山了。我待在这座石山上的一个凹陷处，凝望这片瑰异美妙，蔚为壮观的景色。这片海洋，或是更确切地说，这条巨大的冰河，在与它邻接的群山中迂回盘绕，而直插云霄的群山峰顶则俯瞰着冰河的凹陷处。这座座峰巅为冰雪所覆盖，四周云雾缭绕，在阳光的照耀下，闪射出熠熠的光辉。我以前愁思满怀，而此刻，精神为之一振，心中充满了无比的喜悦。我大声呼喊："游荡的神灵啊，如果你们真的四处游荡，而不在你们那狭窄的卧榻上安眠，请你们把我当作伴侣，带我远离生活的欢乐——请赐给我这一微不足道的幸福吧！"

我话音未落，突然发现离我不远处有一个人影，正以超过常人的速度向我疾步走来。我刚才走过布满裂缝的冰川时，可真是小心翼翼，而他却毫无顾忌，遇到裂缝一跃而过。等他走近时，我发现他的身材似乎也超过常人。我心中顿时惴惴不安起来，眼前一黑，差点儿瘫倒在地上；幸好这时一阵清凉的山风吹来，我才很快恢复了知觉。那人影越走越近，我这才看清了，这家伙（五大三粗的，真令人厌恶！）就是我亲手造出来的那个恶魔。我又气又怕，浑身都在发抖，决计等他走到跟前时冲上去，与他决一死战。他走了过来；只见他脸上显得十分痛苦，同时还流露出轻蔑、狠毒的神色，而那副奇丑无比的相貌着实可怕，实为人眼所无法忍受。然而我根本无心打量他。刚开始，由于怒火中烧，满腔仇恨，我一时气得说不出话来，可等我控制住了自己的情绪之后，我便唇枪舌剑，向他发起猛烈进攻，将自己心中的愤恨和轻蔑一股脑儿地倾泻到他的头上。

“恶魔！”我大声叫道，“你敢走上前来吗？难道你不怕我有力的手臂一把揪住你那无耻的脑袋报仇雪恨吗？滚开，卑鄙无耻的东西！否则，你就待在这儿，看我把你踩个稀巴烂！哦！但愿我能杀了你这无耻之徒，让那些被你残酷杀害的无辜者死而复生！”

“你这样对待我，早在我意料之中，”那恶魔说道，“大家都恨卑鄙小人，可我，一个万物生灵中最为不幸的人却反遭众人痛恨！而你，我的主人，也憎恨我，把我一脚踢开，我可是你创造出来的，你我息息相关，紧密相连，除非毁了我们两人中的一个，否则，我们之间就不可能一刀两断。你怎么竟敢蓄意杀我，视生命如同儿戏？如果你履行对我的义务，如果你答应我的条件，我就会让你们大家都平安无事；如果你拒不答应，我就让死神大饱口福，直到它心满意足，将你剩下的朋友的血吸干为止。”

“可恶的魔鬼！你这恶贯满盈的妖魔！你造的那些孽，即使把你打入地狱，施以酷刑，也太便宜了你。凶残歹毒的恶魔！你责怪我创造了你，那好，你就给我过来，让我把自己如此贸然赋予你的生命火花熄灭掉吧。”

我怒不可遏。出于心中欲将对手置于死地的种种强烈的情感驱使着我向他猛扑过去。

他一闪身，便轻而易举地躲过了我，随后说道：“冷静点！你先别将一腔怨恨发泄到我的头上，我是忠实于你的。且听我说，难道我受的罪还不够，你还要雪上加霜，增加我的痛苦吗？虽然生命只意味着痛苦的不断积聚，可它对我来说毕竟是宝贵的。我一定会保卫我的生命。请你记住，是你赋予了我力量，使我比你更加强大。我身材比你高大，四肢比你灵活，可我并不想与你作对。我是你的创造物；如果你能尽到自己的责任，也就是你欠我的那份责任，我甚至愿意对我理所当然的君主和颜悦色，俯首称臣。唉，弗兰肯斯坦，你对别人公平，唯独欺凌我一人，你不能这样；你是最应该对我公平的人，你甚至应该对我宽厚仁慈，显示你的一片爱心。你不要忘了，我是你创造出来的，应该是你的'亚当'，可事与愿违，我却成了被打入地狱的天使，平白无故地被你逐出天国的乐园。无论我走到哪里，都能看到天堂般的极乐世界，可我，唯独我，却永远与幸福无缘。我以前也曾是仁慈、善良的，只是因为不幸的遭遇才使我变得凶残歹毒。给我幸福吧，我会重新变得心地善良的。"

"滚开！我不想听你说话。你我之间毫无共同之处，我们是冤家对头。滚开，否则就让我们比力斗劲，大战一场，拼个你死我活！"

"我怎样才能打动你的心呢？我恳求你慈悲为怀，善待我，难道你对我的苦苦哀求无动于衷，不愿向你的创造物投来同情的目光？相信我，弗兰肯斯坦，我原本是仁慈善良的，我的灵魂闪耀着爱和人性的光华；然而现在，难道我不孤独吗？你，我的主人，尚且恨我，那我还能从你的同类中得到什么希望呢？他们根本不欠我什么，只是切齿痛恨我，将我一脚踢开。萧瑟冷寂的群山和渺无人迹的冰川就是我的栖身之处。我在这里已游荡多日，我唯一不感到害怕的冰窟便成了我的避难所，而人类愿意给我的唯一东西也就是这冰窟了。我常向广袤无边的苍穹欢呼致意，因为它比你的同类更加和善亲切。如果芸芸众生知道我的存在，他们就

会和你一样欺凌我，拿起武器杀死我。对于痛恨我的人，难道我不应该报之以仇恨吗？我决不会和我的仇家握手言和；我备受痛苦的煎熬，我也要他们尝一尝痛苦的滋味。但是，你有能力对我的不幸遭遇作出补偿，从而将他们从灾难中拯救出来；否则，这场灾难将演变成弥天大祸，不仅你和你的家庭，而且成千上万的人都会被这场浩劫所掀起的狂暴旋风所吞噬。你就发发慈悲吧，不要嫌弃我。请你听一听我的经历，等你听完之后再作出判断：我究竟应该被你遗弃，还是应该受到你的同情。但是，你得先听我说。虽然犯了罪的人凶残歹毒、血债累累，但在宣判他们有罪之前，人类的法律仍然允许他们为自己申辩。听我说，弗兰肯斯坦，你指责我杀了人，可你呢，也想毁了你的创造物，以使你的良心得到安宁。哦！盛赞人类永恒的正义吧！当然，我并不是求你放了我，请你先听我申辩；然后，如果你硬要杀我，又有本事杀了我，那你就把自己亲手创造的成果毁了吧。”

我回答说：“为什么你要让我想起那件令人不寒而栗，不堪回首的往事？而那可耻的罪魁祸首就是我。可恶的魔鬼，我诅咒你见到光明的那个日子！诅咒我这双该死的手（虽然我是在诅咒我自己）竟将你造了出来！你把我折磨得苦不堪言，竟使我失去了判断的能力，就连对你是否公平也全然不知。滚开！不要让我再看到你那可憎的身形。”

“既然如此，我的缔造者，我这就不让你看到我。”说着，他伸出那双令人憎恶的手遮住我的眼睛，我使劲将他的手推开。“我这样做是为了不让你看到你所痛恨的东西，而你仍然能听我说话，并向我表示同情——凭我以前所具有的美德，我要求你赐予我同情。听我讲述我的经历吧，我的故事曲折离奇，一言难尽。这地方的气温对你多愁善感的性格不适合，还是到山上的那间茅舍去吧。太阳这会儿还挺高，在它下沉到那边冰雪覆盖的悬崖峭壁后面，照亮另一个世界之前，你就会听完我的故事，那时你就可以作出决断了。是让我永远离开人类，去过无害于人类的生活，还是成为你同类的祸害，成为你自己迅速毁灭的罪魁，这就全由你自己决定了。”

他一边说话，一边在前引路，穿过冰川。我跟在他后面，心里百感丛生，很不平静，根本没有去理睬他。我边走边想，掂量着他提出的种种理由，决定至少先听听他的经历。由于对他的同情，同时也出于好奇，我才决定这么做的。至今为止，我一直认为他就是谋杀我弟弟的凶手，而我也急切地想证实或推翻这一看法。同时，我也是第一次感到，一个创造者对他的创造物应该承担怎样的责任，我应该首先让他快乐幸福，才能指责他的恶劣行径。这些想法促使我同意了他的要求。于是，我们穿过冰河，爬上了对面的石头山。寒风瑟瑟，雨又开始下了起来。我们走进那间茅棚，这恶魔欣喜若狂，而我却心情沉重，精神颓唐。不过，我已同意听这丑八怪讲故事，便在他早已生好的一堆火旁坐了下来。于是，他便开始讲起了他的经历。

第十一章

“我费了九牛二虎之力才回想起自己生命之初的情况。在那段时间里发生的一切都显得那么纷繁杂乱，模糊不清。各种各样新奇的感觉同时向我袭来，我一下子便既能看又能摸，既能听又能嗅了。当然，过了好长一段时间我才学会区分各种感官的功能。我还记得，当时一种较强的亮光逐渐压迫着我的神经，使我不得不闭上眼睛。后来一阵黑暗将我攫住，我不禁心慌意乱起来。可我刚有这种感觉，那阵亮光又重新倾注到了我的身上；现在想来是我又一次睁开眼睛的缘故。我于是迈步走了起来，我想当时是往下走的。没过多久，我又发现自己的感觉起了很大变化。以前，我的四周全是些黑乎乎不透光的物体，摸不着，看不见；而现在，我觉得自己可以行走自如，可以跨越或者避开任何物体了。那亮光对我神经的压迫越来越重。当时天气很热，我走着走着，便感到热得不行，于是我找了个地方歇凉。那是因戈尔施塔特附近的森林。我在林中的一条小溪边躺下，消除身体的疲劳，直至感到饥渴难忍，这才从几乎是休眠的状态中苏醒过来。我找来一些挂在树上或落在地上的浆果充饥，又在小溪边喝了点水，接着就倒在地上呼呼睡去了。

“等我一觉醒来，天色已黑。这时，我感到冷得慌。也许是出于本能吧，我发现自己孤零零的，心中不免生出几分恐惧之感。

我在离开你的住所之前，觉得有点冷，便在身上裹了几件衣服；但仅凭这几件衣服无法抵御夜晚的寒露。我是个两手空空、无依无靠的可怜虫，什么都不知道，什么也分辨不清，只感到周身疼痛。我一屁股坐在地上，伤心地哭泣起来。

“没过多久，一抹柔和的亮光悄悄地在空中闪现，它给我带来了快乐的感觉。我心头一惊，站起身来，看见一轮光环从树丛中冉冉升起[①]。我带着几分惊奇，目不转睛地望着它。只见它移动缓慢，但它照亮了我前面的小路。于是，我又到处去寻找浆果。我仍然感到周身很冷。就在这时，我在一棵树下找到了一件很大的无袖外套，我便将这件外套裹在身上，然后在地上坐了下来。我脑袋里乱作一团，没有任何明确的想法。我感觉到了亮光、饥饿、口渴和黑暗；数不清的声音在耳边响起，各种各样的气味从四面八方钻进我的鼻孔。我唯一能辨认的东西便是那轮皎洁的月亮。我凝视着它，心里十分快乐。

“昼夜交替，几天过去了，夜间升起的那个球体大大缩小了。到这时，我开始能区分自己的各种感觉了。渐渐地，我看清了那条供我饮水的清澈小溪，看清了以其繁茂的枝叶为我遮阴避暑的各种树木。我常常听到一种悦耳的声音，当我第一次发现这声音来自一种有羽翼的小动物的喉管时，我心里充满了喜悦。那小动物还时常遮住我眼前的光线呢。同时，我也开始能够更加准确地观察周围各种物体的形状，并且看清了我头顶上方那硕大闪光的天篷的边际。有时，我试着模仿鸟儿那清脆悦耳的歌声，可总是

① 指月亮。——原注

学不像。有时，我想以自己的方式表达内心的各种情感，可我发出的声音却刺耳难听，含混不清，吓得我再也不敢出声了。

“月亮从夜空中消失，接着再次出现，不过形状已变小了；而我呢，这段时间一直待在森林里。到这时，我的各种感觉已变得很灵敏，头脑里接受的新事物与日俱增。我的眼睛已适应了亮光，并能准确地看清各种物体的形状；我不但能将昆虫与草木区别开来，而且逐渐能辨认各种不同的草木了。我发现麻雀只能发出刺耳的声音，而画眉和鸫鸟的歌声却十分甜美诱人。

“有一天，正当我冻得瑟瑟发抖时，我发现了一堆篝火，那是几个四处流浪的乞丐遗留下来的。这堆火给我带来了温暖，我心里真有说不出的快活。我趁着一时高兴，将手伸进尚有余火的灰烬中，结果疼得我大叫一声，赶紧将手抽回来。我心想，同样一样东西竟能产生完全不同的结果，这真不可思议！我仔细察看了火堆，不禁欣然色喜，原来里面燃烧着的全是些树枝木头。我立即找来一些树枝，可这些树枝都是潮的，根本烧不着。我心里很不是滋味儿，只好静静地坐在那儿，目不转睛地盯着火堆，看它是怎样燃烧的。我放在火堆上的潮湿树枝被热气烤干，也燃烧了起来。我仔细琢磨其中的奥秘，并用手触摸各种树枝，这才恍然大悟。我立即站起来收集了一大堆树枝木材，将它们烘干之后，我就有足够的木材生火御寒了。夜幕降临了，我也准备歇息，可我心里还是七上八下，生怕篝火会熄灭。因此，我小心翼翼地将干柴枯叶盖在火堆上，然后又铺了一层潮湿的树枝。我把那件大外套往地上一摊，躺在上面，呼呼睡去了。

“当我醒来已是早晨了。我首先想到的就是去看看那堆篝火。

我拨开树枝，微风一吹，火苗很快蹿了出来。见此情景，我便用树枝做了把扇子，扇起火来。那些行将熄灭的灰烬经我一扇，又重新燃烧起来。当夜晚再次来临时，我欣喜地发现，火不仅生热，而且发光。此外，火的发现对我的食物也大有用处。我发现游客吃剩的一些食物都曾被烧烤过，比我从树上采来的浆果味道好多了。于是，我也学着他们的办法，将食物放在余火未尽的灰烬上烧烤。结果，我发现浆果一烧便烧坏了，而坚果和块茎类食物却要好吃得多。

“然而，可吃的食物越来越少；我常常整天四处搜寻，想找几粒橡果充饥，可仍然一无所获。我发现自己这一处境后，便决定离开这个栖身之地，另找一个容易解决吃喝问题的地方落脚。然而，去别处度日，我就得放弃这堆篝火，心里真有说不出的难过。我是偶然间发现这堆篝火的，自己根本不会生火。我一连几个小时冥思苦想，盘算着如何解决这个难题，可最后还是没想出好办法。我只好作罢，不再去想那堆火的事了。我将那大外套裹在身上，穿过树林，迎着落日走去。我就这么一连走了三天，最后找到了那片空旷的山野之地。前一天夜里下了一场大雪，四周一片白茫茫的，呈现出一幅萧瑟凄厉的景象。我的双脚踩着地面上这又冷又湿的东西，真是冻得够呛。

“这时大约是早晨七点钟，我眼巴巴地希望能搞到点吃的东西，找个地方歇歇脚。最后，我在一座高坡上发现了一间小棚屋，显然它是为了方便牧羊人歇息而盖的。我还从来没见过这种小茅屋，便好奇地打量着它的结构。我见这屋子的门敞开着，便走了进去。只见火炉旁坐着一位老人，正在炉子上做早餐。那老人听到动静转过身来，一看到我，便大声尖叫着冲出屋子，一溜烟地跑到野地对面去了。真看不出老人那瘦弱的身子，竟能跑得如此之快。他的外貌与我以前见过的任何东西都不一样，加之他这么拼命逃跑，我心里觉得非常奇怪。不过，我还是被这间小棚屋给迷住了。这儿雨雪透不进来，地上是干的。对我来说，这真是个精妙绝伦的居所，我那高兴劲儿就像地狱里的恶魔，在饱受火海的煎熬之后见到群魔殿一样①。我贪婪地吞食着牧羊人撇下的早餐——面包、奶酪、牛奶和葡萄酒，可我对葡萄酒不感兴趣。吃了些东西以后，我感到浑身疲惫不堪，便躺在稻草上睡着了。

“我醒来后已是中午时分。温暖的阳光晒在白雪皑皑的原野上；禁不住阳光的诱惑，我还是决定继续赶路。我找来一个皮口袋，将剩下的早餐倒了进去。我在野地里一连走了好几个小时，直至太阳落山时，来到了一座小村庄。这村子在我眼里真是妙不可言：那一间间小棚屋，那一座座更为整洁的农舍，还有那一幢幢富丽堂皇的住宅真令人目不暇接，赞叹不已。园子里各种各样的蔬菜以及一些农舍窗台上放着的牛奶和奶酪撩拨着我的食欲。我走进一家最漂亮的农舍，可我刚将一条腿跨进大门，屋子里的孩子们便尖声大叫起来，其中一个女人还吓晕了过去。整个村庄都骚动起来；有的夺路而逃，有的则向我进攻，用石头砸我，向我投来各种利器，直把我打得鼻青脸肿、遍体鳞伤。我赶紧逃到野外，战战兢兢地躲进了一间低矮的空棚屋里。看过了村里那些宫殿般的宅第之后，这间小棚屋就显得十分寒酸了。这间小屋连

① 这条典故出自弥尔顿的《失乐园》。

着一座外观整洁、令人赏心悦目的农舍；不过，由于刚才那段惨痛的经历，我没敢再贸然进屋。我这个栖身之处是用木头搭成的，屋子很矮，只是勉强能坐直身子而已；地上没铺木板，是泥地，不过倒也干燥；虽说这屋子千疮百孔，四面透风，但有这样的栖身处，能躲避雨雪，我已心满意足了。

“我就这样躲在了这个小棚屋里。我往地上一躺，心里美滋滋的，庆幸自己找到了一个安身之处；不管这屋子怎样简陋，它毕竟能够抵御冬日的严寒，更重要的是，能避免人类对我的进攻。

“晨曦微露，我便从这低矮鄙陋的棚子里爬了出来，想看一看隔壁的那幢农舍，也想打探清楚，看自己还能不能在刚找到的这个小棚子里继续住下去。这间棚屋紧挨着农舍的背部，一边与猪圈相通，周围还有一个清澈的水塘，棚屋的另一边是敞开的，我昨晚就是从这儿爬进去的。不过，我现在已用石头和木块将所有的缝隙统统堵住，免得别人看见我躲在里面；当然，我并未将出口封死，外出时还可将石头和木块移走。我能享受的一点光线是从猪圈透过来的，但我已觉得足够了。

“这样整好了住处之后，我又在地上铺了一层干净的稻草。这时，我看见远处闪过一个人影，便返身爬进棚屋，因为昨晚的遭遇我还记忆犹新，我决不再将自己交给他们，听凭他们摆布了。不过，那天我事先已为自己准备好了食物——一条偷来的粗面包，还有一只杯子，可供我饮用住处旁流过的干净水。用杯子舀水比我用手捧水喝方便多了。地面垫高以后非常干燥，加之离农舍的烟囱很近，屋里还算暖和。

“起居饮食如此安排停当之后，我便决定在这间小棚屋里住下来，除非出现什么意外的变故，使我改变自己的决定。我以前栖身于树林里，四周无遮无掩，雨水顺树枝淌下，地上阴暗潮湿；相比之下，这儿堪称天堂了。我美滋滋地吃完早餐，正想挪开一块木板舀点水喝，突然听到外面传来脚步声。我从一条细小的缝隙望去，只见一个年轻女人，头上顶着一个小桶从我的棚屋前走过。这姑娘挺年轻，举止文雅，与我以前见过的山野村民和农家仆人大不一样。可她衣着简陋，仅穿一条蓝粗布裙子和一件亚麻布上衣。她那一头金发梳成了一条辫子，但头上没有任何饰物。她看上去挺坚毅，但还是流露出哀伤的神色。她从我视线里消失了，但约摸过了一刻钟，她又折了回来。这回她头上顶着的那只小桶里盛了半桶牛奶。看她走路的样子挺吃力的；这时，一个年轻小伙子迎了过来。那小伙子显得更加郁郁不乐。只听他神情黯然地说了些什么，便从那姑娘头上拿下牛奶桶，拎着向农舍走去。姑娘跟在他后面，两人都从我眼前走了过去。不一会儿，只见那小伙子又回来了，他手里拿了些工具，穿过农舍后面的田野，向对面走去。那姑娘有时在屋里，有时又在院子里，忙里忙外。

“我仔细察看了我的住处，发现农舍的一扇窗户原先开在我这小棚屋的墙上，可后来那扇窗户被木板堵起来了。其中一个窗格上有一条不易觉察的细小缝隙，透过这缝隙正好可以窥见屋里的一切。我从缝隙里看到，这是一间小屋子，四周墙壁刷了白色涂料，显得干净整洁，屋内不见什么家具。在屋子的一角的火炉旁边，坐着一位老人，他两手撑着脑袋，神色十分沮丧。那年轻姑娘正在收拾屋子。不一会儿，她从抽屉里取出一样东西，拿在手里做了起来。姑娘在老人身边坐下，老人顺手拿起一件乐器，开始弹奏起来。他弹奏的声音比画眉或夜莺的鸣叫更加优美动听。眼前的情景，即使在我的眼里也是那么美好动人。我真是个可怜虫！以前从未见过任何美好的事物。这位满头银丝、慈眉善目的老人使我肃然起敬，而这位温文尔雅的姑娘更激起了我的爱慕之情。老人又演奏了一支优雅而凄婉的曲子，我看到他身边那个温柔的姑娘潸然泪下，可老人未加理会，直到姑娘呜呜地哭出声来，他才说了句什么。那可爱的姑娘放下手中的活计，跪在老人的脚边。老人将她扶起，向她投去慈祥而饱含深情的微笑。此情此景在我心中激起了一种不同寻常的、极其强烈的感觉，一种痛苦与欢愉交织在一起的感觉；以前我无论是饥寒或是温饱，都从未体验过这种感受。我无法忍受心头这番情感，便转身离开了窗户。

“此后不久，那年轻小伙子回来了，肩上扛了一捆柴火。那姑娘在门口迎他，帮他卸下那捆柴，并拿了一些柴火走进屋去，塞进炉子里。接着，她和那年轻小伙子走到屋子的一个角落里。小伙子拿出一大块面包和一片奶酪。姑娘见了似乎喜滋滋的，便去菜园里拿了些植物的根块和茎叶，先放到水里，然后放在火炉上烘烤。做完后，她便接着做她手中的活计，而小伙子去了菜园，看样子在忙着挖掘植物的根块。他这么又挖又拔地忙乎了约摸一个小时，那姑娘也来帮他干了，尔后两人一起走进了屋子。

“在这期间，那位老人一直愁眉不展，可当他的两位同伴回来时，他却作出一副高兴的样子。他们几人坐下来吃饭。那点食物很快便吃完了，姑娘又忙着收拾屋子；老人由小伙子搀扶，在屋前的阳光下溜达了几分钟。这两个出色的生灵，相互形成鲜明的对比，而他们的美是世上任何东西都无法比拟的：一个是耄耋老人，满头鹤发，慈祥的脸上洋溢着爱的神情；一个是年轻小伙儿，身材修长，体态优雅，五官匀称，相貌堂堂，仿佛是模具浇铸而成；只是他的目光和神态流露出极度的悲哀和沮丧。老人回身走进屋里，那小伙子拿了几件工具——与他上午用过的不同，直奔田里去了。

“夜幕很快降临了，可令我惊讶不已的是，这户农家竟设法用蜡烛来延续光亮；而且我欣喜地发现，我在观察这家人类邻居时所感受到的愉悦之情也未因太阳落山而消失。晚间，那姑娘和她的同伴忙这忙那，可他们做的那些事情我都看不懂。老人又拿起那件乐器演奏起来，那乐声与我早晨听到的一样优雅、迷人。老人刚演奏完，年轻小伙子也来了一段，不过他不是演奏乐器，而是发出一连串单调划一的声音，既不像老人手中的乐器那样和谐，也不像鸟儿的嘤嘤鸣唱。我后来才发现，他是在朗诵，可当时我还不了解文字方面的知识。

“就这么过了没多长时间，他们全家人便吹熄了蜡烛，我想他们是睡觉了。

第十二章

“我躺在稻草上，怎么也睡不着，又想起了白天发生的事情。这些人温文尔雅的举止言谈给我留下了极其深刻的印象。我渴望成为他们中的一员，可我又不敢轻举妄动，因为前天夜里我被那些蛮横无理的村民们毒打一顿的情景仍历历在目。我打定主意，不管自己将来采取什么行动，就目前来说，我还是老老实实地待在这个小棚屋里，仔细观察，尽量弄清楚支配他们行为的动机是什么。

“第二天早晨天没亮，这户人家就起床了。那姑娘忙着整理屋子，准备早饭。小伙子一吃完早饭便离家外出了。

“这一天与前一天一样，他们还是在忙那些日常事务。年轻小伙子总在外面干活，而姑娘则在家里忙这忙那，辛勤劳作。我很快便发现，那位老人已双目失明；他闲居在家，常演奏乐器，或陷入沉思；而那两个年轻人对这位德高望重的老者所怀有的景仰、爱戴之情，是世上任何东西都无法相比的。他们对老人悉心照顾，体贴入微，而老人总是对他们报以慈祥的微笑。

“他们并不十分快乐。那年轻小伙儿和他的同伴常常避开老人，暗地里哭泣流泪。我看不出他们为什么这样悲伤，可他们的不幸深深地触动了我。如果这么可爱的人也要吃苦受难，那么，像我这样一个畸形丑陋、形单影只的可怜虫，遭到不幸和痛苦，也就不足为奇了。可是，为什么这些温和善良的人们也会有伤心事呢？他们拥有一幢挺漂亮的房子（在我看来是这样），又不必为吃穿用度发愁——冷了，他们有火炉取暖；饿了，又有美味可口的食物；他们穿的衣服也挺漂亮，更令人羡慕的是，他们可以朝夕相伴，互相交谈，彼此间每日还能向对方展露亲切而满怀深情的面容。可是，他们的眼泪又意味着什么？是不是真的意味着痛苦？起初，我无法找出这些问题的答案；然而，通过长期不断的观察，我终于明白了许多一开始令人迷惑不解的现象。

“过了很长一段时间，我才搞清楚这户和睦的农家为什么忧心忡忡的一个原因，那就是贫困。他们深受贫困的煎熬，已经到了令人痛心的地步。他们赖以为生的食物别无其他，只是自己园子里种的蔬菜，日用牛奶则仅靠一头奶牛提供，这年冬季，由于主人搞不到多少饲料，因此这头奶牛产奶很少。我想他们经常要忍受饥饿的痛苦煎熬，而那两个年轻人更是如此。有好几次，他们将食物放到老人面前，却没给自己留下一点儿吃的。

“这种一心为他人着想的品质使我深受感动。我以前常常趁夜深人静之际偷拿他们储存的部分食物，供自己享用；然而，当我意识到自己的行为会给这家人带来痛苦时，我便不再这么做了，而是去附近的树林里采集野果、坚果和根块之类的东西聊以充饥。

“此外，我还想出了一个帮他们干活的办法。我发现那小伙子每天都要花费很多时间上山砍柴，以供家中生火之用。于是，我时常在夜里拿了他的砍柴工具（我很快便学会了使用这些工具），给他家运回足够几天用的柴火。

“我还记得第一次干这事的情景：那天早晨，姑娘刚打开房门，发现外面放着一大堆柴火，禁不住大吃了一惊。只听她高声喊了句什么，那小伙子赶紧奔了过来，他也十分惊奇。我高兴地看到，小伙子那天没再去林子里砍柴，而是将一整天时间用来修缮房屋或在菜园里耕作。

“渐渐地，我又有了一个更为重要的发现——这家人是通过发出各种声音来交流他们的经历和感情的。我发现他们说的话，有时给听者带来快乐或痛苦，有时又使听者展露笑颜，或黯然神伤。这门学问可真是神妙奇特，我热切盼望自己也能掌握它。可是，我为此作出的一切努力都失败了。他们的发音非常快，所说的词语又没有具体的物体可联系，弄得我晕头转向，茫无头绪，根本没法理解他们谜一般的谈话内容。然而，我在小棚屋里仔细观察、勤学苦练。终于，在月亮绕行几周以后，我弄清了他们谈话中一些最普通的事物的名称。我学会了‘火’、‘牛奶’、‘面包’和‘木柴’等词语的发音，并已能运用自如。我还学会了这家人的名字。小伙子和姑娘各有好几个名称，不过那老人只有一个——父亲。姑娘被称为‘妹妹’，或‘阿加莎’；而小伙子则被称为‘费利克斯’、‘哥哥’或‘儿子’。当我学会了每一个字音所表达的意思，而且自己也会发出这些词语时，我心里真有说不出的高兴。我还学会区分其他一些词的发音，可当时还没有理解它们的含义，也不会使用它们；诸如：‘好’、‘最亲爱的’、‘不幸’等等。

“我就是这样度过了冬天。这户农家文雅的举止，俊美的外表，使我深深地喜欢上了他们。每当他们闷闷不乐，我心里也很不是滋味，而当他们兴高采烈，我也与他们同欢共乐。除了这家人以外，我很少看到其他什么人，即便偶尔有谁进来，这些人粗野无礼的举止言谈，更使我感到我这几位朋友超群脱俗的修养和造诣。我看得出来，老人常常多方开解自己的孩子；有时我发现他把孩子们叫到身边，劝导他们驱除心中的忧思愁绪。老人说话的语气显得轻松愉快，而脸上那亲切慈祥的神态甚至使我也变得愉快起来。阿加莎恭恭敬敬地听老人说话，有时眼里噙满了泪花，她便悄悄地将泪水抹去。不过，我发现她听了父亲的劝告之后，情绪通常会好一些，说话的语气也会高兴一些。然而费利克斯的情形就不同了，他是这一家三口中最悲伤的一个。虽然我的反应并不灵敏，但我仍能感到他所受的痛苦比他的家人更深。不过，尽管他的神情显得十分悲伤，可他说话的口气却比他妹妹更高兴些，而当他对老人说话时就更是这样。

“对于这家和蔼可亲的人们，我可以举出许多例子——虽然都是些区区小事——来说明他们的脾气性格。虽然缺衣少食，生计窘迫，但费利克斯仍然兴冲冲地为妹妹采来第一朵从雪地里钻出的小白花。一大早，妹妹尚未起身，他便将妹妹去挤奶房路上的积雪清扫干净，打好井水，并从外屋取出柴火——他每次去柴棚都会惊讶不已，因为总有一只无形的手将柴棚堆得满满的。白天，我想他有时是替附近的一个农人干活，因为他常常外出后要到吃晚饭时才回来，而且不见他带柴火回来。其他的时候，费利克斯便在自家菜园里忙着；不过，正值寒冬腊月，园子里也没多少活可干，他便读书给老人和阿加莎听。

“起初，我对他读书一事莫名其妙，不知他在干什么。可是，我逐渐发现，他读书时发出的声音与他讲话时发出的许多声音完全一样。因此，我猜想他准是在纸上找到了他能理解的语言符号。

我怀着急切的心情希望自己也能搞懂这些符号。可我连这些符号所表示的声音都不懂，又怎么可能学会这些符号呢？然而，我在学习语言方面还是取得了明显的进步。虽然我的进步还不足以使自己理解任何谈话的内容，可我已经全身心地投入到了语言学习中去。我心里非常清楚，尽管我渴望结识这户农家，可我总得先掌握他们的语言，才能做这种尝试；只有我自己具备了语言方面的知识，他们才有可能不那么介意我外观的畸形。他们仪态万方，而我却模样寒碜，这种鲜明的对比始终呈现在我的眼前，让我时时记着自己这副丑陋的容貌。

“这一家人的外形真可谓十全十美，令我钦羡不已——他们风度翩翩，仪容俊美，皮肤细腻；然而，当我在清澈的水塘中看到自己的容貌时，我真吓得魂飞魄散！我先是惊得直往后退，简直不敢相信那水中映出的竟会是我，而当我完全相信，实际上我那时是，现在仍然是一个面目可憎的魔鬼时，我真感到心灰意冷、无地自容，伤心到了极点。唉！可我当时并未充分意识到，自己这副令人厌恶的丑相竟会给我带来致命的打击。

“太阳越来越暖和了，白昼变长，冰雪也消融了。我看到了光秃秃的树枝和黑黝黝的土地。从这以后，费利克斯变得更加忙碌，而原先随时可能发生饥荒的种种情况也随之消失了。我后来发现，他们的食物很充足，虽然粗糙些，倒还算干净。他们在菜园里又新种了几种蔬菜，供自家食用。随着季节的变更，这类令人舒心快慰的事情也与日俱增。

“只要天不下雨，那位老人每日中午都由儿子搀扶着外出散步；每当天空将水倾倒下来，我就发现他们说下雨了，我于是就

学会了‘下雨’这个词。春季常常下雨，但一阵强风刮过，大地很快就被吹干了。天气变得越来越令人舒心惬意。

“我在小棚屋里的生活井井有条。我每天上午都要来观察这家人的各种举止神态，而当他们分头去忙各自的事情时，我便呼呼大睡。白天剩下的时间，我也用来观察我这几位朋友。到了晚上，等他们就寝后，如果皓月当空，或者繁星满天，我便去林子里为自己弄点吃的，同时也为这家人砍些柴火。回来时，凡有必要，我都会将他们路上的积雪打扫干净，而费利克斯平时干的那些活，只要我看过，我也都帮着去干。后来我发现，我干的这些活，神不知鬼不觉的，着实令他们吃惊不小。有一两次，我还听到他们惊喜地喊道：‘好神灵！’‘太美妙了！’不过，我那时还搞不懂这些字眼的含义。

“这时，我的思想比以前更加活跃，我很想弄清楚这些可爱的人们的行为动机和感情世界。我怀着好奇的心理，很想打听费利克斯为什么如此痛苦、而阿加莎又为什么心绪郁结的原因。我心想（真是愚昧之极!），也许我有能力使这些理应享有幸福的人重新获得幸福。每当我睡觉或离开他们时，这一家人的形象——双目失明、令人敬重的父亲，温柔善良的阿加莎，还有出类拔萃的费利克斯，便一一浮现在我的眼前。我把他们看作是决定我未来命运的超凡越圣的生灵。我在自己的脑海里构想出无数画面，想象自己怎样在他们面前出现，而他们又如何对待自己。在我的想象中，他们准会讨厌我，可我会以自己文雅的举止，柔顺的言辞赢得他们的欢心，再博得他们的爱心。

“这些想法使我精神大振，激发了我新的学习热情去掌握语言这门艺术。说真的，我的发声器官的确很粗糙，但还算灵活；虽然我发出的声音不如他们的语调那样柔和、那样富有音乐感，但是，只要我理解的词，我都能比较轻松地发出来。这就像《毛驴和小狗》[1]这则寓言故事里那头善良的毛驴，虽然举止粗鲁一些，但毕竟出于一片好心，理应受到更好的待遇，而不应该遭到乡人的打骂。

“春雨潇潇，春风送暖，令人陶然愉悦、舒心爽快；大地万象森罗，焕发出崭新的姿容。冬日里蛰伏不出、似乎躲到山洞里去的芸芸众生，这时都纷纷走出家门，到田间精耕细作，一展他们的技艺。鸟儿唱得更加欢快，枝头也绽出了新芽。欢乐、幸福的大地啊！你是众神托迹安身的理想之地，然而不久以前，你还是一片凄凉，冷湿和肮脏。大自然迷人的景色使我精神振奋，往事已从我的记忆中消逝，眼前的一切怡静安然，而闪光的希冀和对欢乐的神往则将我的未来染成一片金色。

---

① 《毛驴和小狗》是法国作家拉封丹所著《寓言故事集》中的一篇。

第十三章

“现在，我就赶快把我这个故事里更扣人心弦的一段讲一讲吧。我要说的几件事都给我留下了极其深刻的印象，在我心中激起了感情的波澜，使过去的我一跃而变成了现在的我。

“光阴荏苒，早已是一片春光融融的时候了。天气变得晴朗清和；天空万里无云。令我不胜惊讶的是，过去荒凉凄厉的大地眼下已是草木青葱，百花盛开。处处花香扑鼻，沁人心脾，春色美景可谓比比皆是，令我神清目爽、心旷神怡。

“就在这样一个春光明媚的日子里，这一家子停下手头的活计，稍事休息；老人弹起了吉他，孩子们在一旁听着。这时，我发现费利克斯脸上露出极痛苦的神色。他不断地长吁短叹，父亲见状，一度停止了弹琴，看样子是在询问儿子为什么这样悲伤。费利克斯回答时口气轻松愉快，老人便又弹起吉他来。这时传来了敲门声。

“来人是位姑娘，骑着马，身旁还跟着一个当向导的本地农人。这姑娘身着黑色上衣，脸上罩着厚厚的黑面纱。阿加莎问她找谁，这陌生姑娘只是用甜美的声音报出了费利克斯的名字。这姑娘的嗓音如音乐般柔和动听，可她的发音却与我这几位朋友都不一样。听到姑娘道出自己的名字，费利克斯赶紧迎上前去。姑娘一见他过来，立即揭去面纱。出现在我眼前的是一张眉清目秀、美如天仙的脸庞。她那一头亮闪闪的黑发编成了十分奇特的辫子；一双扑闪着的黑眼睛顾盼生风，透出股股灵气，却又柔情似水；她身材匀称，皮肤异常白皙，两颊红扑扑的，更显得妩媚动人。

“费利克斯见到她喜不自胜；脸上的悲哀顿时涣然冰释，显得满面春风，喜气洋洋。他怎能突然间变得如此高兴，真令人难以置信。他两眼闪耀出光辉，双颊泛起喜悦的红晕。在我眼里，此刻的费利克斯与那陌生姑娘一样俊美。姑娘这时似乎百感交集；只见她从那双可爱的眼睛里抹去几点泪珠，将手伸向费利克斯。费利克斯陶然忘情地吻着姑娘的手，称她为他的可爱的阿拉伯人——我听他是这么称呼她的。姑娘露出茫然不解的神色，可还是向他莞尔一笑。费利克斯将姑娘扶下马，打发了那位向导，便将她领进屋去。他与父亲交谈了一阵之后，那位年轻的陌生姑娘便扑倒在老人的脚下。姑娘刚要亲吻老人的手，老人已把她扶了起来，爱怜地将她拥在怀里。

“我很快发现，虽然这位陌生姑娘吐词清晰，但似乎是在说她自己的语言，这家人听不懂她的话，而她也不懂他们在说什么。他们互相打了很多手势，我都看不明白，然而我注意到，她的到来给这一家子带来了欢乐，如同阳光驱散晨雾一样，消除了他们心中的悲思愁绪。费利克斯似乎显得特别高兴，眉开眼笑地欢迎他的阿拉伯姑娘。阿加莎，永远是那样温文尔雅的阿加莎，亲吻着这位可爱的陌生姑娘的双手，并用手指了指她的哥哥，比划了一阵，我看她那意思是说，在姑娘到来之前，费利克斯一直郁郁寡欢，愁肠百结。几个小时就这样过去了；在此期间，他们个个喜形于色，沉浸在欢乐之中。至于其中缘由，那我就不得而知了。

不久，我发现那陌生姑娘跟着他们反复发出一些字音，原来她正努力学习他们的语言。这时，一个念头在我脑海里闪现——我何不趁他们教姑娘之际，也跟他们学呢？第一次上课时，这陌生姑娘大约学了二十个生词，其中大多数都是我以前就会的，不过我也有所收获，学到了几个新的词语。

“夜幕降临之后，阿加莎和这位阿拉伯姑娘便早早去睡觉了。分手之前，费利克斯亲吻了陌生姑娘的手，并且说道：‘晚安，可爱的萨菲。’他自己迟迟未睡，与父亲谈了很长时间。我听他们一再提到那姑娘的名字，猜想他们谈话的内容就是这位可爱的女客。我很想听懂他们在谈些什么，可使出浑身解数也无济于事，对他们的谈话内容仍是一无所知。

“第二天一早，费利克斯便外出干活了；而当阿加莎忙完了平时那些活计以后，那阿拉伯姑娘便在老人脚边坐下，拿起他的吉他，弹奏了几首婉转动听、令人如痴如醉的乐曲。听着她那缠绵的琴声，我顿时悲喜交集，泪如泉涌。姑娘又唱起歌来。那歌声抑扬顿挫，如行云流水，时而铿锵激越，时而哀婉轻柔，仿佛是林中的夜莺在呖呖鸣唱。

“姑娘唱完之后便将吉他递给阿加莎。阿加莎起先推辞了一番，可后来还是弹了一支简单的曲子，并以甜美的嗓音和着吉他声唱了起来。不过，她弹唱的这支曲子与那陌生姑娘唱的曲子韵味不同。老人看上去欣喜万分，他激动地说了几句什么，阿加莎竭力解释给萨菲听，看那情形，老人似乎在说，萨菲的弹唱给他带来了极大的欢乐。

“日子过得还像以前那样平静祥和，唯一的变化是，我这几位朋友已不再是愁眉锁眼，而是笑逐颜开了。萨菲是个乐天派，永远是那样快乐、幸福。她和我在语言学习方面进步很快，仅两个月工夫，我的这些保护人日常说话中的大部分词语，我都能听懂了。

“在此期间，黑黝黝的大地披上了绿装，大河两岸青草茵茵，缀满了无数鲜艳的花朵，真令人赏心悦目，陶然心醉。太阳越来越暖和，到了夜晚，天朗气清，芬芳四溢；林中月色溶溶，依稀可见惨淡的星光。晚间外出散步是我的一大乐事，不过由于昼长夜短，我在夜间游玩的时间已大大缩短了。我从不敢白天外出，生怕再像第一次进村时那样被人毒打一顿。

“白天的时间我都用来仔细观察，以便尽快掌握语言。我可以毫不夸张地说，我比那阿拉伯姑娘进步还快。她只是略懂一点，说起话来结结巴巴，而我几乎能听懂并模仿我所听到的每一个词语。

“在我不断提高语言表达能力的同时，我还学会了认字，因为他们也在教这位陌生姑娘认字。掌握了识字的本领之后，我的眼前展现出一片神奇瑰异，令人欢欣鼓舞的广阔天地。

“费利克斯教萨菲学认字的书是沃尔涅①的《帝国的灭亡》。如果不是费利克斯一边读这本书，一边对其内容作详尽解释，我是不可能理解此书的含义的。费利克斯说，他之所以选择这本书作为教材，是因为它文笔流畅，很适合朗读，而这种风格是承袭了东方作家的写作特点。通过这本书，我学到了一点粗浅的历史知

① 沃尔涅（1757—1820），法国大革命时期的思想家、史学家。

识，大致了解了世界上现存的几个帝国的概况；它使我懂得了世界上不同国家的礼仪风俗、政府机构和宗教信仰。我还了解到，亚洲人懒散，而希腊人则思维敏捷，博学多才，了解到罗马人早期的诸多战事和他们令人赞叹的美德，他们后期的腐败堕落，以及这个强大帝国最后的衰亡；我还知道了骑士团、基督教和君主国王，了解到美洲大陆的发现。对于美洲大陆土著居民的坎坷命运，我和萨菲都禁不住伤心流泪。

"这些令人惊叹的故事，使我产生了许多新奇怪异的感触。难道人类真的是既威武强大、善良正直、伟岸豁达，又是那么阴险刻毒、卑鄙无耻？人类有时像个十恶不赦的魔王的子孙，有时却又是崇高、圣洁的象征。成为一个具有高尚情操的伟大人物似乎是每一个感觉敏锐的人所能获得的最高荣誉；而卑鄙奸诈、心狠手辣——史书中记载的许多人都是这样——则是人类最大的堕落。这类奸佞小人的处境甚至比瞎了眼的鼹鼠和温顺的蠕虫还要可悲。人怎么会去杀害自己的同胞？为什么要有法律和政府？在很长一段时间里，我对这些问题百思不得其解；然而，当我了解到种种罪恶行径和血腥屠杀的详情之后，我便不再奇怪了。我感到厌恶、痛恨，于是悻悻地走开了。

"现在，这户人家的每一次谈话都使我感到新奇。听了费利克斯给阿拉伯姑娘的讲解，我对人类社会不可思议的社会制度有了一些了解。我听他说了财产分配的不公，有的家赀巨万，有的一贫如洗，还有等级制度、门第观念和贵族血统等。

"这些话使我联想起自己的处境。我知道，你的同类们最看重的便是出身高贵、血统正宗以及与之紧密相连的万贯家财。一个人只要具备这两条中的一条，便有可能受到别人的尊重；如果两条都不具备，除了极少数的例子以外，都会被看作是流浪汉和奴隶，注定要为少数上帝的特选子民徒然卖命！那么，我究竟算什么呢？我是怎样被造出来的？这个缔造者又是谁？对此我全然不知，而我所知道的却是，我一文不名，无亲无友，没有任何财产；我所有的，只是这副畸形、丑陋、遭人厌恶的躯体。我甚至连人都不是。我比他们更灵活敏捷，赖以为生的食物也比他们的粗糙，我能忍受严寒酷暑，我的身体也不会受到多大伤害；我的身材也比他们高大得多。我环顾四周，从未见过，也从未听说过有谁像我这样。如此说来，我岂不是个魔鬼、一个玷污人世的丑类？一个谁见了都逃之夭夭，谁都否认与之有任何关系的怪物！

“这些想法给我心灵带来的极度痛苦，我简直无法向你描述。尽管我竭力摆脱这些想法，可知道的事情越多，心里就越痛苦。唉，要是我永远待在当初那片树林里，除了饥渴和冷暖之外，什么感觉也没有，那该多好！

“知识这东西的本性真是太奇怪了！一旦它攥住了你的头脑，它就像岩石上的地衣一般黏附在你的头脑中。我有时甚至希望将自己所有的思想和情感全部抛弃，然而我知道，要摆脱痛苦，只有一个办法，那就是死。尽管我对死亡这种状态一无所知，但我还是怕死。我仰慕崇高的情操，赞美善良的情感，钦慕这一家人文雅的举止与和蔼可亲的品质；可我却被排斥在他们之外，只好在他们不知不觉时偷偷观察他们。除此以外，我根本无法与他们直接交往。我渴望与他们为伍，成为他们中的一员，然而，我的愿望由于无法得到满足，因而变得更加强烈。阿加莎那温柔的话语，娇媚的阿拉伯姑娘那富有感染力的微笑并不是为我而发，而老人循循善诱的规劝，可爱的费利克斯那热烈的谈话也不是为我而说。太惨了，你这不幸的可怜虫！

“上课时讲到的其他内容给我留下的印象更为深刻。我明白了性别的差异，孩子的出生和成长，听到父亲对婴儿的微笑以及孩子后来的童稚趣语如何百般疼爱，而做母亲的又是怎样耗费毕生的心血照料、抚养自己可爱的孩子；我了解到青年人如何开拓自己的视野，增长知识；懂得了兄弟姐妹等各种各样的将人与人联结在一起的亲情关系。

“然而，我的亲朋好友在哪里呢？初来人世时，我没有父亲的留神照看，也没有母亲的微笑和爱抚为我祝福。即便他们曾经疼爱过我，我过去的全部生活也已变得污浊不清，一片混乱，什么也无法辨认，可谓空虚茫然。在我最早的记忆中，我的身材就已经像现在这样高大，我从来没有看过有谁像我这样，没听谁说过与我有什么往来。我究竟是什么呢？这个问题又一次摆在我的面前，而我无法回答，只能唉声叹气。

“至于这些情感是怎样发展的，产生了怎样的结果，我很快会讲到；不过现在还是让我再来谈谈那家人的情况吧。这一家子的种种遭遇在我心中激起了一连串感情的波澜，我时而愤怒、时而欢乐，时而惊奇；不过，这种种感触最终还是使我更加热爱，更加尊敬我的这些保护者们（我喜欢这样称呼他们，既是出于天真单纯，也是出于一种相当痛苦的自我欺骗。）。

第十四章

“过了一段时间，我逐渐了解了我这些朋友们的生活经历，而他们的经历所展示的一系列事件，对我这样一个从未涉世、毫无经验的人来说，一桩一件都是那么精彩绝伦、扣人心弦，都给我留下了极其深刻的印象。

“老人名叫德拉西，出身于法国的一个上流人家。他在法国居住多年，生活富裕，并且受到达官贵人的敬重和同胞僚友的爱戴。他儿子在本国军队里服役；阿加莎则跻身于名声最为显赫的上流淑女名媛之列。我来此前几个月，他们住在一个名叫巴黎的繁华的大城市里，周围有许多朋友知交。他们心地善良，情操高尚，志趣高雅，兼之家境还算殷实，因而安享年华，过着优裕、舒适的日子。

“萨菲的父亲给他们一家带来了灭顶之灾。她父亲是个土耳其商人，客居巴黎多年。后来不知什么原因，他引起了法国政府的恼怒。就在萨菲从康斯坦丁堡赶来与他团聚的当天，他被政府抓了起来，投入监狱；受审之后便被判处了死刑。政府明目张胆、草菅人命的行径引起了整个巴黎社会的义愤。人们普遍认为，宣判他死刑的真正原因并不是他所谓的罪行，而是他的宗教信仰和个人财产。

“审判时，费利克斯恰巧在场。他听到法庭的判决，不禁疾首蹙额，义愤填膺。他当即发誓，一定要将萨菲父亲营救出狱。随后，他便四处奔走，寻求营救办法。他多次想获准进入监狱，但均未成功。后来，他发现监狱的一侧无人警戒，那里有一扇安装了铁栅栏的窗户，光线由此透入，里面便是关押那个不幸的伊斯兰教徒的地牢。这可怜的穆斯林戴着手铐和脚镣，垂头丧气地等待着这一野蛮判决的执行。费利克斯趁天黑悄悄来到铁窗下，向囚犯说明自己是来救他出狱的。这土耳其人听了惊喜交集，一再许诺要以重金厚礼酬谢，想借此激起这位营救者的热情。费利克斯对他的许诺嗤之以鼻，但是，当他一眼瞥见娇媚的萨菲（她获准前来探视她父亲），这年轻小伙子不禁暗自欢喜，这囚犯手中还真有一件无价之宝，足以酬谢自己艰险的营救行动。萨菲用手连连比划，向费利克斯表示了自己不胜感激的心情。

“这土耳其人察言观色，很快便看出费利克斯已对自己的女儿动心，便再次许诺，只要他被转移到安全之处，他便将女儿许配给费利克斯，以此给费利克斯吃一颗定心丸。费利克斯处事慎重，没有接受土耳其人的美意。不过，他巴望着能与萨菲缔结良缘，从而使自己获得终身幸福。

“在此后的几天里，费利克斯积极为土耳其商人越狱做好准备。与此同时，他收到了那位可爱的姑娘寄来的几封信，这更使他激情满怀。原来，姑娘在父亲原先一位懂法语的老佣人的帮助下，用她的心上人的本国语言写了几封信向费利克斯倾诉衷肠。姑娘在信中用最炽热的话语，对费利克斯营救她父亲的侠义行为表示深切的感激；同时，她也稍稍流露出对自己坎坷命运的悲叹。

“我在小棚屋里栖身的那阵子，设法弄到了书写工具，而费利克斯或阿加莎常常将那几封信拿在手中念，我便趁机将信的内容记录下来。在我离开这里之前，我会把信的复本交给你，它们将证明我所说的这些事情完全是真实的。但是，这会儿太阳很快就要下山，时间不多了，我只能将这几封信的重要内容给你讲一讲。

“据萨菲在信中说，她母亲是个信奉基督教的阿拉伯人，后来被土耳其人掳走而沦为奴隶。由于她天生丽质，萨菲父亲钟情于她，便娶她为妻。年轻的萨菲满怀热情，盛赞自己的母亲，说她原本是个自由身，而现在却沦为奴隶，因此对奴隶的枷锁深恶痛绝。她常将基督教的信条传授给女儿，教育女儿努力提高思维能力，培养自己独立自主的精神——这对于穆罕默德的女信徒来说是绝对犯忌的事。虽然这位太太离开了人世，但她的教诲在萨菲的心中烙下了不可磨灭的印记。萨菲对日后要返回亚洲非常反感，不肯将自己禁锢在闺房之中，仅以儿童游戏自娱解闷，因为这与她的性格气质很不协调。她现在已习惯接受崇高的思想，常以高洁的操守道德作为自己立身处世的目标；而日后如能与一个信奉基督教的男子结婚，生活在一个妇女有生活地位的国度里，这自然是她所向往的前景。

“处死土耳其人的日期已经确定，但就在行刑的前一天晚上，他越狱潜逃，且天亮前已逃出巴黎城外数十英里。在此之前，费利克斯曾以他父亲、妹妹和他自己的名字弄到了几本护照，并将自己的营救计划告诉了父亲。为了帮助儿子迷惑当局，父亲便以外出旅行为由，与女儿一起离开家，去巴黎的一个鲜为人知的偏僻处躲了起来。

“费利克斯带着这两个逃亡者，穿越半个法国到达里昂，接着又翻越切尼山，来到意大利的来亨市。这土耳其商人决定在此等待机会，然后再逃入土耳其管辖的某个地方。

“萨菲决心在父亲离开来亨前的这段时间里留在父亲身边。这土耳其人再次向他的营救者保证，一定把萨菲嫁给他。于是，费利克斯便留下来与这父女俩待在一起，盼望能与萨菲结亲。他与这位阿拉伯姑娘为伴，心里倒也甜丝丝的。阿拉伯姑娘将自己最纯真，最温柔的感情倾注到了他的身上。他俩通过一名翻译互吐心曲，有时也借助眼神表情交流感情。萨菲还将自己国家里最优美动听的歌曲唱给费利克斯听。

“那土耳其人表面上允许两个年轻人保持这种亲密关系，甚至推波助澜，激起这对恋人心中的希望，而骨子里却另有一番打算。他不愿让女儿嫁给一个基督教徒，可如果他态度冷淡，又生怕费利克斯嫉恨在心，因为他深知，万一这个救他出狱的人向他们居住地的意大利当局告发他，那他就在劫难逃了。土耳其人冥思苦想制定出各种计划，以便自己拖延时间，继续哄骗费利克斯，等到无此必要时，便悄悄带着女儿溜之大吉。从巴黎传来的消息促使了他将自己的计划付诸实施。

“法国政府对囚犯潜逃一事恼羞成怒，于是不遗余力地四处追查帮助案犯越狱的人，并要对其严加惩处。费利克斯营救在押犯一事很快便被当局查出，德拉西和阿加莎双双被捕入狱。费利克斯获悉这一消息后，方才从甜蜜的梦中惊醒过来。他那位双目失明、已是耄耋之年的老父亲，还有那温柔可爱的妹妹此刻正被关押在臭气熏人的地牢里，而他却呼吸着自由的空气，身边还有情人相伴，好不快活。想到这里，他便心如刀割，痛苦不堪。他立即与那土耳其人商定，如果在他返回意大利之前，这土耳其人能寻得合适的机会逃走，那萨菲便可以寄宿在来亨的一个女修道院里。安排妥当之后，他便告别了可爱的阿拉伯姑娘，匆匆赶回巴黎，向当局投案自首，听凭法律制裁。他希望此举能换来德拉西和阿加莎的自由。

“他的希望落空了。当局将这一家三口关押了五个月才开庭审判他们。结果，他们一家财产全被抄没，三人均被逐出法国，被判终身流放。

“他们在德国的一个地方找到了一所农舍避难，苦度时日。我也就是在那儿遇到他们的。费利克斯很快便发现，虽然自己和家人为那土耳其人遭受了闻所未闻的迫害，可那奸诈的土耳其人一听说自己的救助者落到倾家荡产，穷困潦倒的地步，便忘恩负义，不知羞耻地带着女儿离开了意大利，还侮辱费利克斯，给他寄来一点小钱，说什么帮助他维持将来的生活。

“费利克斯之所以心情阴郁，就是为了这些事情，所以我第一次见到他时，他是全家最痛苦的人。生活的贫穷他可以忍受，即便匡救他人的壮举最终给他带来了不幸，他仍然引以为自豪；然而，那土耳其人忘恩负义，加之他又失去了心爱的萨菲，这才是无可弥补的、使他更加痛心疾首的不幸。现在，这位阿拉伯姑娘来到了他的身边，给他的心灵注入了新的活力。

“当费利克斯被剥夺了财产和地位的消息传到来亨之后，那土耳其商人便责令女儿忘掉她的恋人，准备打点行装回土耳其。萨菲生性善良、豁达，听到父亲的命令，怒不可遏。她试图规劝父亲，但他横眉竖眼，大发雷霆，仍然强迫女儿遵从父命，最后气冲冲地走开了。

“几天之后，这土耳其人来到女儿的房间，匆匆告诉女儿，他已听到风声，确信自己在来亨的住处已被发现，当局很快便要将他引渡给法国政府。因此，他已租好一条船，准备回康斯坦丁堡，由水路去那儿只需几小时。他打算将女儿托付给一位可靠的仆人照管，一旦他的大部分财产运抵来亨，她便可伺机带着财产返回土耳其。

“父亲离开她的房间之后，萨菲独自冥思苦想，考虑如何采取稳妥的办法以应当前之急。她对回土耳其居住非常厌恶，因为她的宗教信仰和思想感情与土耳其人格格不入。父亲有几份报纸落在她的手中；通过查阅这些报纸，她获悉自己的恋人已被流放，并查到了他目前的住处。她开始犹豫了一阵，但最终还是下定了决心。她拿上一些属于自己的珠宝首饰和一笔钱，又带上一名侍女离开了意大利前往德国。那侍女是来亨人，但懂得土耳其的通用语言。

“萨菲安全抵达德国的一座小城，这里离德拉西的住处大约六十英里。然而就在这时，她的侍女患了重病。尽管萨菲满怀深挚的情义，精心护理这位侍女，但这可怜的姑娘还是死了。这样一来，萨菲变得无依无靠、孤苦伶仃。她对德语一窍不通，对德国的风俗人情也全然不知。不过，她还是遇上了好心人。那位意大利侍女曾说起她俩此行的目的地；待侍女死后，她们借住的那幢房子的女主人精心安排，将萨菲安全送到了她恋人的住处。

第十五章

“这些就是我那可爱的一家人的遭遇。这桩桩件件深深地打动了我的心。它们向我展示了社会生活的一幅幅画面，因而教会了我崇尚美德，鄙视人类的种种罪恶。

“直到那时，我一直认为违法犯罪是一种十分遥远的罪恶，而仁慈善良、慷慨大方则时时出现在我的眼前，激起了我在忙忙碌碌的生活舞台上充当一名演员的欲望。在这个人生的大舞台上，曾经展示过多少可歌可泣的优秀品质。但是，在交代我智力发展的过程时，我还必须说一说那年八月初发生的一件事。

“一天夜里，我照例去附近的树林里采集食物，并为我的保护者砍些柴火。我发现地上有一只旅行皮箱，内有几件衣服和几本书。我急不可耐地一把抓住这件宝贝，遂将它带回小棚屋里。我还真走运，这几本书所用的语言，其基本知识我都在农舍学过。这几本书是：《失乐园》、蒲鲁塔克的《名人传》① 和《少年维特之烦恼》。得到了这几本珍贵的书籍，我真是喜出望外。现在，我一直在研读这几本史书，并用它们来训练我的智力，而我那些朋友

① 《名人传》通译为《希腊罗马名人传》，是古希腊历史学家、传记作家普鲁塔克（约 46—119）所著，共有 50 篇，其中 46 篇以类相从，是名副其实的对传，即用一个希腊名人搭配一个罗马名人，共 23 组，每一组后面都有一个合论。其余 4 篇则为单独的传记。

们则忙于他们各自的日常事务。

“这几本书对我所产生的影响之大，我真无法用语言来表达。它们在我的脑海里产生了无数新的形象，引发了我心中无数新的感觉。我有时心潮澎湃，喜不自胜；但更多的时候却是怅然若失，情绪极为低沉。《少年维特之烦恼》一书，不仅故事浅显易读、情节生动感人，更饶有兴味的是，它还详细讨论了许多观点，使我明白了许多我以前感到费解的问题。它是我取之不竭、用之不尽的思想源泉，使我永远感到新奇、惊喜。书中所描绘的温馨、欢乐的家庭生活，与一心为他人着想的崇高的思想和情操交融在一起，而这种高尚的思想境界与我的保护人所表现出的高风亮节可谓异曲同工，也与始终在我心中涌动的需求完全一致。不过，我觉得维特这个人物比我所见过的或我想象中的任何人物都略胜一筹。他性格稳重、深沉，绝无半点自命风雅、矫揉造作之处。不过，有关他死亡和自杀的论述却使我百思不解。我不想对他自杀一事妄加评说，但我还是倾向于主人公的看法。维特之死令我悲不自胜，潸然泪下，尽管我对他为什么自杀并不十分理解。

“然而，在我读这本书时，我常常带着强烈的个人感情，将书中的人物与自己的感触和境况加以比照。读着有关他的遭遇的描写，听着他们相互间的谈话，我发现自己与他们颇有相似之处，同时又与他们境况各异，真令人百思不解。我同情他们的遭遇，也在一定程度上理解他们，但是，我的心智尚不成熟；我无依无靠，无亲无故，任我踏上归天仙游的路途，谁也不会为我的逝去而悲伤。我的容貌丑陋无比，身材异常高大——这究竟是怎么回事？我是谁？我究竟是什么？我又从何处而来？向何处而去？这些问题始终在我脑海里盘旋，可我无言以对，不知作何回答。

“我手头的这本普鲁塔克的《名人传》，内容包括古代共和国缔造者们的生平和业绩。这部著作对我所产生的影响与《少年维特之烦恼》一书大相径庭。从维特那些不切实际的幻想中，我看到的是悲观、忧愁，而蒲鲁塔克却教给了我豁达高远的思想；他使我的精神境界得到升华，将我从冥思苦想一己之不幸遭遇的状态中解救出来，启发我崇尚、热爱古代的英雄豪杰。我从书上读到的许多事情都是我未曾经历、因而无法理解的。对于古代的王国，辽阔的疆土，雄伟的河川，以及浩淼的海洋，我尚有一点支离破碎的知识，可对于城市和大批聚集在一起的人群，我就十分生疏了。我的保护者们所居住的那幢农舍，是我了解人类本性的唯一学校；而这本书却向我展示了我从未经历过的、更加雄伟壮阔的活动场面。我从书中了解到，那些管理国家事务的人们统治或杀戮自己的同类。我感到自己心中涌起了一股极其强烈的情感——对美德的渴望和对罪恶的痛恨。就我的理解而言，‘美德’和‘罪恶’这两个词的含义实际上是相对的，我于是便仅仅将它们理解为欢乐和痛苦。在这些感情的诱导下，我很自然便钦慕温和的立法者，如努玛①、梭伦②、莱克格斯③，而不喜欢罗慕路斯④和提修斯⑤。我那些保护者的传统的生活方式使这些观念深深地印入

① 努玛（活动时期约公元前700年前后），传说中公元前715—前673年在位的古罗马国王。

② 梭伦（约公元前630—约前560），古雅典的政治家、诗人和立法者。

③ 莱克格斯：传说中古代斯巴达的立法者。

④ 罗幕路斯：西罗马帝国末代皇帝（475—476在位）。

⑤ 提修斯：阿蒂卡传说中的雅典王子，被视为斩妖除怪的伟大英雄。

了我的思想中。如果我当初是通过一个好大喜功，荼毒生灵的年轻士兵而认识人类的话，那么，现在充斥在我心头的感觉也许会完全不一样了。

“然而读了《失乐园》，我心中却别有一番滋味，它给我的感受要深刻得多。与我手头其他两本书一样，我也是把它当作真实的历史故事来读的。它使我惊叹不已，敬畏之极。无所不能的上帝与诸神交战的场面真令人心驰神荡、激动不已。我常将书中一些人物的境遇与自己联系在一起，因为我与他们有着惊人的相似之处。我与亚当一样，凡是现存的生物都和我没有任何联系；但除此以外，他的处境与我的情形可以说是天差地别。他是由上帝亲手缔造的一个完美无缺的生灵，幸福快乐、一帆风顺，同时受到造物主的精心照护。他可以和众神自由交谈，从中汲取知识；而我却孑然一身、无依无靠，处境十分凄惨。我不止一次地感到，撒旦的遭遇才更为贴切地代表了我目前的处境。跟撒旦一样，每当我看到我的保护者其乐融融的情景，我就妒忌他们，心中苦涩难言。

“还有一件事证明了我并非平白无故地妒忌他们，因而进一步加深了我的妒忌心理。我曾从你的实验室里拿走一件衣服，就在我来到这小棚屋之后不久，我在那件衣服的口袋里发现了一些稿纸。起初，这些稿纸并未引起我的注意；可现在，我已能辨认稿纸上所使用的文字。于是，我便开始对它们潜心研究起来。原来，写在这些稿纸上的都是你的日记，是你在我来到人世之前的那四个月里记下的事情。你当时在制作过程中采取的每一个步骤都详细地记录在了这几张纸上。此外，你在日记里还记录了一些家庭事务。这几张稿纸，你自然不会忘记的。瞧，就是这几张纸。一切和我那可诅咒的身世有关的情况都记在这里面了。我是怎样来到人世的——这一令人厌恨的事情，其前前后后，根根底底可谓一目了然。你详详细细地描绘了我这副丑陋、令人憎恶的面容，那字字句句都记下了你自己内心的恐惧，也同样使我心惊肉跳，无法摆脱这种恐惧的心理。我读着你的日记，心里直作呕。‘我恨我来到人世的那一天！’我痛苦地大声呼喊，‘该诅咒的造物者，你为什么要造出一个面目如此可憎的怪物，就连你自己也嫌恶他，弃之如敝屣呢？富有怜爱之心的上帝按照自己的形象把人类塑造得那样俊美，那样富有魅力；可我呢，我这模样虽说是你们的翻版，可奇丑无比，令人生厌，而这种相似甚至更加令人恐惧。撒旦还有一伙魔鬼与他为伴，崇拜他，鼓励他，而我却形单影只，招人痛恨。’

“在我孤苦伶仃、情绪颓唐的时候，心里总是萦绕着这些念头。不过，每当我想到这一家人的种种美德，想到他们那和蔼可亲，乐善不倦的品质，我便又说服了自己，心想，只要他们知道我如此崇尚他们的美德，他们就会同情我，不会在乎我外表上的缺陷的。对于一个向他们乞求同情和友谊的人，不管这个人怎样丑陋，他们总不会拒之门外吧？我打定主意，至少自己不能灰心丧气，而要充分做好一切准备，使自己具备与他们会面的种种条件。这次会面将决定我最终的命运。我将这一意图的实施推迟了几个月，因为这次会面的成败与否对我具有重要的意义。我心里惴惴不安，生怕受挫，功败垂成。再说，我发现自己的领悟力每日都有很大长进，因而宁愿再过几个月，等自己变得更加精明灵慧，再付诸行动。

“与此同时，农舍里也发生了一些变化。萨菲的到来，给这一家人带来了欢乐的气氛；我还发现，他们的日子过得比以前好了；费利克斯和阿加莎也有了更多的时间消遣、交谈，而且还雇了仆人帮他们干活。他们虽然并不富裕，但日子过得挺美满、快活。他们心境安然、情绪平和，而我内心却一天比一天烦乱。知识的增长只能使我更加清楚地认识到，我这个被人遗弃的可怜虫是多么不幸。我心中原本还怀有一线希望，这不错；可一看到自己映在水中的模样，或是看到自己月光下的身影，我心中仅有的一线希望也像水中的浮影或漂移不定的阴影一样破碎消失了。

“我竭力驱除心中的恐惧感，尽量使自己坚强起来，以迎接我决心在几个月后去经受的那场考验。有时，我听凭自己不受理智约束的思绪，在天堂的乐土中漫游，还大胆地想象那些可亲可爱的人们如何同情我，鼓励我摆脱心中的忧思愁绪；而在这些天使般俊美的脸庞上如何漾起令人快慰的笑容。然而这一切只是一场美梦；根本没有什么夏娃来抚慰我心中的哀伤，分担我的忧思。我形影相吊，寂然一身。我记得亚当曾向他的造物主乞求过，可我的造物主在哪儿？他抛弃了我，我满怀着一腔怨恨诅咒他。

“秋天就这样过去了。我惊讶而伤心地看着树叶枯了，落了；大自然又呈现出一片萧瑟、荒凉的景象，与我第一次见到那片树林和皎洁的月光时的情景一模一样。然而，我根本不在乎天气转冷；就我的身体结构来说，我较能抗寒，但耐热的能力却相对较弱。不过，我生活中最重要的乐趣还是在夏季观花赏鸟，领略大自然生机勃勃的美丽景色。如果这一切都消失了，我便将更多的注意力放到那家人身上。他们的快乐并不因夏季的结束而减少。他们相亲相爱、相互同情；他们的幸福是建立在彼此休戚相关、唇齿相依的基础之上的，因而不会随着大自然的香销玉减而中断。我越是见到他们，就越是想得到他们对我的保护和帮助。我翘首企盼着与这些可爱的人们相识，被他们所爱。我平生最大的心愿，就是看到他们对我笑脸相迎，向我投来深情的目光。我真的不敢想象，他们会面带鄙夷和恐惧，弃我而去。他们从未赶走过那些在他们门前驻足乞讨的穷人。诚然，我所需要的东西要比一口食物，一时的休憩逗留更为宝贵；我需要帮助和同情，而我完全相信自己应该获得这种帮助和同情。

“冬天来了。自从我活转人世以后，四季交替变更，已整整循环了一周。在此期间，我集中全部精力试图实现自己的计划——走进我的保护者家里，与他们见面。我反复考虑了种种方案，而最后确定的方案是：等双目失明的老人单独在家时再进屋去。我已具有足够的领悟力，十分清楚以前那些人见了我害怕的原因——主要还是怕我这副异常丑陋的模样。我的嗓子虽然粗声粗气，但听起来并不可怕；因此我想，老德拉西的孩子不在家时，如果他能善待我，并为我向他的孩子求求情，那么，通过他的帮助，说不定那两个年轻的保护人也能宽容我。

“一天，阳光洒在缀满地面的一片片通红的落叶上，虽然已经没有多少暖意，但还是那样使人振奋、令人欢欣。萨菲、阿加莎和费利克斯结伴外出，去田间远足，老人自愿留在家中。孩子们走了以后，老人拿起吉他，弹了几首悲哀而柔美的曲子。我还从来没有听他弹过如此悲哀、柔美的歌曲。他起初还喜形于色，可弹着弹着便露出若有所思、郁郁不乐的神情。最后，老人将乐器放到一边，坐在那儿陷入了沉思。

“我的心怦怦直跳，关键时刻到了；要么我的希望在此刻实现，要么我内心担忧的种种情况在此时发生。仆人们都去附近赶集了，屋里屋外静悄悄的，这真是个求之不得的大好机会。然而，等我开始按计划行动时，我的手脚发软，不听使唤。我一下子瘫倒在地上，但我还是站了起来，使足全身力气，搬开遮挡在棚屋前的木板。我呼吸了几口新鲜空气，顿觉神清目爽。我坚定了自己的决心，朝他家的门口走去。

“我敲了一下门。‘谁啊？’老人问道——‘请进’。

“我走进屋子。‘请原谅我冒昧来访，’我说道，‘我路过这里，想休息一会儿。如果您能允许我在火炉旁待上几分钟，我将不胜感激。’

“‘请进来吧，’德拉西说道，‘我很愿意尽量满足您的需要。可不巧我的孩子都不在家，我的眼睛又看不见，恐怕很难给你弄点什么吃的。’

“‘请别费心了，好心的主人，我有吃的，只需要暖暖身子，休息一会儿就行了。’

“我坐了下来，接着我俩谁也没再说话。我知道，现在每分钟对我都是极为宝贵的，可我还在迟疑不决，不知以什么方式切入正题。这时，老人又开口说道：‘陌生人，听您的口音，我想您大概是我的同乡吧——您是法国人吗？’

“‘不是，不过我是向一家法国人学的，也只是懂得这种语言而已。我现在要去找我的朋友，要求得到他们的保护，我打心眼

儿里热爱他们，也有一定把握得到他们的帮助。’

“‘您这些朋友是德国人吗？’

“‘不，他们是法国人。嗯，我们换个话题吧。我是个生不逢时、遭人遗弃的人，在这个世上孤身一人，举目无亲。我要去拜访的这些热心肠的人们从没见过我，对我的情况几乎也一无所知。我好担心，如果他们拒绝了我，那我在这个世上将永远是个无家可归的流浪汉了。’

“‘别这样心灰意冷的。一个人在世上无亲无友固然不幸，但只要人们不是出于明显的私利而抱有偏见，那么，他们的心就会充满博爱和仁义之情。因此，您要相信自己心中的希望；如果您那些朋友心地善良、和蔼可亲，那您就不要悲观失望。’

“‘他们都是好心人——是世界上最好的人；可他们对我都怀有偏见。我性情温和，迄今为止，还从未伤害过谁，而且还为别人做过一些好事，可他们都被一种根深蒂固的偏见蒙住了眼睛，他们本应把我看作是有情有义、心地仁慈的朋友，可他们却认为我是个面目可憎的魔鬼。’

“‘这的确很不幸；但是，如果您真的没有过错，难道您不能消除他们的偏见吗？’

“‘我正打算这么做；可就是因为这一点，我才感到万分恐惧。我对这些朋友满怀一腔柔情；数月以来，我每天都在他们不知晓的情况下，帮他们做事，可他们却认为我想伤害他们——这就是我要消除的偏见。’

“‘您这些朋友住在哪儿？’

“‘就在这附近。’

“老人收住话音，顿了顿，又继续说道：‘如果您愿意将这件事的详细情况毫无保留地告诉我，或许我能帮您消除他们的误会。我双目失明了，无法从您的面容作出判断，但听了您的谈话，我相信您是真诚的。我很穷，又是个被流放的人；但是，如果我能为谁做点什么，不管是做什么吧，我都会打心眼儿里感到高兴的。’

“‘您真是太好了！谢谢您，我接受您的慷慨相助。您的好意把我从困境中解救出来；我相信，通过您的鼎力相助，我一定会得到您的同胞的同情，而不会被他们排斥在外的。’

“‘哪怕您真是个罪犯，如果他们拒绝您，对您毫无同情之心，那他们也为上天所不容！那样只会逼着您铤而走险，而决不可能激励您弃邪归正，走上自新之路。我也是个不幸的人；尽管我和我的家人都是清白无辜的，可我们仍然被判有罪。因此，您自己可以作出判断，我是否对您的不幸遭遇寄予同情。’

“‘我唯一的恩人，您对我恩重如山，我该怎样感谢您呢？您让我第一次听到了亲切和善的声音，您的恩德，我将终身铭感。在我即将和我的朋友会面之际，您的一片仁慈之心将确保我与他们的会面圆满成功。’

“‘您能否告诉我您那些朋友的姓名和住址？’

“我一时不知如何回答；心想，这是决定性的时刻，幸福将从我身边被夺走，还是永远与我同在，全系此时了。我拼命挣扎，想使足力气回答他的问题，然而，我的努力非但没有成功，反而耗尽了我剩下的一点力气。我瘫倒在椅子上，嚎啕大哭起来。正在这时，我听到了我的年轻的保护人的脚步声。时不待我，刻不容缓，我一把抓住老人的手大声喊道：‘就是此刻！救救我，保护我啊！您和您的家人正是我要找的朋友，在此紧急关头，请千万不要抛弃我！’

“‘天哪！’老人惊叫道，‘你是什么人？’

“‘与此同时，农舍的门开了。费利克斯、萨菲和阿加莎走了进来。谁能描述他们见到我时的惊愕和惶恐？阿加莎吓晕了；萨菲也顾不上照看女友，夺门而逃。这时，我正紧紧抱住老人的双膝，只见费利克斯一个箭步冲上前来，一把将我从他父亲身边拖开——他那股猛劲简直大得不可思议。他勃然大怒，猛地将我摔倒在地，用棍子狠狠抽打我。我完全可以像猛狮撕扯羚羊那样，将他撕成碎段，可我当时如重病缠身，心情颓丧，因而忍住没有发作。由于浑身疼痛，加之心如刀割，见他又要朝我打来，便赶紧逃出屋子，趁众人慌乱之际，偷偷躲进了我的小棚屋。

第十六章

“你这该诅咒的、可憎的造物者啊！我为什么当时活了下来？为什么不在那个时候，将你胡乱点燃的生命火花熄灭掉呢？我自己也不知道；然而我并没有绝望，我只觉得复仇的怒火在我心中燃烧。我真想痛痛快快地把那幢农舍毁了，再将那家人全部杀死，听他们高喊乱叫，看他们遭受折磨，以解我心头之恨。

“夜幕降临了，我走出小棚屋，来到树林里徘徊游荡。事到如今，我已没有必要再提心吊胆，怕被别人发现了。我发出声声可怕的吼叫，宣泄心头的痛楚和愤懑。我就像一头冲出陷阱的疯狂野兽，将拦在我面前的障碍物全部摧毁，像雄鹿一般在森林中狂奔。唉！这是一个多么难熬的夜晚啊！群星讥讽地泛出惨淡的寒光，光秃秃的树枝在我头顶上随风晃荡，四周一片岑寂，只有鸟儿不时发出几声清脆悦耳的鸣叫。除我以外，大地万物都在沉睡，或在尽情享乐，而我却像魔王撒旦，心头压负着一座燃烧着的地狱，遭受痛苦的煎熬。我看不到这儿会有谁同情我，真恨不得把林中的树木连根拔起，将周围的一切全部毁掉，然后再坐下来对着这一片废墟悠然自得地幸灾乐祸。

“然而，图一时痛快发泄一番，自然长久不了。由于奔跑过度，不久我便精疲力竭了。绝望中，我瘫倒在潮湿的草地上。那些活在这个世上的芸芸众生，竟没有一个人愿意怜悯我，帮助我。

既然如此，难道要我向我的敌人表示友善吗？决不。从那时起，我便向人类宣战，要与他们，特别是那个将我制造出来，又将我推入无法忍受的苦难之中的人血战到底。

“太阳出来了，我听到有人说话的声音，知道当天已不可能返回自己的栖身之处。于是，我便钻进浓密的灌木林中躲了起来，决意将整个白天用来考虑自己目前的处境。

“和煦的阳光，清新的空气使我的心情平静了一些。我仔细回想了发生在农舍里的一幕幕情景，不由觉得自己作出的结论过于仓促。我行事欠考虑，太不谨慎，这一点是确定无疑的。我的谈话显然引起了老人的兴趣，情况十分有利，可我却傻乎乎地将自己暴露在他的孩子面前，引起他们的恐惧。我本应该先让老德拉西熟悉我，等他的家人对我的到来有了足够的思想准备后，再慢慢与他们见面。不过我觉得虽然自己举措不当，可这些错误也不是无法挽回的。反复考虑之后，我决定重返农舍，找老人说明原委，将他争取过来。

“这些想法使我的心情平静下来。到了下午，我终于沉沉睡去。然而，我心中灼灼，热血仍在沸腾，无法酣然入梦。前一天那可怕的情景总在我眼前浮现——女人们吓得飞跑，怒不可遏的费利克斯将我从他父亲的身边拖开。等一觉醒来，我已是筋疲力尽。见天色已晚，我便从藏身处悄悄爬出来，去寻找食物。

“吃饱了肚子，我便朝通往农舍的那条熟悉的小路走去。四周悄无声息。我偷偷溜进自己的棚屋，静静地等待这家人平时起床的时间。他们起床的时间已经过了，太阳已高高地挂在空中，可这家人还是没有露面。我浑身直打哆嗦，担心这家人发生了什么可怕的事情。只见屋子里面黑洞洞的，听不到一点动静。我焦虑万分，心中痛苦难言。

“过了一会儿，两个农人路过这里。他们在这幢屋子附近停下脚步，谈起话来。只见他们不停地打着手势，可他们在说什么，我一句也听不懂，因为他们说的是本地话，与我的保护人的口音不一样。不久，费利克斯同另外一人走了过来。我暗自吃惊，因我那天上午根本没见他从家里出来。于是，我焦急地等待着，想根据他们的谈话，来判断这些异乎寻常的事情究竟意味着什么。

“‘您有没有想过，’费利克斯旁边那人说道，‘您必须交付三个月的房租，还得白白损失掉园子里种的瓜果蔬菜，我可不想占您的便宜，这不地道；所以，我还是请您暂缓几天，慎重考虑一下您的决定。’

“‘我根本不用再考虑，’费利克斯答道，‘我们决不可能再在您的房子里继续住下去。我已对您说过，我家出了这种可怕的事情。现在我父亲随时都有生命危险，而我妻子和妹妹也不可能从惊恐中恢复过来。我请求您不用再劝我了，还是收回您的房子，让我离开这里，远走高飞吧。’

“费利克斯说这些话时，浑身颤抖得非常厉害。他与那人走进屋子，在里面待了几分钟，出来后便走了。从此以后，我再也没见到德拉西一家。

“那天，他们走了以后，我一直待在小棚屋里，神情恍惚，心如死灰。我的保护人走了，我与这个世界唯一的联系中断了。我的心中第一次充满了复仇的怒火。我没有作任何努力去抑制这种强烈的愤懑，而是听凭自己随感情的激流荡去。我绞尽脑汁考虑如何伤人，甚至杀人。然而，当我想到我那几位朋友，想到德拉西娓娓动听的话语，阿加莎温柔的目光，还有阿拉伯姑娘那娇美的面容，我便打消了这些恶念，禁不住眼泪扑簌簌地流了下来。泪水使我的心绪平和了一些；然而，当我想起他们抛弃我，将我一脚踢开的情景，先前那股怒火又重新在我心头燃起。我无法伤害人类，便将心中这股狂怒发泄到无生命的物体上。入夜，我将各种容易燃烧的东西堆放在农舍四周，又把园子里种的植物全部毁掉，然后便耐着性子等待，一旦月亮下沉便开始行动。

“夜深了，树林里刮起了一阵狂风，瞬间吹散了飘浮在空中的云块；这股狂风如同威力无比的雪崩，摧枯拉朽，锐不可当；它使我心神错乱，如痴如狂，丧失了一切理智和思维。我点燃了一根枯枝，绕着这幢供奉祭祀的屋子一边手舞足蹈、狂奔乱跳，一边死死盯住西边的地平线——月亮快要沉到它的边缘了。终于，月亮的一部分被地平线遮住了，我挥舞着手中那根燃烧着的枯枝；月亮沉下去了，我尖叫一声，将我堆放在那儿的稻草、石南和灌木一一点燃。风助火势，农舍成了一片火海，很快便被刀叉般凶猛的火舌吞噬了。

“当我确信，农舍的任何部分都不可能从火中救出时，便赶紧离开现场，逃进树林里躲了起来。

“现在，面对这茫茫人世，我将何去何从呢？我打定主意离开这个给我带来不幸的地方，远走高飞；然而我遭人恨，惹人嫌，任何国家对我来说都一样可怕。最后，我突然想到了你。从你那几页日记中，我得知你就是我的父亲，我的缔造者；投靠赋予我生命的人总比投靠其他人更合情合理吧？费利克斯给萨菲讲课的内容也包括了地理知识，我从中了解到地球上不同国家间的相互位置。你曾经提起你的故乡名叫日内瓦，于是我便决定去那个地方。

“可我该怎么走呢？我知道自己必须朝西南方向走才能到达目的地，可我唯一的向导便是太阳了。我既不知道沿途要经过哪些城市，也决无可能向任何人问路。然而，我并没有悲观失望。虽说我对你没有任何感情，有的只是满腔仇恨，但唯有从你这儿我才有希望获得援助。你这无情无义、铁石心肠的造物者！你赋予了我知觉和感情，却又抛弃了我，使我流落异国他乡，成为人类讥讽奚落的对象，望而生畏的怪物。但是，我只有对你才有权要求得到怜悯和补偿。我曾经试图让别的具有人形的生物公平待我，但毫无结果，因此，我下定决心，向你讨回公道。

“我远道而来，一路风尘仆仆，历经千辛万苦。我在原来那个地方居住了很长时间，离开时已是深秋时节。我昼伏夜行，生怕遇到什么人。我周围的景物凋零衰败了，阳光变得惨淡无力。秋雨绵绵，大雪纷飞，原先奔腾咆哮的大河结冰了；大地变得坚硬、冷峭，一片凄凉，而我却连个栖身之处也没有。唉，大地啊！多少回，我乞求你降祸于那个赋予我生命的人！我原先善良的禀性已经泯灭，代之而来的只有一颗狠毒的心和一腔怨恨。离你的住处越近，我就越强烈地感到复仇之火在我胸中燃烧。雪花飘飘，水面冻得硬邦邦的，可我并没有驻足休息。途中时而出现的一些情况常为我指明方向，而且我还随身携带了一张这个国家的地图。不过，我还是经常偏离路线，走了很多冤枉路。痛苦折磨着我，使我不得片刻安宁。途中遇到的每一件事情都让我感到气愤，感到悲哀。当我到达瑞士边境时，天已转暖，大地重新披上了绿装。然而这时发生的一件怪事大大加深了我心中的怨恨和恐惧。

“我通常是白天休息，只是在晚上，借助夜幕的掩护，别人看不见我时才赶路。一天清晨，我发现自己要穿过前方一片密林，便大胆决定在太阳升起之后继续赶路。这是早春的一天，阳光明媚，空气中洋溢着阵阵清香，连我也为之欢欣雀跃。我感到自己心里早已泯灭了的那份温柔和喜悦之情，又重新萌生出来，令我好生新奇。于是我听凭它的拨弄和驱使，忘却了自己的孤独和丑陋，竟也壮着胆子高兴了一回。热泪顺着我的面颊缓缓流下，我甚至满怀感激之情，抬起湿润的双眼，遥望那神圣的、赐予我欢乐的太阳。

“我沿林中蜿蜒的小路继续向前走去，直至来到森林的尽头。只见一条深不可测、水流湍急的小河绕林而过，林中许多树木弯曲着身子伸向河面。春风送暖，根根枝条已绽出点点新芽。我在河边站住，不知该走哪条路。这时，我听到人声，便钻到一棵柏树的树荫下躲了起来。我刚站稳脚跟，只见一个年轻姑娘嬉笑着向我躲藏的地方跑来，像是和什么人捉迷藏。她沿着陡直的河岸继续奔跑，突然脚下一滑，跌进了湍急的河里。见此情景，我一个箭步从藏身处冲出来，费了好大劲儿才将她从急流中救起，拖上河岸。这时，她已失去了知觉。正当我奋力抢救她时，突然来了一个庄稼汉，我被迫中断了抢救。看来，他就是姑娘刚才嬉笑着要躲过的那个人了。他一见到我，立刻冲上前来，从我怀里死命夺过那姑娘，飞快地向密林深处跑去。我拔腿便追，可为什么要追赶那人，连我自己也莫名其妙。那人眼见我逼近他，便举起随身携带的一杆枪瞄准我开了火。我一头栽倒在地上，而打伤我的那家伙却加快速度逃进树林里去了。

“我的善举竟受到如此回报！我救了一个人的命，可得到的报偿却是遭人枪击，弄得皮开肉绽不说，连骨头也给打碎了，疼得我在地上直打滚。我心中刚刚复苏的温情善意顿时烟消云散，而狂怒和切齿之恨重新占据了我的心头。由于伤口疼痛，盛怒之下，我横下一条心，今生今世与人类势不两立，不报此仇，决不善罢甘休。然而此刻，我被伤痛折磨得奄奄一息，脉搏暂时停止了跳动，最后昏了过去。

“我在树林里痛苦地熬过了几周时间，想方设法治疗枪伤。那一枪打中了我的肩头，不知子弹是留在里面，还是击穿了肩膀；但不管怎样我都没法将它取出来。他们恩将仇报，实在有失公允；如此待我，真令我倍觉痛楚，心情十分压抑。我日日发誓赌咒，定要报仇雪恨——我的报复行动将是强有力的，置人于死地的，只要一击便可补偿我所遭受的欺凌和痛苦。

“几个星期之后，我的伤口愈合了，于是我又继续登程赶路。明媚的阳光，和煦的春风再也不能减轻我旅途的劳顿。一切人间欢乐都是对我的嘲弄，都是对我凄惨境遇的讽刺，使我更加痛苦地感到，我生来就与欢乐无缘。

“现在，我旅途的劳顿总算快结束了。两个月之后，我到达了日内瓦郊区。

“到日内瓦时已是黄昏，我便在荒野里找了一个隐蔽处暂且栖身，以便仔细考虑一下以什么方式向你求助。为疲劳和饥饿所迫，加之心中抑郁，我根本无心领略晚间徐徐吹来的微风，欣赏雄伟的朱拉山后那落日的壮丽景色。

“我昏昏沉沉地睡着了，暂时将自己从冥思苦想的痛苦中解脱出来。不料这时来了个挺漂亮的小男孩，把我给吵醒了。孩子身上那股调皮劲都让他给占了。我见他朝我选择的这块隐蔽处飞奔而来，脑袋里突然闪过一个念头。这小家伙思想单纯，不会带有任何偏见；他少不更事，还不至于惧怕丑陋之人。因此，如果我逮住他，对他训练一番，使他成为我的伙伴和朋友，那么，在这个布满人群的世界上，我就不会感到那么孤寂凄凉了。

“由于受这一冲动的驱使，我便在孩子经过时一把抓住他，拉到自己面前。孩子一见我这丑陋的形容，便赶紧用双手捂住眼睛，扯起嗓子尖叫起来。我强行将他的双手扒开，对他说道：‘孩子，你这是何苦呢？我又不想伤害你，听我对你说。’

“他使足浑身力气拼命挣扎。‘放开我，’他大喊道，‘魔鬼！丑八怪！你是想吃了我，把我撕成碎片——你是个吃人的妖魔——放开我，不然我就告诉我爸爸了。’

“‘孩子，你甭想再见到你爸爸了；你必须跟我走。’

“‘可恶的魔鬼！放开我。我爸爸是个市政官——他就是弗兰肯斯坦先生——他一定会惩罚你，你不敢把我扣下的。’

“‘弗兰肯斯坦！这么说，你是属于我仇敌一边的人了——我和他不共戴天，势不两立；我今天就先把你杀了。’

“那孩子仍在挣扎，嘴里还不停地骂骂咧咧，骂得我心灰意冷。绝望中，我一把掐住他的脖子，不让他出声。只一会儿工夫，他便倒在我脚下死去了。

“我目不转睛地盯着这个被我杀死的牺牲品，心中充满了魔鬼般胜利的狂喜。我拍着巴掌大声叫道：‘我同样可以制造人世间凄惨的景象，我那冤家对头并非坚不可摧，这孩子的死，定会让他悲伤欲绝；而且，日后折磨他，置他于死地的灾祸还多着呢。’

“我凝眸注视着这孩子，突然发现有件东西在他胸前闪闪发亮。我解下一看，原来是一帧好漂亮的女人肖像。虽说我满怀恶意，但这幅画像还是软化了我、一时吸引了我。我兴致勃勃地凝视着她那双生着长睫毛的黑眼睛，和她富有魅力的嘴唇。然而我心中的恼怒很快又卷土重来——我想到自己永远无权享受这些美人儿所赐予的欢乐；我还想到，我这会儿看着她的容貌，而如果她看见我，她脸上这副无比温柔的神情定会转变成厌恶和惊恐。

“我想到这一切，不由得心头火起。你会觉得奇怪，是不是？可唯一使我奇怪的是，当时为什么自己只是以大声叫嚷和痛苦挣扎来发泄自己心中的怨恨，而没有冲进茫茫人海之中，在试图毁灭他们的同时自己也粉身碎骨。

“我怒不可遏，愤然离开了杀人现场。为了寻找一个更加隐蔽的藏身之处，我走进了一间谷仓。我原先以为这屋子空无一人，可里面却有一个女人躺在稻草上睡觉。这是个年轻姑娘，论长相的确没有我手里那画像上的女子漂亮，不过她倒也生得端端正正，挺讨人喜欢，而且青春焕发，浑身洋溢着姑娘的健康美。我暗自忖道，她就是那些女人中的一个——她们把令人欢愉的微笑赐给众人，唯独把我排斥在外。我俯下身子，轻声唤道：‘醒来吧，绝色美人儿，你的情人就在你身旁——只要你温情脉脉地看他一眼，他死不足惜矣！我亲爱的，醒来吧！’

“这姑娘身子动了动，一阵强烈的恐惧感掠过我的全身。万一她真的醒过来看见我，会不会诅咒我，大骂我这个杀人凶手？如果她睁开那双黑眼睛看到我，她肯定会这么诅咒我的。这个想法使我丧失了理智，唤醒了我心中的魔鬼——不过遭魔鬼之害的不应该是我，而是她。我之所以杀人，是因为我被剥夺了她能给予我的一切，她应该赎罪。这桩罪行的根子在她，必须让她受到惩罚！多亏了费利克斯给我上的课，也多亏了人类那些血淋淋的法律，我现在也学会了坑害别人。我弯下腰，将那帧画像稳稳妥妥地塞在她衣服的折缝里。见她又动一下身子，我拔腿逃了出去。

“一连几天，我都去出事地点转悠。有时想见到你，有时又决心离开这个世界，永远摆脱人世间的痛苦。最后，我信步朝这崇山峻岭走来，穿过这儿巨大而幽深的山谷，心中激情燃烧这股强烈的情欲折磨得我不能自已，而能满足我的，只有你了。在我们分手之前，你必须答应我的要求。我形单影只，孤苦伶仃；任何人都不会成为我的伴侣。但是，一个与我同样丑陋，同样可怕的异性生灵，是不会拒绝我的。我的伴侣必须与我同类，与我有同样的缺陷，你必须造出这样一个生灵来。”

第十七章

这怪物讲完之后，目不转睛地盯着我，等待我的回答。可我却如堕烟海，懵头懵脑，一时无法理清自己的思绪，弄不懂他这一建议的全部内涵。他继续说道："你必须再为我造一个异性伴侣，好让我与她相依为命，共同生活，进行必不可少的情感交流。这件事只有你能办到，而我要求你这样做，是我应有的权力，你对此绝不可以拒绝。"

刚才听他说到他在那户村民家度过的日子还挺平静，我心中的愤恨也因此而渐渐平息；可是，他这段经历的后半部分，又点燃了我满腔的怒火。现在听他提出这种要求，我便再也按捺不住心头熊熊燃烧的怒火了。

"这件事我决不会答应的，"我回答道，"任你怎样折磨我，也休想迫使我同意。你可以使我成为世界上最不幸的人，但你决不可能逼我就范，变成连自己都鄙夷不屑的无耻之徒。你要我再造一个你的同类，好让你俩狼狈为奸，毁了这个世界，是不是？滚开吧！我已经回答你了，你尽可来折磨我，可我决不会同意的。"

"你错了，"这魔鬼回答道，"我不会威胁你，倒愿意和你讲讲道理。我因为遭受痛苦和不幸，才如此心狠手辣。所有的人都恨我，回避我，难道不是这样吗？你——我的缔造者，竟要把我撕成碎片，然后再欢庆你的胜利；这你总没忘记吧？我倒要你说说，为什么人类不可怜我，而偏偏要我去可怜人类呢？假如你能将我扔进冰川上的一个裂缝里，毁了我的躯体——毁了你亲手制作的成果，你自然不会把这叫作谋杀的。人类蔑视我，难道要我尊重他们不成？还是让人类与我友好相处吧；如果他们能接受我，我会对他们感激涕零，造福于他们，而决不会伤害他们的。可这是不可能的事。人类的理智是我与他们结交的不可逾越的障碍；而我的理智却也决不允许自己卑躬屈膝，沦为他们可鄙的奴隶。我要为我受到的伤害报仇雪恨，如果我不能唤起爱，我就要制造恐惧；而你是我的缔造者，是我的头号敌人，我对你切齿痛恨，今生今世与你势不两立。你可要当心，我会采取行动毁掉你的，不把你弄得心胆俱裂，决不罢休，定让你诅咒自己为什么来到这个世上。”

他说着说着便恶狠狠地发起火来，显得骚动不安，那张脸也起皱变了形状，真让人见了毛骨悚然。不过，他很快便镇静下来，继续说了下去：“我刚才就想和你说理，这样发火于我不利，因为你根本没有认识到，我之所以怒火中烧，愤愤不平，完全是你造成的。如果有人肯对我表示仁爱之心，我一定千百倍地报答他，哪怕是为他一人，我也要与全体人类友好相处！然而，我现在只是沉湎于美丽的梦幻之中，这一切是不可能实现的。我对你的要求合情合理，根本不算过分。我要求得到一个异性伴侣，但须与我一样面目丑陋。我的这一心愿实在微不足道；尽管我能得到的只是这么一点，我也心满意足了。当然，我和她将成为一对与人世隔绝的怪物，但正因为如此，我们才会更加相亲相爱。虽说我们将来的生活不会很幸福，但也不会对他人造成任何伤害，还能够摆脱我现在感到的这份痛苦。唉！我的造物主，给我幸福吧，让我为你的恩惠感激你吧！让我亲眼看到，我激发了一个大活人的同情心，千万不要拒绝我的请求。”

我的心被他打动了。可我想到自己一旦同意他的要求可能会产生的后果，我就不寒而栗了；然而，我又觉得他这番陈词也不无道理。他的经历，以及他此刻流露出来的感情，说明他还是个通情达理的生灵。作为他的制造者，我应该在力所能及的范围内尽量使他幸福，如若不然，我岂不是有负于他？他觉察出我内心的变化，便继续说道：“如果你同意的话，从今以后，无论是你还是任何其他人，都不会再见到我们——我将去南美的茫茫荒原；我的食物与人类为生的食物不同，我无需捕杀小羊羔、小山羊什么的以饱口福；各种橡子和野果就能为我提供足够的营养。我的伴侣也将与我具有同样的特性，也会满足于同样的食物。我们将以枯叶为床；太阳普照人类，也将哺育我们，也会使我们的作物成熟。我向你描绘的这幅图景是宁静祥和而又富有人情味的，你一定会感到，只有你残酷无情，胡乱使用手中的权力，才会拒绝我的请求。尽管你从来没有对我表示过怜悯之心，但我从你的眼睛里看到了你的一丝同情。让我抓住这一有利时机，劝说于你，让我得到我梦寐以求的东西吧。”

“你的意思是，”我回答道，“远离人类居住的地方，到荒原里安家落户，唯与那儿的野兽为伴，但是，你一贯渴望得到人类的爱和同情，你又如何耐得住寂寞，安于颠沛流离的生活呢？你还是会回来，再次要求人类善待你；如果这样，你还是会受到他们的憎恶。到头来，你心中那些邪恶的念头准会卷土重来。到了那时，你还多了一个帮手，助你为非作歹；我决不允许出现这种情况。你不要再与我申辩，我是不会同意的。”

“你的感情竟如此反复无常！刚才你还被我的言词所打动，为什么一转眼就变得如此狠心，对我的申辩无动于衷？我向你发誓——我面对我借以栖身的地球，向你——制造我的人发誓：我将带着你赐给我的伴侣，远离人世，哪里最荒凉，哪里就是我的安家之处。我心中的邪念将荡然无存，因为我将得到同情和安慰！我将默默地了此一生，而在我寿终正寝之际，我不会诅咒我的制造者。”

听了他这番话，我心中升起了一种异样的感觉。我同情他，有时还产生了安慰他的欲望。然而，当我注视着他，看到这具污秽可憎的躯体在走动说话，我就觉得恶心，恻隐之心顿时化作厌恶和仇恨。我试图压抑这种感觉；心想，尽管我对他毫无同情之心，但他所要求的那一点点幸福完全掌握在我的手中，我没有权利拒绝他。

“你发誓赌咒，”我说道，“标榜自己没有恶意，不会害人，可你的歹毒不是已经显露出来了吗？我完全有理由不信任你，这难道没有理由吗？你如此信誓旦旦，恐怕是想掩人耳目，借以扩张报复范围，扩大你的胜利成果吧？”

“你这是什么意思？我可不是让人耍着玩的，我要求你明确答复我。如果我无牵无挂，无情无义，那我这辈子注定会怨天尤人、作恶多端；然而，另一个人对我的爱将会消除我作恶的根源，我从此将匿影藏形，无人知晓我的存在。我之所以干了些坏事，也是被世上强加于我的孤独生活逼出来的。我痛恨这种生活；如果我能与我的同类共同生活，我的心中自然会萌生出善良的情感。我将感受到这个知疼着热的异性生灵的柔情蜜意，从此成为世上万物生存之链中的一环，而我现在却是被排斥在外的。”

我沉默不语，仔细琢磨着他刚才所说的一切，以及他提出的种种理由。我心想，从他生命之初的情况来看，他有可能成为一个心地善良、品德高尚的生灵；可是后来，他的保护者对他表示出厌恶和蔑视，因而扼杀了他善良的本性。当然，我并没忘记他本身所具有的力量和他对人类构成的威胁；他可以在冰川中的冰窟内生存，能在无人涉足的悬崖峭壁间藏身，以躲避人类的追捕，他具有这等本领，人类要想对付他也是徒劳的。我沉思良久，最后作出决定：为了对我的同胞公正起见，也为了还他一个公道，我应该答应他的要求。于是，我转过身来对他说道：“我同意你的要求，但你必须对天起誓：一旦我把你的女伴交到你手中，你就带着她离开欧洲，离开人类居住的任何一个地方，浪迹天涯，永世不得返回。”

“我发誓，”他大声喊道，“对太阳，对苍天，对我心中燃烧着的爱情之火，我庄严起誓：如果你允诺我的恳求，那么，只要日辉煌煌，云汉青青，爱火熊熊，你就永远不会再见到我。你现在就回家去，开始工作吧。我将满怀万分焦虑的心情，注视着你工作的进程。你完工之后，我一定会来，这你就不必担心了。”

也许是害怕我改变主意，他刚说完便突然离去了。我注视着他沿山坡飞奔而下，那速度之快，连苍鹰也望尘莫及，转眼便消失在连绵起伏的茫茫冰海之中。

他的故事说了整整一天，待他离开时，太阳已经落到地平线上了。我心里很清楚，得赶紧下山，否则我就会被黑夜吞没了。可是我心情沉重，步履缓慢。山里的羊肠小道迂回曲折，三弯九转，下山时每走一步都须格外留神，这真让我犯难，而且心里还七上八下，总是想着白天发生的事情。等我下到半山腰的休息处，坐在山泉旁时，夜已深了。朵朵云彩在空中飘游，满天繁星时隐时现；眼前是黑黝黝的一片松林，断裂倒伏的松树随处可见，堪称一幅奇妙、肃穆的景象。这时，我心里生出种种莫可名状的感觉，禁不住失声痛哭起来。我沉痛地握紧双手，大声呼喊道："哦！星啊，云啊，风啊，你们都要嘲笑我；如果你们真的同情我，就把我的感觉和记忆统统碾碎，让我化为乌有；否则，你们就走吧，走开吧，让我一人留在黑暗里。"

这些想法真是疯狂而又可悲；然而我却无法向你描述，那在空中恒久闪烁的群星是如何沉重地压迫在我的心头，而我又如何觉得那一阵阵传入耳际的风声，好似那沉闷险恶的西洛可风①，它正呼啸而来，企图将我吞噬。

等我到沙穆尼村时，天早已亮了。我顾不上休息，立即起程赶回日内瓦。我心里究竟是什么样的感觉，就连我自己也说不清楚——这些感觉就像一座大山似的压在我的心头，而我原先的痛苦也被这千钧重负压得粉碎。我就这样回到家里，进了屋，来到家人面前。我形容憔悴、灰头土脸；家人惶恐不安，可我拒绝回答他们的任何问题，几乎一声不吭。我觉得自己似乎遭到众人的诅咒——似乎无权要求他们的同情——似乎再也不能与家人朝夕

① 由非洲北部经地中海吹向欧洲南部的一种常带沙尘、间或带雨的热风。

相伴了。即便在这时，我仍然深深地爱着他们，敬仰他们；为了拯救他们，我决计以全部精力投入到那项令我深恶痛绝的工作中去。一想到这件事，其他任何事情在我眼前只是过往烟云，如梦幻一般无足轻重了；对我来说，唯独这桩心事，才是生活的现实。

第十八章

我回到日内瓦之后，时间一天又一天，一周又一周地过去了，可我一直无法鼓起勇气开始自己的工作。我于是惴惴不安，担心那恶魔会因失望而前来报复，然而我怎么也克服不了心中对这项强加给我的差事的厌恶情绪。我发现，要造一个雌性怪物，我必须再次花费几个月的时间，深入研究，刻苦探索。我得知一位英国科学家搞了几项新发明，有关这方面的知识对我的研究成功与否具有极其重要的意义。因此，我有时心想，还需征得父亲的同意，为此事去一趟英国。然而后来，我又以种种借口拖延时日，不愿采取这第一步行动，因为我觉得，去英国一事似乎并不是那么绝对必要的。这时，我自身也确实发生了一个变化：我原先日见衰弱的身体，现在已明显恢复；而只要自己不去想那令人不快的诺言，我的心情也比以前愉快多了。父亲看到我的这一变化，感到由衷的高兴。于是，他便转而考虑如何寻找一个最为有效的办法，彻底祛除我心中的忧郁；因为这毛病仍时有发作，它如同一团乌云，锁住了太阳，吞噬了空中的一切。每当我感到心情郁闷时，我便离群独处，在无限的孤寂中躲避忧郁的侵袭。我往往一连几天独自在湖上泛舟，茫然注视着天上的云朵，或是倾听湖面漾起的涛声，显得无精打采，不说一句话。不过，由于湖区空气清新，阳光明媚，我的心情总还是平静了些。返回家时，遇到朋友们对我招呼致意，也还能勉强笑脸相迎，心情也还算高兴。

一天，我从湖区散步归来，父亲把我叫到一边，对我说道：“亲爱的孩子，我很高兴地看到，你又恢复了过去那些兴趣，开始回到你从前的样子了。不过，你的心情还是不愉快，你仍然在回避我们。有段时间，我一直在心里琢磨其中的原因。昨天，我突然想到一个主意；如果你觉得我这个想法有充分的理由，那么，我恳求你坦率地接受它。避而不谈此事，不仅毫无作用，还会给我们全家人带来更大的不幸。”

听了父亲这段开场白，我禁不住浑身颤抖起来。父亲继续说道：“孩子，说实话，我一直盼望你和我们亲爱的伊丽莎白缔结良缘，因为你们的婚姻是我们全家幸福的纽带；再说，我已是风烛残年，如果你们能结百年之好，我也能多活几年。你俩自小情深意笃，一起学习，在性格、志趣等方面也完全投合。然而，人的经验往往是盲目的，我以前曾做过一些事情，本以为办得很完满，能实现预期中的计划，可到头来差点弄得我满盘皆输。也许你把伊丽莎白看成是自己的妹妹，从未想过要娶她为妻。恐怕事情还不止如此，你也许遇到了哪个使你倾心相爱的姑娘；而你会想到，从道义上来说，你对伊丽莎白负有责任，因此，你内心矛盾重重，这恐怕就是你现在极度痛苦不安的原因吧。”

“亲爱的父亲，您尽管放心，我对表妹一往情深，真心诚意地爱她。我从未遇到过任何女人，能像伊丽莎白这样激起我心中最热烈的钦羡和爱慕之情。我未来的希望和前途与我俩的结合息息相关。”

“亲爱的维克托，你在这个问题上表明了自己的态度，我感到十分欣慰。这一阵子我还从来没像现在这样高兴过。如果你的想法的确如此，那么，不管眼前一些事情会给我们带来怎样的忧思愁绪，我们终究会开心起来的。但是，你的心看来已被这种忧愁牢牢攥住，而我希望能将它消除。因此，请你说说，你是否同意立即为你们的结合举行一个宗教仪式？我们的遭遇一直很不幸，近来发生的一些事情破坏了我们日常宁静的生活，这对于我这个年迈体衰的老人来说十分不利。你还年轻，又拥有一份相当可观的财产，因此我觉得，不管你为将来拟定好了怎样的蓝图，早一点结婚决不至于妨碍你日后去为自己争取荣誉，做一个对社会有用的人。不过话又得说回来，你不要以为我是在逼你成婚，也不要以为你延迟结婚会使我深为不安。不要把我的意思理解错了，我现在请求你给我一个诚实的、充满自信的回答。”

我默默地听完父亲的讲话，愣了好半晌也不知如何回答。千百种思绪在我脑海里飞快地盘旋，我绞尽脑汁，想得出一个结论。天啊！要我立即和伊丽莎白结婚，这个想法真让我感到恐惧和沮丧。我被一个庄严的许诺束缚住了，现在尚未实践自己的诺言，更不敢有所违背；如果我食言毁约，那我本人和我仁慈善良的家人将要遭到多么不幸的灾难啊！如此沉重、致命的包袱缠绕在我的脖子上，将我压趴在地，我又岂能以这副模样走进婚礼的殿堂？我必须首先履行诺言，让那恶魔带着他的女伴离开，然后才能安享婚礼的欢乐，因为我希望我的婚礼平平安安。

同时我还想到，有一件事我必须完成，要么去一趟英国，要么与那里的几位科学家保持长期的通讯联系，因为他们在科学方面的知识和发现对我目前的工作是必不可少的。如果我采取后一种办法获取自己所渴望的科学资料，我将花费很长的时间，也不会收到满意的效果。再者，我已习惯于和自己热爱的家人无拘无束地相处、交往，一想到要在父亲家中干这件肮脏的勾当，我就厌恶到了极点。我心里很清楚，到时可能会发生许许多多可怕的事情，哪怕其中最小的一件，也会泄露天机，让所有与我有关的人全都提心吊胆、魂飞魄散。还有一点我也很清楚，在我从事这项神秘而可怕的工作期间，一种撕心裂肺的痛苦会在我心中翻搅，而我自己常常会失去自我控制，根本无法掩饰这种痛苦。我在干这种勾当的过程中，必须与我所爱的亲人全部隔绝。我一旦开始干起来，便会很快完成的，这样我就能以安然、快乐的心情重返家中。只要我履行了诺言，那怪物便会离开，一去不复返，没准（这只是我胡乱臆想而已）他在此期间遇上什么灾祸而一命呜呼，那我的苦役也就一了百了了。

我怀着这样的心情，给父亲回了话。我表示了自己去英国的愿望，但并未说出此事的真正原因，而是找了个不致引起任何怀疑的借口，以掩饰自己的愿望；与此同时，我还煞有介事地慷慨陈词，结果轻而易举地使父亲同意了。长期以来，我一直沉浸在悲伤之中；而这种悲伤之深，其危害之大，简直与精神失常没什么不同。现在，我竟然兴致勃勃地想去旅游，父亲心里自然乐滋滋的。他满心希望我在回国之前，借助环境的变化和各种娱乐消遣活动而完全恢复健康。

至于我在英国将待多久，这一点则完全由我自己决定；我考虑在那儿待上几个月，或最多一年时间。父亲对我关怀备至，考虑问题仔细周到，还特地为我找了一个旅伴。不过他事前并未对我提起此事，只是和伊丽莎白商量了一下，便安排了克莱瓦尔在斯特拉斯堡与我会合。我本来一心想单独行事，父亲如此安排，自然打乱了我的计划。不过，在此次行程的开始阶段，我的朋友还不至于妨碍我；恰恰相反，我还真感到高兴，因为这样我就不会在数小时的旅途中陷入孤独而痴狂的冥思苦想之中了。不仅如此，亨利还能阻止我那冤家对头的突然袭击。如果我只是单独一人，那丑八怪岂不是会屡屡前来死搅蛮缠？要么提醒我别忘了那档子事，要么就是查看我干得怎么样了。

就这样，我准备去英国了。不言而喻，我回来后得马上和伊丽莎白结婚。父亲年事已高，极不愿意我推迟婚期。对我自己来说，我也渴望从这项令人厌恶的苦差事中得到一份报酬——对于这一极其痛苦的劳役的慰藉——当我摆脱这一痛苦的劳役之时，就是我得到伊丽莎白之日，与她缔结良缘将使我忘却过去的一切。

我开始为旅途作各项准备；可总有一种感觉在我心头萦绕，搅得我惴惴不安，满腹忧惧。我的家人根本不知道他们还有一个冤家对头存在，而我这么一走，便没人能保护他们不受这家伙的攻击了，说不定他还会因为我离开家而恼羞成怒。不过，他曾信誓旦旦地向我表示，无论我走到哪里，他都会跟踪我。那么，他这次会不会跟着我去英国？这么一想，我心中不禁悚然，但同时又感到宽慰，因为这样我的亲人就会安然无恙。所以，一想到他有可能不来跟踪我，我心里就十分愁苦。在我受那怪物摆布的这段时间里，我总是听凭自己一时的冲动行事；而我现在有一种强烈的预感，觉得这恶魔一定会来跟踪我，因而我的家人还不至于有遭受他残害的危险。

时值九月下旬，我再度离开了自己的国家。这次外出旅行完全是我自己的意思，因此伊丽莎白也只好默认了。但是，她想到我要离开她，独自在外风餐露宿，含辛茹苦，还要忍受种种悲哀，她心里就惴惴不安。出于对我的关心，她安排克莱瓦尔与我同行，但男人总是粗枝大叶，对许多细小的事情视而不见，需要女人的悉心照料才行。她很想叫我尽快返回家园，但她百感交集，心中矛盾重重，竟一句话也说不出来，只是默默地与我挥泪而别。

我一头钻进载我起程的马车里，几乎不知自己要去何方，也无心观赏窗外的景致。我只是没忘记吩咐别人将我的化学仪器打包装箱，随车同行——我一想到这一点，心里就痛苦万万。尽管沿途山水雄奇壮丽，可谓美不胜收，然而我却目光呆滞、视而不见。我的脑袋里充满了阴郁惨淡的幻景，我唯能想起来的就是我这趟旅行的目的地，以及在此期间我所要从事的工作。

我就这样无精打采、暮气沉沉地在旅途中苦挨时日。经过几天的长途跋涉，我终于到达了斯特拉斯堡。我在那儿待了两天，等候克莱瓦尔的到来。他来了。天哪，我与他截然不同，形成了鲜明的对比！他对每一种新的景物都是那样敏感，那样兴致勃勃；看到落日的美景，他心里快活不已，而看到旭日东升，开始新的一天，他更是乐不可支。他指给我看那花团锦簇、五彩缤纷的田园风光，又叫我观看天空中的景象。“这才叫生活呢！”他大声喊道，“现在我多么热爱生活！可你呢，我亲爱的弗兰肯斯坦，为什么这样心灰意冷、郁郁寡欢呢？”一点不错，我的确是满腹忧愁，既看不到晚星的下沉，又看不见莱茵河上泛起的金色阳光——因此，我的朋友，如果您看了克莱瓦尔的日记，您会觉得比听我在这儿讲述往事要有趣得多，因为他是用一种充满了热情和欢愉的目光来观赏景物的。我是个时运不济的苦命人，灾祸总是附在我身上，无法摆脱，因而每一条通往欢乐的途径都被这祸患堵死了。

我俩商定，先从斯特拉斯堡乘小船，沿莱茵河顺流而下，到鹿特丹之后再换乘轮船去伦敦。在这次航程中，我们经过了许多柳树成荫的岛屿和一些风景如画的小镇。我们在曼海姆待了一天，并在离开斯特拉斯堡的第五天到达梅恩斯。过了梅恩斯，莱茵河畔的风光更是赏心悦目，湍急的河水在群山中迤逦而下。这些山峰虽然不高，但十分陡峭，而且千姿百态，美不胜收。我们看到许多古城堡的断垣残壁矗立在悬崖峭壁之上，周围林木参天，郁郁苍苍，可望而不可即。说真的，这一段莱茵河风光独特，奇观异景纷呈；时而可见山峦此起彼伏，毁损的古城堡高耸于万仞绝壁之上，而幽森的莱茵河则在山下奔腾而过；蓦地峰回路转，出现在眼前的是丰茂繁盛的葡萄园、绿草茵茵的堤岸、蜿蜒曲折的河流，以及人口稠密的城镇。

我们这次旅行，正值葡萄收获的季节；轻舟顺流而下，两岸农夫的歌声不绝于耳。即便像我这样总是闷闷不乐，被忧思愁绪搅得心神不宁的人也禁不住满心欢喜。我躺在船上，凝目注视着蓝莹莹的天空，似乎陶醉在一片宁静的气氛之中，而我已很久没有体味这份恬然之情了。我的心情已然如此，又有谁能描绘亨利的心情？他感到自己似乎踏进了仙境，享受着很少有人享受过的幸福。“我已经领略过，”他说道，“我自己国家中最美丽的景致；我曾游览过卢塞恩和乌里的大小湖泊，那儿的雪山陡峭挺拔，几乎直愣愣地立于湖水之上，在湖面上投下一块块漆黑凝重、无法穿透的阴影；如果不是那些郁郁葱葱的小岛，以它们鲜明亮丽的色彩滋养人们的视觉，那块块阴影一定会给人以忧郁而悲凄的感觉。我曾见到暴风雨袭击湖面的景象，当时狂风卷起阵阵巨浪，使人联想起汪洋大海上怒涛汹涌的场面；滔天巨浪猛烈地冲击着山脚，而以前那位牧师和他的情妇就是在那儿被山上崩落的土块活埋了。据说，每逢夜阑人静，风儿平息之时，在那山脚下仍能听到他们临死前的呻吟声。我也曾见过拉瓦莱州和佩德沃德州的崇山峻岭，可是，维克托，这个国家比所有那些自然奇观更使我心旷神怡。瑞士的群山显得更加雄伟壮观，光怪陆离，但是，在这条神圣的河流两岸，有一种我从未见过的无与伦比的魅力。你瞧，远处那座屹立在悬崖之上的古城堡，还有岛上的那一座，差不多都给那些枝叶婆娑、青翠可爱的树木遮挡住了。你再瞧那群从葡萄园里走出来的农夫们，还有那座掩映在山坳里的村落。嘿，没说的，在此居住并守护这方乐土的神灵，比起我国那些垒造冰川、或隐匿于人迹渺茫的高山之巅的神灵来说，与人类更亲密和谐，情投意合。”

克莱瓦尔！我亲爱的朋友！即便此刻，当我记下你的话语，啧啧称羡你的时候（你完全无愧于这些赞誉之辞），我心里仍然是那样高兴；克莱瓦尔完全是“自然之诗”① 孕育出来的生灵，他那热情洋溢、奔放不羁的想象力被他那颗慧敏的心灵所净化。他心中充满了强烈的感情，他对友谊忠贞不渝，令人赞叹，那些汲汲于名利的凡夫俗子告诉我们，他那种友谊只能在幻想中找到。然

---

① 语出英国19世纪著名诗人利·亨特（1784—1859）在1816年所作《里米尼轶事》一诗。

而，即便是人类的同感共鸣也无法满足他那颗如饥似渴的心。对于外部大自然的美景，人们只是仰慕而已，但他却满怀着炽热的爱恋之情——

> 汹涌咆哮的瀑布，
> 犹如翻腾的心潮，令他梦绕魂牵；
> 巍巍巨石、山峦，冥冥深林，
> 那颜色，那姿容，在他心中，
> 撩拨起一股欲望，一片情感，一腔爱恋，
> 它们无需依靠远缘的魅力——
> 不用思想支应，不用兴趣补添，
> 全凭眼睛触景生情。①

然而他现在何方？这位温文尔雅，和蔼可亲的人儿永远就这么消失了吗？他的心灵充满了各种理念，他那丰富的想象奇异而壮阔；他的心灵就是一个世界，而这个世界与其缔造者的生命休戚与共，息息相关——这样的心灵难道也消亡了吗？难道它现在仅仅存在于我的记忆之中吗？不，绝不是这样。你那由神灵精心铸造的躯体，那隽永健美，熠熠生辉的躯体虽然凋零了，可你的灵魂仍时常飘然而至，前来看望并抚慰你这不幸的朋友。

请原谅我心中奔涌而出的哀思。我这一席话只是聊表自己对亨利超群绝伦的精神价值的赞誉之情；虽然无济于事，但足以抚

---

① 引自华兹华斯的《听潭寺》。——原注

慰我这颗因怀念亨利而创巨痛深的心灵。现在还是让我继续讲我的故事吧。

过了科隆，我们便进入了荷兰平原；余下的路程我们决定改乘驿车，因为风向陡变，河水流速缓慢，无助于我们的航行。

在这段旅程中，我们没有再领略到美丽的自然景色，因而也就兴味索然；好在不几天我们就到了鹿特丹，就在那儿改乘海轮去了英国。那是十二月下旬的一个天气晴朗的早晨，我平生第一次见到了不列颠的白色悬崖。泰晤士河两岸的风光令我耳目为之一新。只见一马平川，沃野千里，几乎每一座城市都因有一个令人难忘的故事而闻名于世。一看到蒂尔伯里要塞，我们便联想起西班牙的无敌舰队；而格雷夫森德、伍尔维奇和格林尼治等地方，我甚至在国内便已听说过了。

最后，我们总算看到了伦敦城内星罗棋布的教堂尖顶，其中要数圣保罗大教堂的尖顶最为雄伟，而伦敦塔则在英国历史上负有盛名。

第十九章

我们目前在伦敦休息，并决定在这座令人称奇、驰名天下的都市里待上几个月。克莱瓦尔渴望与当时处于全盛时期的英才俊士交往，可这对于我来说并非头等大事；我主要忙着通过各种途径以获得必需的研究资料，从而兑现我的诺言。我很快便用上了随身带来的几封介绍信——都是写给几位当时最著名的自然科学家的。

如果我是在幸福的学生时代作这样一次旅行，那它自然会给我带来难以言表的快乐。可是，由于我在生活中遭到不幸，因而造访这些名家大师，也只是为了在自己深感兴趣的课题方面，获得他们可能给予我的一些研究资料。我生来不爱与人交往；单独一人时，我会浮想联翩，满脑子都是天际、地上的各种奇观异景。亨利的欢声笑语给我以慰藉，我也因此摆脱了胡思乱想而获得暂时的安宁。但是，那些好事者们令人厌烦的笑脸却又重新将我推向绝望之中。我发现在我与我的同胞之间横亘着一道无可逾越的障碍，这是一道以威廉和贾丝婷的鲜血凝成的障碍。每当我回想起与这两个名字有关的那些事件，我的心里就充满了痛苦。

我在克莱瓦尔身上看到了我以前的影子。他具有强烈的好奇心，急于丰富自己的阅历，扩大自己的知识视野。在这里，他看到了截然不同的风土人情，而这些异国他乡的风土人情对他来说，是增长见识和获得乐趣的取之不尽的源泉。与此同时，他也在为实现自己酝酿已久的一项目标而作出努力。他计划去印度；由于他掌握了当地的各种语言，并对印度社会形成了自己一系列的看法，因此，他相信自己一定能大大促进欧洲殖民事业和贸易事业的发展。只有在英国他才能进一步实施自己的计划。眼下，他总是马不停蹄，忙得不可开交；唯一使他不开心的，就是我情绪低落，悲伤忧愁。我于是尽最大努力掩饰自己心头的哀思，不让自己影响他享受属于他的种种欢乐，因为亨利刚刚进入一种崭新的生活，他无忧无虑，从未经受过痛苦往事的折磨。我经常借口另有约会，拒绝陪他一同外出，以便单独留下。从那时开始，我已经在搜集制作新的人体所必需的各种材料。对我来说，这项工作不啻是一种折磨，犹如单调的雨点连续不断地滴落到头上一般。我为此事所作出的每一个设想都在我心中留下了极度的痛苦；而我提及此事时所说的每一个字都使我嘴角颤抖，心里怦怦乱跳。

在伦敦待了几个月之后，我们收到了一个苏格兰人的来信。这人以前曾来日内瓦拜访过我们。他在信中提到苏格兰美丽的风光，并询问我们，这山明水秀，无边风月是否具有足够的魅力，能吸引我们多跑些地方，到他远在北方的居住地珀思游玩一番。克莱瓦尔迫不及待地想接受这个邀请；至于我，虽然落落寡合，不喜交际，但也希望再有机会观赏一番山川湖泊，饱览大自然用以装点她特选住处的每一个奇观胜景。

我们是去年十月初抵达英国的，现在已是二月份了。于是，我们决定下月底北上游玩。对于这次旅行，我们不打算沿大路去爱丁堡，而是去温莎、牛津、马特洛克、坎伯兰湖区等地，并决定于七月底左右结束这次旅行。我把自己的化学仪器和搜集到的各种研究资料全部打包装好，决定在北部苏格兰高地某个人迹罕至的角落里完成这项艰辛的工作。

我们于三月二十七日离开伦敦，在温莎待了几天，游览了那里美丽的森林。对我们这两个喜爱登山的人来说，这儿的景致别具一格，令人耳目一新。伟岸挺拔的栎树、成群结队的野生动物，还有堂而皇之的鹿阵，这一切都令我们啧啧称奇。

离开温莎之后，我们便去了牛津。当我们踏进这座城市时，一个半世纪以前发生的桩桩事件便浮现在我们的脑海里。查理一世就是在这里集结了他的部队。当全体国民摒弃了他的事业，站到国会与自由的大旗下时，这座城市对他仍是忠心耿耿。想起那位命运多舛的国王和他手下那些臣僚们，想起温顺和善的福尔克兰①和趾高气扬的戈林②，想起王后和王子，城中每一处他们可能住过的地方都给人以异样的情趣。这儿古貌遗风犹存，我们追寻着它的足迹，可谓乐在其中。即便我们不能从想象中满足自己的怀古之情，单是这座古朴典雅的城市本身就足以使我们为之赞叹。这儿的几所高等学府历史悠久、风景如画；而这里的街道几乎可以说是华丽而壮观；秀美的艾西斯河绕城而过，流经一块块精致、翠绿的草地之后，河面便扩展开来，形成一片平静而开阔的水域，映照出巍峨雄壮、掩映在参天古树中的高塔、尖顶和圆形拱顶的建筑群。

这等景致令我赏心悦目；然而，当我忆及往事，展望未来，

---

① 福尔克兰子爵（第二）(约 1610—1643)，查理一世的国务大臣。

② 乔治·巴伦·戈林（1608—1657)，查理一世的皇家部队将军。

原先欢愉的心情竟又变得苦涩起来。我这个人生来就应该享受安宁和幸福。在我的童年时代，我从来不知什么是“不满”，即便有时感到厌倦无聊，但只要我看一看大自然的美景，或是读一点文人雅士的内容精辟、格调高尚的作品，我的兴趣就又提了起来，心情也变得开朗起来。然而，我却是一棵遭雷劈的枯树，雷电击中了我的灵魂。我当时觉得自己应该活下去，以便向人们展示自己很快便能终结的一副模样——一副人性被蹂躏的凄惨模样；这模样在他人眼里实属可怜可悲，而在我亦是无法忍受的。

我们在牛津逗留了很长一段时间，到城郊漫游，试图辨认出每一处可能与英国历史上那段最为活跃的时期有关的古迹遗址。我们这种小小的采风寻古旅游，常被途中不断出现的景物所延长。我们凭吊了功勋卓著的汉普顿①的陵墓，以及这位爱国者当年以身许国的战场。我的灵魂一时得到了升华，摆脱了低沉而可悲的恐惧心理，思索着自由和自我牺牲的神圣信念。眼前这些景物就是纪念这位爱国者不朽功业的丰碑。在这一瞬之间，我大胆抖落禁锢自己的铁链，以自由和崇高的气概环顾四周；然而这铁链已深深嵌入了我的皮肉之中，我浑身颤抖，心如死灰，于是重新陷入了可悲的自我之中。

我们怀着依依惜别的心情离开了牛津，继续前往我们下一个落脚处——马特洛克。这个村庄四周的田园风光与瑞士的景色颇为相似，只是一切都显得小巧些，没那么雄伟壮观。苍翠的群山，

---

① 约翰·汉普顿（1594—1643），英国查理一世时期的著名国会领导人。1642 年，他因反对查理一世所谓的造舰税而被查理一世弹劾，同年内战爆发。1643 年 6 月，汉普顿在查尔格罗夫战场受伤阵亡。

少了阿尔卑斯山那悠远而洁白的峰巅，而在我的家乡，这顶银冠总是和松柏丛生的群山相依为伴的。我们游览了当地一个奇异的洞穴，参观了几个小型的自然历史博物馆；馆内奇珍异品的展出方式与塞沃克斯和沙穆尼那儿的博物馆没有什么区别。当亨利说出沙穆尼这个地名时，我禁不住浑身颤抖起来；于是我赶紧离开了马特洛克，因为我觉得这地方与那可怕的一幕有着某种联系。

我们从德比出发，继续北上，在坎伯兰和威斯特摩兰逗留了两个月。在此期间，我几乎以为自己置身于瑞士的群山之中。那滞留在北边山坡上小块的积雪，那大大小小的湖泊，那在岩石间奔流的山泉，在我眼前都显得那样熟悉，那样亲切。我们在这里也结识了一些新朋友，他们几乎绞尽脑汁，千方百计地逗我开心。相比之下，克莱瓦尔自然比我更加快活。与有才华的人交往，他开阔了眼界，并从自身发掘出更大的才能和智慧，而他与能力不及他的人交往时这些都是无法想象的，从未拥有过的。“我可以在这里过上一辈子，”他对我说，“置身于这些崇山峻岭之中，我根本不会因为离开了瑞士和莱茵河而感到遗憾。”

然而他发现，一个旅行者的生活固然有很多乐趣，但同时也包含了许多愁苦。他的情绪总是处于十分紧张的状态；每当他的心情逐渐平静下来时，他便发现自己不得不舍弃使他心旷神怡的东西，去追求新的事物，而当新事物再次吸引了他的注意力，他随即又将它抛弃，再次去猎取别的新奇之物。

我们还没来得及游遍坎伯兰和威斯特摩兰的大小湖泊，没和那里的居民建立起感情，我们与那位苏格兰朋友约定的会面日期便快到了。于是，我们便离开那一带湖区，继续北上。这对我来说，并没有什么好遗憾的。在这段时间里，我并未将自己的诺言放在心上，因而惴惴不安，生怕那恶魔感到失望而乱发淫威。也许他还滞留在瑞士，正向我的家人报复。这个念头一直萦绕在我的脑海中，每当我想趁空稍事休息，使自己的心绪得以片刻安宁之时，这个念头便冒出来折磨我。我心急火燎地等待着家中来信。如果信来晚了，我便心烦意乱、愁肠百结；等信收到了，眼看着信封上伊丽莎白或父亲的姓名地址，自己又几乎没有勇气将信拆开，以免看到自己的厄运。有时我想，那恶魔恐是跟着我，还有可能杀了我的旅伴，以此来惩罚我的懈怠。每当这些想法盘踞在我心头时，我就一刻也不离开亨利，像影子一样紧紧跟着他，以免那恶魔一怒之下，平白无故将他杀了。我感到自己似乎犯下了什么弥天大罪，这种想法一直在我脑海里翻腾。我是无辜的，但我的确给自己引来了一场可怕的灾祸，而这场灾祸之严重，与犯下滔天大罪并无区别。

在爱丁堡游玩时，我简直是目光呆滞，头脑迟钝；即便是最不幸的人也会对这座城市充满了兴趣。对克莱瓦尔来说，爱丁堡也不及牛津那样有趣，因为他更喜欢牛津的古朴风味。不过话又说回来，爱丁堡是座新兴的城市，环境幽雅美丽，布局整齐划一，它那富有浪漫气息的城堡，堪称天下第一的城郊风光，还有亚瑟王的坐椅，圣伯纳特古井，以及彭特兰丘陵等名胜古迹，对克莱瓦尔来说，到此一游也不算枉然，因而他满心欢喜，惊羡不已；可我却心急如焚，想尽快赶往这次旅行的终点。

一星期以后，我们离开了爱丁堡，经库珀尔、圣安德鲁斯，再沿泰河前往珀思，我们的朋友将在那儿等待我们。不过，我根本无心与陌生人谈笑，也不可能像主人指望客人那样，与他们一起兴致勃勃地讨论旅游计划。因此，我对克莱瓦尔说，希望能独自一人游览苏格兰。“玩得开心点，”我说道，“以后我们就在这儿会合。我可能要离开一、二个月，不过我求你别问我为什么，让我一个人平心静气地待一段时间，等我回来时，我希望自己的心情会好一些，能与你的心情更加投合一些。”

亨利想劝阻我，可他见我主意已定，也就不再劝我了。他请求我经常给他写信。“我和这些苏格兰人素昧平生，”他说道，“与其和他们一起旅游，还不如和你在一起，就咱俩散散步也挺好。既然这样，亲爱的朋友，那你就快去快回吧，等你回来，我心里才能踏实些，而你不在我身边，我是不可能感到自在的。”

离开我的朋友之后，我决心去苏格兰某个偏远的地方，秘密地完成自己的工作。我一点也不怀疑那恶魔会跟踪我，等我干完之后，他便会出现在我的眼前，将他的女伴领走。

打定主意之后，我便在北部高地四处寻觅，最后将我的工作现场定在奥克尼群岛最偏远的一个小岛上。那地方简直和一块礁石差不多大小，高处坡面常年受到海浪的冲击，很适合我做这项工作，岛上土壤十分贫瘠，几乎连几头瘦骨伶仃的奶牛吃的青草和当地居民赖以为生的燕麦也长不出来。这儿的居民一共只有五人，个个瘦得皮包骨，由此可见他们的生活多么贫苦。如果他们要享受蔬菜、面包等奢侈品，他们就得跑到五英里之外的大陆上去运来，就连淡水也不例外。

整个小岛上只有三座破败的小茅屋。我来时其中有一座是空的，于是我就租下了它。屋里只有两个房间，四壁萧然，空无一物，贫穷在这里暴露出它极端丑陋、肮脏的嘴脸。那茅草屋顶坍塌下陷，四周墙壁没涂灰泥，房门上的铰链也已松脱。我找人将房子修好，又买了些家具，便住了下来。我在此租房一事本来肯定会引起本地人的惊奇，但这儿的人缺衣少吃，一贫如洗，他们已完全麻木了。事实上，我住在那儿，没有谁朝我看上一眼，也没有任何人来骚扰我；我送给他们一点少得可怜的食物和衣服，他们也不对我表示什么谢意。凄惨的生活甚至把这些人最起码的感觉也磨钝了。

在这不引人注意的小棚屋里，我上午干活；到了傍晚，如果天气好的话，我就去布满乱石的海滩上散步，倾听海浪向我脚边涌来时的呼啸声。这景色既单调，又不断在变化。我不禁想起了瑞士。故乡的风光与这凄凉萧森、令人望而生畏的景色真有天壤之别。故乡的丘陵坡地随处可见青青藤蔓，平原上一幢幢农舍鳞次栉比，美丽的湖泊映照出柔和湛蓝的天空；即便风儿掠过湖面水波骤兴，这种骚动与汹涌澎湃的万顷汪洋相比，也只不过是一个活泼可爱的婴儿在嬉戏玩耍罢了。

我初来之时，就是这样工作和生活的；但是，随着手头工作的不断深入，我对它的恐惧和厌恶也与日俱增。有时一连几天，我都没法说服自己跨进实验室；而有时，为了早日完成这项工作，我又夜以继日地埋头苦干。说句老实话，我干的这活儿的确非常肮脏。第一次搞这项实验时，我被那股盲目的狂热劲头冲昏了头脑，根本没有意识到这种事情的可怕性；我一心想着如何把实验搞成功，对实验过程中自己所采取的一系列做法的恐怖程度视而不见。然而现在，我的心是冰冷的，毫无热情可言，对自己手中的活常常感到十分厌恶。

我的处境就是如此：干着最令人憎恶的勾当，又被孤独所包围，没有任何东西能把我的注意力从我的实际工作中分散开一时半刻。我的心理失去了平衡，变得坐卧不宁、烦躁不安。我惶惶不可终日，时时刻刻都在担心碰上那个亡命之徒。有时我坐在那儿，眼睛直愣愣地盯着地面，不敢抬头，生怕看到那个使我望而生畏的东西。我不敢去人们视线看不到的地方散步，担心在我独自一人时，他会突然出现在我的眼前，向我索要他的女伴。

与此同时，我继续干着手头这项工作，而且还取得了相当大的进展。我怀着忐忑不安的心情，急切地盼望事情的完工——我不敢探究自己为什么会有这样的心情，然而我知道，这种心情与一种朦胧的、不祥的预感交织在一起，使我心中感到十分厌恶。

第二十章

一天傍晚，我坐在实验室里。太阳已经坠下地平线，月亮刚刚从海上升起。由于光线不足，已无法继续工作，我便闲坐着，心中忖道，今晚是就此罢手，还是继续苦干，将之一气呵成？我静静地坐着，一连串的思绪接踵而来。归根结底，我得考虑现在的所作所为将会产生怎样的后果。三年前，我以同样的方法造了一个魔鬼；他暴虐无比，致使我陷入凄怆的境地，永远充满了无尽的悔恨和苦涩。现在，眼看我又要造出一个怪物，而我对她的脾性同样一无所知。也许她会比她的同伴恶毒一万倍，为了一己之目的，为非作歹，杀人取乐。她的同伴曾发誓赌咒，要离开人类社会，隐匿于沙漠之中。可她却没起过誓，还很有可能成为一个会思考、能推理的怪物，因而可能拒绝履行在她出世之前所订的契约。他们还可能互相厌恶。这个已出世的怪物一直嫌恶自己面目丑陋，如果他眼前再出现一个同样丑陋的异性同类，他会不会对自己的丑相更加耿耿于怀？同样，她也会因他的丑陋而嫌弃他，转而追求相貌堂堂的男人。说不定她会抛弃他，使他重新沦为光棍儿。这样一来，他便会因再次遭自己的同类遗弃而恼羞成怒。

即使他们离开欧洲，去美洲的大沙漠中栖身，他们仍然渴望获得对方的同情和慰藉。其结果，首先便是他们后代的出世。一代妖魔便会在地球上繁衍，从而危及人类的生存，陷人类于惶恐之中。我难道有权为了自身的利益而将这种祸患强加于子孙后代？我创造了这个怪物，可我以前被他的诡辩所迷惑，也曾受他穷凶极恶的恫吓而变得麻木不仁。可现在，我已幡然醒悟。我第一次认识到，许下这种诺言真是黑了良心。我将遭到子孙万代的诅咒，骂我引狼入室，骂我自私自利，不顾一切地追求个人安宁，而其后果，将可能导致整个人类的毁灭。

一想到这些，我心里就直打哆嗦。就在这时，我蓦然抬头，借着月色，突然看到那恶魔就站在窗外。我吓得浑身颤抖，呆若木鸡。他龇牙咧嘴，露出狞笑，眼睛紧紧盯着我，盯着椅子边那具他指派我制作的怪物。一点不错，他一直在路上跟踪我。他时而在森林中游荡，时而在山洞里藏身，时而又在空旷、荒无人烟的石南丛中栖息。现在，他又跑来查看我的工作进度，要我实践自己的诺言。

我打量着他，发现他满脸凶气，一副阴险奸诈的嘴脸。想到自己竟许下诺言，要为他造一个同类，我简直是疯了！我心中火起，浑身发抖，抓起正在制造的怪物，扯个粉碎。这个倒霉鬼原本把自己的幸福寄托在这个将要出世的异性伴侣身上，现在眼睁睁地看着我毁掉了她，顿时发出一声可怕的、充满绝望与仇恨的嚎叫，掉头跑掉了。

我离开实验室，锁上门，心中暗暗发誓：今后决不重操旧业。然后，我哆嗦着双腿，踉跄地朝自己的卧室摸了过去。我孤独一人，附近无人能排解我心中的忧愁，能把我从最可怕的，令人心绪郁结的冥思苦想中解救出来。

几个小时过去了，我仍然站在窗前，凝视着大海。风停了，海面几乎一平如镜。月儿眨着眼睛，大地万物在娴静的月色中酣然睡去了。唯有几条渔船如斑点一样散布在海面上。和风吹拂，偶尔传来渔民们互相吆喝的声音。我感觉到了大自然的静谧。突然，岸边一阵划桨声传入我的耳朵；这时，我才真正体验到这种寂静是何等深沉。只见一人在我屋子附近上了岸。

几分钟以后，我听到大门吱吱嘎嘎地响起来，好像有人企图偷偷推门进来。我浑身哆嗦，一种不祥的预感掠过心头。我已猜到来者是谁，真想去离我不远的村庄叫醒一个村民，可我已身不由己，动弹不得。这就像噩梦中常有的感觉一样，眼看大难临头，你拼命地挣扎逃跑，可到头来还是被牢牢地钉在原地。

不一会儿，我听到走廊上传来一阵脚步声。房门开了，我害怕的那个坏家伙出现在眼前。他顺手将门关上，逼近我，压低嗓门道："你已经开始干了，可又半途毁了她，你究竟安的什么心？

你胆敢自食其言，失信于我？我不辞劳苦，受尽煎熬，随你一起离开瑞士。我一路蹑足潜行，沿着莱茵河畔，穿过一座座柳树岛，翻越一道道崇山峻岭。我曾在英格兰的荒野里和苏格兰的沙漠中住了数月之久。我历尽千辛万苦，忍受饥寒交迫，你竟敢毁了我的希望？”

“滚开！我绝不可能履行诺言，我绝不可能再造一个与你一样，既歹毒、又丑陋的东西。”

“你这无赖，我以前还和你讲道理，可你的所作所为已经证明，你根本不值得我给你面子，对你客气。你给我记住，我是强有力的。你以为你够倒霉了，可我要叫你雪上加霜倒大霉，连见了阳光都怨声载道、叫苦不迭。你创造了我，可我才是你的主人。服从我的命令！”

“你现在可以耀武扬威，可我已不像以前那样犹豫不决。任你怎样威胁，我都不会屈服，决不再昧着良心做事。恰恰相反，你的威胁只能使我下定决心，不再为你造一个为非作歹的同伙。我岂会明知故犯，将一个专以杀人取乐、作恶为欢的魔鬼放到世上？滚！我意已决，废话少说，否则只会给我火上浇油。”

这怪物见我神色坚毅，毫不动摇，气得咬牙切齿，但也无可奈何。“每一个男人，”他大声喊道，“都可以娶个老婆搂在怀里，连畜生都可以成双成对，难道偏偏要我打光棍不成？我对人一腔柔情，可换来的却是憎恶和嘲讽。小子！你可以恨我，但你要当心，你会惶惶不可终日，在痛苦中熬度余生。你马上就要大祸临头，将做一辈子倒霉鬼。我被极度的痛苦压趴在地上，岂能让你快活？你可以打掉我的七情六欲，可我的复仇之心不可摧。从今以后，我可以不要阳光，不要食物，但我一定要报仇！我也许会死，可在此之前，我定要你这恣意折磨我的暴君去诅咒太阳对你的痛苦视而不见。你还是小心为妙；我无所畏惧，因而强大有力。我会像毒蛇那样足智多谋，瞅准机会，猛咬你一口。小子，你伤害了我，我会让你后悔莫及的。”

“魔鬼，住口！你不要在此恶言恶语，污染空气。我已经向你表明了决心，我不是贪生怕死之辈，决不会被你这几句话吓倒的。走开，我是不会动摇的。”

“也罢，我走；但你得记住，在你新婚之夜，我定会前来奉陪。”

我冲上前去，大吼道：“恶棍！你要杀我，那你得小心，别先断了你自己的性命！”

我本想一把揪住他，可他一闪身，飞快地跑了出去。转眼我便见他上了船，箭一般掠过海面，瞬间消失在海浪里。

四周又恢复了沉寂，可他的话仍在我耳边回响。我怒火中烧，恨不得追上前去，将那毁我安宁的恶魔捉住，抛入大海之中。我急促地在屋里踱步，心烦意乱，脑海里浮现出无数怪物，折磨我，叮咬我。为什么我不追上去和他决一死战，与他做个了断？可我却放了他，让他朝大陆方向跑去。这家伙嗜杀成性，不知谁会成为他下一个受害者。想到此，我不禁毛骨悚然。这时，我又想起了他的话：“**在你新婚之夜，我定会前来奉陪。**”照此看来，我的新婚之夜必将是我生命完结之时。届时我会死去，从而满足他报复的心理，同时也消除他邪恶的念头。我对自己终将一死并无畏惧，可我想到了亲爱的伊丽莎白。万一她发现自己的心上人被如此残忍地从身边夺走，她定会凄然泪下，悲痛欲绝。想到这些，我禁不住痛哭流涕。好几个月以来，我还是第一次这样伤心落泪。我下定决心，不与我的仇敌血战一场决不在他面前倒下。

黑夜过去了。太阳跃出海面，我的心情也平静了一些——如果狂暴的愤怒转为深沉的绝望，可以称之为平静的话。我离开住地——这个昨晚争吵的可怕场所，来到海滩上散步。我把大海几乎看成是一道阻隔我和我的同胞的不可逾越的障碍；不，这是掠过我脑海的一个心愿：真有大海阻隔那该多好！我愿在那光秃秃的岩石上度过余生。诚然，这样活下去很无聊，但也很平静，不会遭受任何飞来的横祸。如果我回去，要么自己成为恶魔的牺牲品，要么眼看我亲爱的同胞惨死在我亲手制造的恶魔的魔爪之下。

我像个烦乱不宁的幽灵在岛上游荡。我与我所爱的一切天各一方，在分离中忍受痛苦的煎熬。中午时分，太阳升得更高了。我躺在草地上，禁不住昏昏睡去。昨晚我一夜未睡，神经紧张不安；由于高度警戒，加之悲伤流泪，两眼布满血丝。现在睡了一觉，心神顿觉爽快。醒来之后，我重新感到自己回到了与我一样的人类中间。我开始较为冷静地思考昨晚发生的一切。然而，恶魔的话仍像丧钟般在我耳边回响，如虚无缥缈的梦幻，却又是明明白白的现实，令人郁闷、压抑。

太阳早已西斜，可我仍然坐在海滩上，贪婪地啃着一块燕麦饼——我早已饥肠辘辘了。这时，只见一条渔船在附近靠了岸。船上的人给我送来一只包裹，里面是寄自日内瓦的信，还有一封是克莱瓦尔写来的。他求我到他那儿去，说他在那儿无所事事，蹉跎时光。他说他在伦敦结识的朋友曾写信给他，他们已开始洽谈他在印度的有关计划，希望他能回伦敦办完此事。他不能再耽搁，必须马上动身。但是，由于他回伦敦以后，将很快启程去更远的印度，动身日期可能比他现在预计的还要早，他恳求我尽可能与他多聚一聚。因此，他要我离开这座孤岛，去珀思与他会面，好一同南下。这封信使我的头脑清醒了一些，我决定两天后离开小岛。

然而，在我离开这里之前，我还有一件事要做，一想到这件事，我就浑身直打哆嗦——我必须把带来的各种化学仪器包装好；为此我必须走进我原先干那肮脏勾当的实验室，亲手搬运那些用具，而我一看到那些东西，心里就直犯恶心。第二天早晨，天刚破晓，我壮着胆子将实验室门上的锁打开。那具刚完成了一半就被我毁掉的躯体，其残肢断臂歪七斜八地躺在地板上，我几乎觉得自己好像肢解了一个活生生的人体。我驻足片刻，定了定神，然后走进屋里。我用颤抖的双手战战兢兢地将那些化学仪器搬出房间；但我又想到，我不能将那具躯体的残骸留在屋里，以免引起村民的恐惧和怀疑。因此，我便将这些残肢断臂装进一只箩筐里，又在上面压上许多石头，然后将箩筐拖到一边，决定于当天晚上将它扔进大海里。随后，我坐在海滩上，清洗、整理那些化学仪器。

自从那晚魔鬼露面之后，我的心理状态便完全不同了；这种变化之彻底恐怕是任何事情都无法比拟的。我以前一直怀着阴郁、悲观的心情对待自己的诺言，把它看成是一件无论结果如何，非得去干的事情；而现在，我仿佛觉得眼前的一层薄膜已被揭去，第一次看清了外界的事物。重新再干的念头一时一刻也没有在我心里出现，虽然我听了那恶魔的威吓之后心里沉甸甸的，但我并未想到要主动做点什么来避免这种威胁。我早已想清楚了，如果我再造一个像我第一次造出的那个恶魔，那将是最卑鄙、最残忍的自私行为；任何可能导致不同于这一结论的想法，全被我抛到九霄云外去了。

凌晨两三点钟光景，一轮明月冉冉升起。这时，我将那只箩筐搬到一条小帆船上，然后划到离岸四英里左右的海面上。这一带空荡荡的，十分冷寂，只有零星几条小船正往岸边驶去。我把船划开，回避了它们。我仿佛觉得自己是在干一件可怕的罪恶勾当，真是胆战心惊，焦灼不安，生怕撞见什么人。这夜本来一直是皓月当空，可有段时间月亮突然被厚重阴云笼罩，四周一片漆黑，我赶紧抓住这一机会，将箩筐扔进海里。我听着箩筐咕嘟咕嘟地沉了下去之后，便划着小船离开了现场。这时，天空阴云密布，但空气仍十分清新。尽管刮起了东北风，令人感到阵阵寒意，可我反而觉得神清目爽，心旷神怡。我于是决定在海上再多待一会儿。我将船舵固定在直线航行的位置上，然后伸展四肢，躺在船里。云层遮住了月亮，水天之间一片朦胧，除了能听到轻舟的龙骨破浪前进的声音，四周一片寂静。那汩汩的水声如同哝哝絮语使我神情安然，没一会儿，我便沉沉睡去了。

我不知道自己睡了多长时间，但等我一觉醒来，太阳已升得很高了。疾风劲吹，海浪翻涌，小船的安全一直受到威胁。我发现风是从东北方向刮过来的，船乘风势，我此时离出发时的海岸一定很远了。我竭力想改变小船的航向，可我很快发现，如果我再这样干下去，顷刻之间，海水便会涌进船舱。在这种情况下，顺风航行才是唯一可行的办法。说句老实话，我这时心里还真有点发慌。我没有带指南针，对这一带的地理情况几乎一无所知，因此太阳也帮不了多少忙。我有可能会被风刮进烟波浩渺的大西洋，活活饿死在那儿，要不就被周围无边无际汹涌咆哮的海浪所吞没。我在海上一连漂流了好几个小时，此时已感到喉咙冒火，焦渴难忍——这是我即将遭受的其他种种痛苦的前奏。我仰望天空，只见满天的白云乘风疾驰，那一朵朵，一块块在我跟前飞速飘过。我将目光投向大海，它就是我葬身的坟墓。“魔鬼，”我大声叫道，“你已经如愿以偿了！”我想到了伊丽莎白，想到了父亲和克莱瓦尔，他们都被我撇下了，那恶魔会在他们身上满足自己嗜血成性、凶残歹毒的复仇欲望。这个想法顿时将我抛进了绝望而可怕的冥冥沉思之中。即便时至今日，每每忆及，心中仍不免惶惶然，尽管此刻这一幕已近尾声，即将永远在我眼前消逝。

几个小时就这样过去了；太阳在西边的地平线慢慢沉下去，风势也逐渐减弱，成了徐徐轻风，海面上已不见惊涛骇浪。然而此时，海上出现了大片连绵起伏的潮涌。我头昏恶心，几乎连舵也掌不稳。恰在这个当口，我突然发现了向南延伸开去的一线陆地。

刚才一连数小时遭到死亡的可怕威胁，心中悬虑不安，加之体力消耗很大，此时我几乎已是心力交瘁、精疲力竭了。这突如其来的确切无疑的一线生机，宛如一股欢快的暖流涌入我的心田，我的热泪禁不住夺眶而出。

人的心理状态真是反复多变，即便处于极大的磨难之中，我们求生的欲望仍是那样强烈，这真是不可思议！我从衣服上撕下一大片布又做了一张风帆，驾着小船急切地向陆地驶去。这片陆地远看上去十分荒凉，乱石遍布，但等我靠近之后，一眼便看到了耕作过的一块块田地；我还看到海岸附近有船只在活动。眼前的景象使我突然感到自己重新回到了文明人的居住地。我小心翼翼地沿着蜿蜒的陆地向前划去，最后见到一座从小海岬后面露出的尖塔，我立时欢呼起来。由于身体极度虚弱，我决定径直向小镇所在地划去，因为那儿最容易搞到吃的东西。幸亏我身上还带了点钱。绕过小海岬，映入眼帘的是一座小巧玲珑、整齐干净的小镇，这里还是一个良好的港口。我驶进港，心里高兴得怦怦直跳，真想不到这次还能死里逃生。

正当我忙不迭地拴好小船，收整风帆之时，有几个人向我围拢过来。他们似乎对我的到来十分惊讶，可他们并没有过来帮助我，而是聚在一起低声议论着什么。要是在别的时候，看着他们这样指手画脚地窃窃私语，我心里还真会感到几分惊恐呢。实际上，我当时只注意到他们说的是英语。于是，我就用英语向他们讲话。“各位好朋友，”我说道，“能否请你们告诉我这座小镇的名字，我这是到了什么地方？”

“用不了多久你就会知道的，”一个嗓音沙哑的男人回答道，“也许你到了一个不太适合你口味的地方，至于你的住处嘛，我这就跟你挑明了，谁都不会告诉你的。”

如此粗暴无礼的回答竟出自一个陌生人的嘴里，真让我惊得目瞪口呆，而且我发现与他同来的人一个个都是横眉冷对，怒气冲冲，我就更觉紧张不安。“您为什么对我出言不逊？”我回答道，“对初来乍到的客人如此粗鲁，显然不是英国人的待客之道吧？”

“英国人怎么待客我不知道，”那人答道，“但嫉恶如仇可是爱尔兰人的习惯。”

这场莫明其妙的谈话在继续进行，与此同时，我发现周围的人迅速增多，他们个个脸上露出既好奇又气愤的神色，这使我十分恼火，同时又感到有点惊恐不安。我问他们去旅馆该怎么走，可谁也不理我，于是我便向前走去。这群人簇拥着我，一边走着，一边叽叽喳喳地议论着。这时，一个满脸凶气的男人走到我面前，拍了拍我的肩膀说道：“喂，先生，你必须跟我到柯温先生的办公室走一趟，把你自己的情况交代清楚。”

“柯温先生是什么人？为什么要我说明我的情况？难道这里不是一个自由的国家吗？”

“当然是，先生，对于安守本分的人来说，这儿有充分的自由。柯温先生是这儿的镇长，昨晚这儿发现一位先生被谋杀了，你必须对他的死作出解释。”

他的这番回答使我大为骇然，可我很快便镇定下来。我是无辜的，这一点很容易得到证实。于是，我一言不发地跟着这人向镇上最漂亮的一幢房子走去。由于疲劳不堪，加之饥肠辘辘，我随时都有可能瘫倒在地上；然而，被这么一大群人簇拥着，我想还是打起精神，以免失礼；再说，体力不支，精神萎靡，会被别人看成是胆怯和做贼心虚。我当时根本没想到，一场灾难竟会很快降临到我的头上；它将给我以沉重的打击，将彻底驱散我对耻辱和死亡的畏怯；代之而来的，将是我内心的恐惧和绝望。

故事讲到这里，我必须停顿一会儿，因为回忆那些可怕的事件需要我鼓起全部的勇气。我将根据自己的回忆，详细地叙述一下这段往事。

第二十一章

我很快便被带到镇长面前。这是一位心慈目善的老人，举止温和、安详。然而，他在打量我的时候，目光中却流露出几分威严。他转过身去询问带我来的那些人，谁能当场为此事作证。

约摸五六个男人站了出来，镇长选定了其中一人，这人便作证道，昨天晚上，他和儿子及妹夫丹尼尔·纽金特一起出海捕鱼，大约在十点钟，他们眼看刮起了北风，风势迅猛，于是便将船驶回岸边。那时月亮还没升起，四周漆黑一片。他们如往常一样，没有把船靠在港内，而是停在下游两英里处的一个小湾里。他第一个上岸，扛了一部分捕捞用具，那两个同伴跟在后面，离他不远。他在沙滩上走着走着，突然脚被什么东西绊了一下，整个身子摔倒在地上，他的同伴赶上来将他扶起，借着提灯的光线，他们发现他刚才摔倒在一个男人的身上，那人显然已经死了。他们起先推测，那人是在淹死之后被海浪冲上岸的，但仔细察看之后，他们发现那人的衣服是干的，而且尸体还没有僵冷。他们赶紧把那人抬到离出事地点不远的一个老太太的家里，竭尽全力抢救，可没能救活他。死者是个青年男子，长得相貌堂堂，大约二十五岁年纪。他显然是被人掐死的，因为除了他脖子上的黑色指痕外，身上没有任何遭受暴力的痕迹。

这段证词的前半部分丝毫没有引起我的兴趣，然而当证人提到指痕时，我想起了弟弟被害的情况，心里顿时变得极度焦躁不安。我手脚发抖，眼前一片模糊，站都站不稳，不得不将身子靠在椅子上。镇长以他那犀利的目光盯着我，见我这副样子，他当然认为我心中有鬼。

儿子证实了他父亲的陈述，而当丹尼尔·纽金特被叫上来时，他指天发誓道，在他的同伴被绊倒之前，他肯定自己看到离岸不远的海面上有一条小船，船上仅有一人；据他判断，当时他在依稀的星光下所看到的这条船，正是我乘坐上岸的那一条。

一个女人作证说，她住在海滩附近，在听说发现尸体前大约一小时，她站在自家门口，等候渔民回来。这时，她看见一条船，船上只有一人，正匆匆驶离后来发现尸体的那段海岸。

另一个女人证实了几个渔民有关将尸体抬到她家里去的陈述，说明那具尸体当时并未凉透。他们把尸体抬到床上，不断揉搓；丹尼尔还跑到镇上去找药剂师，可终究回天无力。

当局对有关我乘船上岸一事，询问了另外几个男人。他们一致认定，由于当晚刮起了北风，风势猛烈，我很有可能在海上胡乱转了几个小时，最后不得不又转回到我原来离开的那段海面附近。此外，他们还声称，从当时的情况来看，我是从别处将尸体转运过来的；而且，由于我对这段海岸似乎并不熟悉，我在进港时可能并不知道这座小镇（镇名不详）离我藏匿尸首的地方究竟有多远。

柯温先生听完这些人的证词，认为应将我带到停放尸体的房间，以观察我见到尸体后的反应。刚才那些人提到凶手作案手段时，我曾表现出极度焦躁不安的神情，也许是因为这一点吧，镇长才想出这么个主意。于是，镇长和其他几人领我来到一家小客栈。这真是个多事之夜，竟有几件事同时发生，颇为蹊跷，真令我不得不心生疑窦。不过，发现尸体那会儿，我正在我居住的那个小岛上与几个村民谈话，这一点我很清楚，因此，这件事究竟后果如何，我心里非常坦然。

我走进停放尸体的房间，他们将我带到灵柩跟前。我怎样才能描述自己见到尸体时的心情？我只觉得毛骨悚然，惊恐万状；即便现在回想起来，那可怕的一刻仍吓得我瑟瑟发抖，令我肝肠寸断。当我见到亨利·克莱瓦尔那僵硬的、毫无声息的尸体躺在我面前时，别人要观察我的反应以及在场的镇长和那些证人等等，统统像梦幻一般从我的脑海中消失了。我大口喘着粗气，一头扑在尸体上，高声呼喊道："我最亲爱的亨利啊，是不是我干的那些伤天害理的罪恶勾当把你也给害死了？我已经毁了两个人了，其他的受害者也正在等待他们的厄运；可是你，克莱瓦尔，我的朋友，我的恩人……"

人的躯体已无法再承受我所忍受的痛苦，我浑身抽搐得厉害，被人抬出了房间。

我随即又发起了高烧，在床上一连躺了两个月。已到了奄奄一息的地步。后来我听说，我发烧时神志不清，胡言乱语非常可怕。我把自己说成是谋杀威廉、贾丝婷和克莱瓦尔的凶手。有时我还央求护理我的人助我一臂之力，杀了那个折磨我的魔鬼；有时我又感到，那魔鬼的爪子已经掐住了我的脖子，我痛苦不堪，吓得魂不附体，大声呼喊。幸好我说的是本国语言，只有柯温先生一人能听懂；不过，我的手势和痛苦的呼叫足以使那些旁观者胆寒。

我当时为什么不就此一命呜呼呢？既然我比以往任何人都更为不幸，为什么不忘却一切而永远安息呢？死神夺走了多少朝气蓬勃的孩子的生命，可这些孩子是溺爱他们的父母双亲唯一的希望啊！又有多少新婚的妻子，多少年轻的恋人，今日还是青春焕发，充满希望，明日却已成了蛆虫之食，在坟丘中腐烂！我究竟是用什么材料制成的，竟能经受住如此频繁的打击，而这一系列的打击就像转动的车轮，连续不断地折磨着我？

可我命不该绝。两个月之后，我犹如从梦中惊醒过来，发现自己身陷囹圄，四仰八叉地躺在一张破旧不堪的床上。只见周围尽是看守、牢头、铁栅以及土牢里一切粗劣的设施。我记得当时清醒过来已是早晨，对以往发生的那些事已记不太清楚，只感到曾被什么巨大的灾难摧垮了。但是，当我环顾四周，看到装有栅栏的窗户，看到自己这间破烂肮脏的房子，以前发生的一切又一幕幕在我脑海里闪过，我痛苦地呻吟起来。

有一个老年女人在我身旁的椅子里打盹，我的呻吟声把她给惊醒了。她是一个监狱看守的妻子，受雇来此充当护士；她那个阶层的人所具有的典型的坏品质全在她的脸上表现了出来。她脸部的线条显得冷酷而粗鲁，与那些惯于对别人的痛苦视而不见，毫无同情之心的人如出一辙。她说话的语气显示出她对人漠不关心；她用英语对我说话，那嗓音好像是我生病时听到过的。“你好些了吗，先生？”她说道。

我也用同样的语言有气无力地回答道：“我想是好点了；不过，如果这一切都是真的，如果我不是在做梦的话，那么，我觉得十分遗憾，因为我仍然在活受罪，仍然感到惊恐不安。”

“至于那件事，”老女人回答道，“如果你是说你杀了那位先生一事，我看你还不如死了的好，因为我想往后你还要受大罪呢！不过，这反正不干我的事；他们叫我来护理你，把你的身体搞好，我只是凭良心做事，尽到我自己的责任，如果大家都像我这样，那就好了。”

我心里油然生起一股厌恶之感，便转过身去不再理她。这老女人对一个刚从死亡的边缘救活过来的人竟能说出如此冷酷无情的话！然而我感到身心交瘁，无力去思考过去发生的一切。我这辈子的经历仿佛是一场梦；有时我简直怀疑这一切是不是真的，因为我心里对这一切从来就没有一种沉甸甸的现实的感觉。

随着浮现在我眼前的那些形象变得愈发明朗清晰，我的心也随之越来越焦躁不安，只觉得一阵阴霾向我压来，四周一片黯然，身边没有谁用温柔的、充满了爱的话语来安慰我，也没有谁会伸出亲切的手来帮我一把。医生来给我开了药方，那老女人为我准备药去了；可我看得出，那医生脸上流露出一副漫不经心、极不负责的样子，而那老女人则明显地流露出恶狠狠的神色。除了能从我身上捞到油水的刽子手以外，有谁会去过问一个杀人凶犯的命运呢？

这些就是我起初的想法；然而不久我便得知，柯温先生一直对我十分照顾，他把监狱里一间最好的牢房安排给了我（这最好的一间竟也如此破烂不堪），医生和护士也是他为我找的。不错，他的确很少来看我，可这是因为他不愿站在一个杀人犯的面前，亲眼看他忍受痛苦，亲耳听他可怜的疯言疯语，尽管他热切地希望减轻每一个人的痛苦。因此，即便他有时来牢房看我，也只是为了查看一下，不要把我给冷落了，而他每次来的时间很短，间隔的时间却很长。

我的身体渐渐恢复过来。一天，我坐在椅子里，半睁着眼睛，脸色铁青，像死人一样。忧思愁绪沉重地压在心头，凄苦难言。我常想，宁可一死了之，也不要苟活在这个世上，因为这个世界对我来说充满了苦难和忧愁。有那么一会儿，我在想是不是干脆说自己有罪，受法律的制裁，反正我没有可怜的贾丝婷那么清白。我正这么想着，囚室的门开了，柯温先生走了进来，脸上流露出同情和怜悯的神情。他在我身边拉过一张椅子坐下，用法语对我说道："恐怕您对这个地方非常讨厌，我能做点什么，让您感到舒适一些？"

"谢谢您，不过，对您提到的情况，我根本无所谓，因为在这个世界上，无论哪里都没有我能享受的舒适可言。"

"我知道，对于像您这样一个被如此不可思议的灾祸折磨得心灰意冷的人来说，我这个陌生人所能表示的同情很难减轻您心头的痛苦。不过，我希望您能很快离开这个令人悲伤的住处；原因很简单，我们可以轻而易举地找出证据，将您无罪开释。"

"我根本没想过此事。由于我遭遇到一系列蹊跷的事情，我现在成了世上最不幸的人。我过去历尽种种残害和磨难，即便此刻也在受罪吃苦，死对于我来说又算得了什么？"

"近来发生的一系列怪事，的确是最不幸、最令人痛苦的了。不知是什么怪事把您给弄到这一带舒适宜人，远近驰名的海岸上。他们立刻把您抓了起来，指控您犯了谋杀罪。您上岸后首先看到的就是您朋友的尸体，他遇害身亡，死得十分蹊跷，死后尸体还被什么穷凶极恶之徒横放在您的面前，拦住您的去路。”

柯温先生触及了我辛酸的往事，尽管我心头烦乱不宁，但他在说这番话时，我同时又感到十分诧异，因为他对我的情况竟如此清楚。也许我的脸上露出了几分惊讶，柯温先生赶紧说道：“就在您病倒时，您随身携带的所有文件便立即交给了我，我仔细审阅了这些文件，想从中找出一些线索与您的亲属联系，将您不幸遭难和得病的消息告诉他们。我找出了几封信件，其中有一封，从寄信人的落款来看，是您父亲写的。我当即写了一封信寄到日内瓦去。此信自寄出至今快两个月了——您身体不舒服，瞧您现在还在发抖，任何激动对您都是不合适的。”

“家中音讯全无，真让人惦念，这比最可怕的事情还要糟糕一千倍。请告诉我最近又发生了什么死亡事件，我这次该为谁的不幸遇害而哀悼？”

“您全家一切均好，”柯温先生温和地说道，“而且还有个人，是您的一位朋友，要来看您。”

一个念头顿时在我脑海里闪现——我不知它是从一连串怎样的思绪中冒出来的——那杀人凶手已开始嘲弄我的不幸了，他杀死了克莱瓦尔，想借此来折磨我，重新刺激我，逼我满足他邪恶的愿望。我用双手捂住眼睛，痛苦地大声喊道：“啊！把他赶走！我不能见他；看在上帝的分上，别让他进来！”

柯温先生看着我，脸上露出不安的神色。他见我这么大喊大叫，也禁不住认为我是有罪的了。于是，他声色俱厉地说道：“年轻人，我倒认为，您父亲的到来应该受到您的欢迎，而不应该引起您如此强烈的反感。”

“我父亲!”我大叫一声，浑身上下五官肌肉全都松弛下来，忧愁痛苦涣然冰释，喜悦之情油然而生。“我父亲真的要来吗?太好了，这真是太好了;可他现在哪里，为什么不赶紧来看我?”

我的态度发生这般变化，镇长见了惊喜交集。他也许认为我刚才那样大喊大叫是癔病回潮，一时胡说八道，因此马上又恢复了原先那种慈祥的模样。他站起身，和护士一起走出了房间。不一会儿，我父亲走了进来。

此时此刻，没有什么比父亲的到来更令人高兴的了。我向他伸出双手，大声呼喊道:“这么说，您安然无恙?伊丽莎白和欧内斯特呢?”

父亲一再安慰我，说他俩一切都好，要我放宽心。父亲将家中使我感兴趣的事情一五一十地讲给我听，想让我摆脱消沉的情绪振作起来。然而他很快发现，身居监狱之中，人是不可能高兴起来的。“我的孩子，瞧你住的是个什么地方!”他一面说，一面怀着悲伤的心情打量着这一扇扇装了铁栅栏的窗户和这破烂的囚室。“你外出旅行原本是为了寻求幸福，可飞灾横祸却一直追逼着你，还有可怜的克莱瓦尔——”

一提起克莱瓦尔的名字，提起我这位惨遭谋杀的不幸的朋友，我就极度烦躁不安，痛苦万分，身心交瘁的我再也无法忍受，禁不住潸然泪下。

“咳，父亲，您说得不错，”我回答道，“一种最可怕的命运紧紧缠着我，我必须活着，以完成自己的天命，否则，我肯定早已死在亨利的灵柩旁了。”

我们不能进行长时间的交谈，因为我目前的身体状况随时有可能恶化，必须慎之又慎，方能确保心绪的安宁。这时，柯温先生走了进来。他坚持说，我不能过度操心费神，以免精疲力竭。不过，父亲在我眼前，仿佛心地善良的天使守护在身边一样，我的体力逐渐恢复了。

疾病驱除之后，极度的忧郁和悲伤笼罩在我的心头。克莱瓦尔遇害时那惨不忍睹的面容总是在我眼前浮现。这联翩的思绪使我焦虑不安，因而不止一次地引起我这些朋友们的担心，他们生怕我旧病复发，那可是非常危险的。唉！他们为何要保全一条如此凄惨不幸，又如此令人憎恨的性命呢？当然是因为要我去了结自己的宿命，我的宿命已快完结了。噢，快了，死神很快就会毁灭这颗悸动的心脏，痛苦的重负也将从我心头卸除，随我一同回归尘埃；在执行公正判决的同时，我也将长眠于地下。然而，死亡离我仍然十分遥远，尽管想死的愿望时时在我脑海里泛起。我经常一连数小时呆呆地坐着，一动不动，一言不发，心中暗暗希冀发生一场巨变，将我和我那仇家一同埋葬在废墟之中。

法院巡回审判的日期快到了。我在监狱里已被关押了三个月；尽管我的身体仍然十分虚弱，随时有旧病复发的危险，可我仍不得不长途跋涉近一百英里，前往郡政府所在地接受审判。柯温先生自告奋勇，竭尽全力为我寻找证人，安排辩护事宜。由于我这个案子并未提交决定生死的法庭审判，因而我没有被当作罪犯而在大庭广众之下亮相，从而免遭一番羞辱。大陪审团确认，在发现我朋友的尸体时，我正在奥克尼群岛，因而据此驳回了起诉书。在我被押至郡政府所在地的两个星期以后，我被无罪释放了。

父亲获悉我摆脱了受指控的苦恼心情，又能自由地呼吸新鲜空气，并获准返回祖国，真是喜出望外。然而，我没有与他同喜同乐，分享他的欢愉之情，对我来说，土壁泥墙的地牢和金碧辉煌的宫殿同样令人憎恨。生活这杯美酒已被玷污，永远无法挽回了。虽然太阳不偏不倚照耀着我，也照耀着幸福欢乐的人们；然而我什么也看不见，四周是一片浓重而可怕的黑暗，不见一丝光亮，唯有一双闪闪发光的眼睛透过黑暗瞪着我。有时，它们是亨利那双富于表情的眼睛，他已奄奄一息，眼睑和镶在眼眶四周的又黑又长的睫毛很快就要将他那乌黑的眼珠覆盖住；有时，它们又变成了那恶魔的一双湿漉漉、灰蒙蒙的眼睛，跟我在因戈尔施塔特卧室里第一次见到的那双眼睛一模一样。

我父亲试图唤醒我心中的爱。他给我讲日内瓦——我很快就要返回那里——给我讲伊丽莎白和欧内斯特。然而，他的话只能引起我内心深处痛苦的呻吟。当然，我有时也渴望幸福，怀着悲喜交集的心情思念心爱的表妹；有时，我又怀着浓浓的思乡之情，渴望再次见到孩提时代悠然神往的那口湛蓝的大湖和水流湍急的罗讷河。可是总的来说，我的心情处于一种麻木状态，蹲监狱也好，置身于大自然那无比绮丽的风光之中也好，我都无所谓。除了突如其来的悲哀和绝望之外，我的这种麻木的心理状态几乎一直迁延不去。每逢这种时候，我常常恨不得了却我这条可恶的性命，因而需要有人在我身边日夜守护和监视，才能阻止我做出狂暴可怕的事情来。

然而，我还有一件事要完成，一想到它，我就战胜了自己置他人于不顾的绝望心理。我必须立即返回日内瓦，一刻也不能耽搁，去守护那里我所深爱的亲人，并暗中埋伏，静候那杀人凶手，如果碰巧发现他的藏身之处，或者他再胆敢对我突然袭击，在我面前出现，我便向他瞄准，一枪打死这恶魔——我赋予了这恶魔一颗比他外表更加邪恶而可鄙的灵魂。父亲仍想推迟行期，担心我经受不住旅途的劳顿，因为我在饱经磨难之后，身心受到极大摧残——成了一具有形的幽灵，一具手无缚鸡之力的骷髅；高烧日夜不退，侵蚀着我衰竭的躯体。

尽管如此，我还是等得不耐烦，心里七上八下，催促父亲赶快离开爱尔兰。父亲转念一想，觉得还是顺从我的心愿为好。于是，我们乘坐一艘开往格雷斯港的轮船，随习习微风驶离了爱尔兰海岸。时值半夜，我躺在甲板上，仰望满天的星辰，倾听着海浪喧啸的涛声。我向这茫茫黑夜欢呼致意——它让爱尔兰从我视线中消逝。一想到很快就要看到日内瓦，我便欣喜若狂，激动得心里怦怦直跳。在我眼里，往事犹如一场噩梦，可我乘坐的这艘海轮，将我吹离可恶的爱尔兰海岸的徐徐清风，还有这四周茫无边际的大海，一切都有力地告诉我，我没有受任何幻觉的欺骗，而克莱瓦尔——我的朋友，我最亲爱的旅伴，已经成了我的受害者，成了我所制造的魔鬼的牺牲品。我循着记忆，重新回顾了自己的全部经历——回顾了与家人住在日内瓦时的那段幸福宁静的日子，母亲的故去，以及我奔赴因戈尔施塔特等往事。我心惊胆战地又回想起了那股驱使我日夜制造面目狰狞的冤家对头的疯狂热情，还想起了那恶魔初来人世的那个夜晚。我简直无法追寻自己的思绪继续回想下去，千百种感触涌上心头，我禁不住失声痛哭起来。

自从退烧之后，我每天晚上都要服用少量鸦片酊，只有靠这种药物，我才能获得维持生命所必需的睡眠。由于一桩桩辛酸的往事时时袭上心头，压得我喘不过气来，我这天竟吞下了两倍于平时的剂量。没过多久，我便昏昏睡去了，然而睡眠并没有消除我内心的痛苦，使我摆脱冥冥苦思而获得心灵的安宁。睡梦中，无数形象闪现出来吓唬我。临到早晨时，一场噩梦将我缠住，只觉得那恶魔死死掐住我的脖子，使我动弹不得，各种呻吟声和呼喊声在我耳中大作。父亲一直守候在我身边，见我烦乱不宁，便叫醒了我。周围是汹涌的海浪，头顶是阴沉的天空，而那恶魔却不见了踪影。我心中涌起一种安全感——在现时与不可抗拒的，灾难性的未来之间，我还可以苟且偷安一阵。于是，我心安理得，忘却了一切。人类的大脑，就其结构而言，是特别容易因心绪安然而忘却一切的。

第二十二章

我们的海上航行结束了。上岸以后，我们便向巴黎进发。没过多久，我发现自己体力消耗太大，必须好好休息才能继续旅行。父亲不辞劳顿，始终关心和照料我，可他并不知道我身心交瘁的根本原因，因而无法对症下药，治疗我这不治之症。他希望我去社交场合寻求乐趣，可我讨厌见到任何人。唉！我不是讨厌！他们都是我的兄弟，我的同胞，即便是他们中最可恶的人，也如同天使般可爱、如同圣洁的生灵一样对我有吸引力。我是感到自己无权与他们交往；我把一个冤家仇敌释放到他们中间，而这恶魔专以杀人放血取乐，欲置他们于痛苦的呻吟之中而后快。如果他们知道我的邪恶行径和那些由我一手造成的罪行，他们定会同仇敌忾，恨我怨我，揪住我不放，不把我赶出这个世界，他们绝不会善罢甘休！

父亲最终还是遂了我的意愿，不再坚持要我去参加社交活动，还举出种种理由，试图让我摆脱悲观失望的情绪。有时，他以为我是因为被指控犯了谋杀罪，不得不应诉抗辩，因而感到辱没了自己的名誉，于是他就竭力向我证明，人的自尊心是多么渺小。

“唉！爸爸，”我说道，“您对我了解得实在太少了。如果像我这样一个可怜的人也会有自尊心，那么，全体人类，包括他们的感情和种种热情，可就真的要跌价了。贾丝婷，可怜而不幸的贾丝婷，她与我一样清白无辜，可她为同样的指控吃苦受罪，还丢掉了性命。她的死是我一手造成的——是我杀了她。威廉、贾丝婷，还有克莱瓦尔——他们都是我亲手杀死的。”

在我被关押期间，父亲常常听我重复同样的话。后来，当我这样指责自己时，他有时似乎很想让我解释一番，可有时又好像把我这种表现归咎为癔症的后遗症，认为在我患病期间，我的脑袋里产生了这种自责的念头，而在我康复以后，这一念头便残留在我的脑子里。我对此避而不作解释，对自己造出的那个恶魔也只字不提，继续保持缄默。我总认为，要是大家都认为我疯了才好，这样我就可以永远保持沉默了。再说，我根本不能泄露这个秘密，因为谁听了都会惊恐万状，一辈子心有余悸，摆脱不了这种恐惧的心理状态。因此，尽管我急于得到别人的同情，我还是强压下心头这股渴望；而每当自己感情用事，想把这一性命攸关的秘密说出去时，总是尽量克制，不露一点口风。然而，像我上面所讲的那些话，我有时还是控制不住，会脱口说出来，个中原委，我自己也说不清楚。不过，那些话的确是我真实感情的流露，因而在某种程度上减轻了我内心那份难以名状的痛苦。

这样一来，我父亲发话了，脸上露出极端惊愕的神色。“我最亲爱的维克托，你这样疯疯癫癫的，究竟是怎么一回事？亲爱的孩子，我求你以后再不要说这些糊涂话了。”

“我没疯，”我扯开嗓子大声喊道，“太阳和苍天亲眼目睹了我的所作所为，它们可以作证，我没有说半句假话。是我暗中杀死了那些清白无辜的受害者，是我干下的那些伤天害理的勾当，才把他们害死的。如果当时我能挽救他们的生命，我宁愿千百次地，一滴一滴地流淌自己的鲜血。然而我不能，爸爸，我确实不能牺牲整个人类。”

我最后说的这句话使父亲完全相信，我语无伦次，神经真的错乱了。于是，他马上换了个话题，试图改变我的思绪，并尽了最大努力使自己忘却在爱尔兰发生的一切，从此再也没有提那些事情，也没再让我谈起那些不幸的遭遇。

随着时间的推移，我的心情渐渐恢复了平静。虽然痛苦永远伴随着我，但是，我已不再像以前那样语无伦次地历数自己的罪行，只要自己意识到这些罪行，也就足够了。我那骚动不安的痛苦的心声，有时还想冲口而出，让世人听到；我于是便以剧烈的运动将它强压下去。自从我去冰海以来，我的举止言谈还从来没有像现在这样平静、这样安然镇定。

在我们离开巴黎赶赴瑞士的前几天，我收到了下面这封伊丽莎白寄来的信——

我亲爱的朋友：

收到姑父从巴黎寄来的信，我真是喜出望外。你已不再是那样远在天边，遥不可及了。也许不用两个星期我就有希望见到你。我可怜的表哥，你一定受尽了苦痛磨难！等我见到你时，你准是满脸病容，比离开日内瓦时更加糟糕。这个冬天我是在极度痛苦之中度过的，心里总是焦虑不安，备受煎熬。不过，我还是希望能在你脸上看到安然祥和的神色，希望看到你的心里仍有一丝慰藉和宁静。

然而，我还是忧心忡忡，生怕你仍旧沉湎于一年前那种痛苦的心情之中，说不定随着时间的推移，你内心的痛苦更甚。种种不幸沉重地压在你的心头，我不愿在这个时候来打扰你；但是，在姑父离家之前，我曾和他谈过一次话，觉得有必要在我们重逢之前向你作一番解释。

解释！也许你会说，伊丽莎白会有什么需要解释的呢？如果你真的这么说，我也就无需再问什么，我心中的疑虑也烟消云散了。可是，你我天各一方，对我的解释，你也许会感到害怕，但也有可能感到高兴。既然你有可能感到高兴，我就不敢再耽搁，必须立即写信给你，向你吐露衷肠，可就是没有勇气开这个头。

你心里很明白，维克托，我俩自小青梅竹马，我们的结合一直是你父母最大的心愿。还在我们很小的时候，大人们就对我们说过此事，要我们把它当作肯定要实现的事情，翘首盼望着它的到来。孩提时代，我俩一块玩耍嬉戏，朝夕相伴，情深意笃；长大以后，我相信我俩都把对方看作是亲密无间、最为宝贵的朋友。可是，兄妹之间固然一往情深，但他们从未想过要把这种关系变得更为亲密；我俩的情况不也正是如此吗？我最亲爱的维克托，请你告诉我，为了我俩的幸福，我求你直言不讳地告诉我——你是不是另有所爱？

你出门旅行，在因戈尔施塔特度过了几年时间。我的朋友，我想开诚布公地对你说一句心里话。去年秋天，当我看到你郁郁不乐，离群索居，不愿与任何人交往时，我不能不认为，你或许对我俩的结合感到遗憾。尽管你父母不赞成你的态度，同时你觉得从道义上来说，你应该满足他们的心愿。

当然，我这样推断你的心理是错误的。我的朋友，我向你坦白地说，我爱你，而且在我对未来虚无缥缈的梦幻中，你已经成为我始终不渝的朋友和伴侣。我希望你获得幸福，同时也希望我自己幸福；因此，我向你明确表示，除非完全出于你的自愿，否则，我们的婚姻将会使我永远痛苦的。即便此刻，当你被世间最残酷、最不幸的遭遇折磨得心灰意冷之时，我仍然流着眼泪要对你说，单凭这“道义”二字，你就会窒息对爱情和幸福的一切希望，而只有这份爱情和幸福才能使你振作起来。我对你的爱情光明磊落，坦然无私，我决不会因此而成为你的绊脚石，去阻止你实现自己的意愿，使你内心的痛苦平添十倍。唉！维克托，你尽可以相信，作为你的表妹和儿时的玩伴，我对你的爱情至真至诚，不会因为作出这样的推测而肝肠寸断，黯然神伤！你一定要幸福快乐，我的朋友；如果你答应我这唯一的请求，那你尽可放心，世上再也没有什么力量能搅扰我心中的安宁了。

别让这封信扰乱了你的心绪，如果你觉得回信会使你痛苦，那你不必在明天或者后天回信，甚至等你回来时再答复我也行。有关你的身体情况，姑父会写信告诉我的。待我们重逢之时，如果我这封信，或者我所作出的其他努力能让我看到你的嘴角漾起一丝笑意，我此生的幸福足矣。

伊丽莎白·拉凡瑟

17×× 年 5 月 18 日于日内瓦

这封信使我想起了已经淡忘的往事：那魔鬼的威胁——“在你

新婚之夜，我一定前来奉陪！”这就是对我的判决，到那天晚上，那恶魔将使出各种鬼蜮伎俩对我下毒手，强行将我掳走，不让我看一眼能给我这凄楚的心灵带来几分慰藉的幸福光景。在那天晚上，他将以我的死作为他罪恶累累的大结局。哼，但愿如此，届时肯定会有一场恶战。如果他赢了，我自然殒命安息，而他也无法再对我施加任何威力；如果他被我打败，那我从此便成为自由人了。唉！那将是什么样的自由？那将是农民所享受的自由：他亲眼看到他的家人生灵涂炭，家宅被焚，田地荒芜；他四处漂流，无家可归，一贫如洗，孤苦伶仃，但他却是个自由人。我的自由也将如此，只是我还有一件无价之宝——伊丽莎白。哎！与此形成鲜明对比的，便是悔恨和内疚给我带来的痛苦；这种痛苦将时时折磨着我，让我至死不得安宁。

温柔可爱的伊丽莎白！我一遍又一遍地读着她的来信，一缕缕柔情在我心头悄然升起，它们竟敢于窃窃私语，议论起梦中那爱情和欢乐的天堂；可是，禁果已被偷吃，天使揎拳捋袖，赶走了我全部的希望。然而我宁愿死去，也要让伊丽莎白幸福。如果那恶魔将他的威胁付诸实施，死就是不可避免的。我再次考虑了我的婚姻是否会加速自己命中劫数的到来。我的毁灭也许真的会提前几个月来临；但是，如果折磨我的这个家伙对我起了疑心，认为我推迟婚期是被他吓住了，那他肯定会寻找新的、更为可怕的手段加以报复。他曾发誓，**在我的新婚之夜，一定前来奉陪。**可他并不认为，在他发出威胁的同时，他自己也有义务老老实实，不寻衅杀人，因为他在威胁恫吓之后，立即杀死了克莱瓦尔，这似乎是在向我表明：杀人放血这种勾当他尚未干够。因此，我打定主意，如果我与表妹即刻成婚，表妹或者父亲就能获得幸福，那么，无论那恶魔如何图谋行凶，加害于我，他都不能阻止这门婚事，哪怕一个小时也不容他耽搁。

我怀着这样的心情给伊丽莎白写了回信。我信中的口气平静沉着，充满了柔情。“我亲爱的姑娘，”我说道，“我们在这个世界上恐怕不会有多少幸福可言；但是，如果将来有一天我还能享受到幸福的话，那我的幸福也完全是集中在你的身上。打消你心中毫无意义的忧虑吧，我只为你奉献我的一生，奉献我对幸福的追求。伊丽莎白，我心中有一个秘密，一个可怕的秘密；一旦我向你吐露这个秘密，你会吓得全身直打寒颤。与此同时，你决不会对我的不幸感到惊讶，反而会觉得不可思议，饱经磨难之后的我竟能活下来。等到我们举行婚礼后的第二天，我将向你吐露心曲，讲述这段不幸而可怕的经历。亲爱的表妹，我俩必须推心置腹，以诚相待。但在此之前，我求你不要对任何人提及或暗示此事。我以一颗最真诚的心恳求你，我知道你会答应的。”

在我收到伊丽莎白来信后大约一星期，我们回到了日内瓦。这可爱的姑娘含情脉脉地欢迎我，然而，当她见到我瘦骨嶙峋的身躯和异常兴奋的双颊时，禁不住珠泪盈眶。我也发现她变了。她比以前瘦了一些，以前那种令我心驰神荡的天仙般的活泼劲儿也失去了许多。但是，她那文雅的举止，那柔和的、充满同情的目光，使她更适合作我这样一个不幸的，遭受痛苦摧残的人的伴侣。

我当时所享受的这份平和的心情并未持续多久，回忆又使我平静的心田里升起一股怒火。一想起往事，我的的确确会发疯。

有时我气得暴跳如雷，心中燃起熊熊怒火；有时又变得意气消沉，心如死灰。我不说话，也不看谁一眼，只是一动不动地坐着，无尽的苦痛把我折磨得呆若木鸡，麻木不仁。

唯有伊丽莎白才能使我摆脱这种间歇发作的癔症。当我激动不安，赫然动怒时，她那温柔的嗓音便让我镇定下来；而当我陷入麻木恍惚的状态之中，她又唤起我内心所固有的人类的种种情感。她与我同泣，又为我而泣。当我恢复了理智以后，她就循循善诱地劝导我，竭力要我忍耐，要我听天由命。哎！要不幸者忍字当头固然不错，可对一个罪人来说却无安宁可言。沉浸在极度的悲哀之中有时也会有安宁之时，可这难得的片刻安宁也被悔恨和痛苦破坏了。

我回来后不久，父亲便提到我与伊丽莎白的婚事，要我们立即结婚。我没有表态。

“这么说来，你是另有所爱了？”

“绝无此事。我爱伊丽莎白，而且满怀喜悦之情盼望我俩的结合。好吧，就把日子定下来吧；到了那天，无论是死是活，我都要将自己奉献给表妹的幸福。”

“亲爱的维克托，快别这么说。我们遭到了极大的不幸；还是让我们把仍属于我们的东西攥得更紧，把我们对死者的爱转移到生者身上。我们这个生活圈子很小，但是，感情和共同不幸的纽带把我们紧紧地连结在一起。时间将抚慰你悲怆的心灵，到那时，需要我们照料的可爱的小家伙将会诞生，取代那些被残忍地从我们身边夺走的人们。”

这就是父亲对我的谆谆教诲。可我又想起了那恶魔的威胁；

这家伙专干杀人放血的勾当，可谓无所不能，依我看来，他几乎是不可战胜的。当他口吐恶言**“在你新婚之夜，我一定前来奉陪”**时，我自然应该认为自己命在旦夕，无可幸免了。我有这样的想法您也不必奇怪。然而，如果失去了伊丽莎白，那么，死亡对我来说便没什么可怕的了。因此，我露出一副心满意足，甚至喜气洋洋的神色，同意了父亲的要求——如果表妹没有意见，婚礼将在十天后举行。看来，这无异于锁定了我的命运。

上帝啊！如果我能事先想到——哪怕能有一时半刻想到那恶魔对手的险恶用心，我也宁愿离开祖国，一辈子不回来，作个无亲无友，无家可归的流浪汉，四处漂流，而决不答应这门不幸的婚事。然而，那恶魔似乎有一股神奇的力量，将我的双眼迷住，使我看不到他的真实意图。我心想，我只是在为自己的死亡作准备，谁知我却加速了一个极为可爱的受害者的死亡。

随着预定的婚期越来越近，不知是出于胆怯，还是出于某种预感，我总觉得自己的心情越来越沮丧。但我还是强作欢颜，没把这种情绪流露出来。父亲倒是满面春风，喜笑颜开，可我却没法瞒过目光更加敏锐，时刻留神观察的伊丽莎白。她怀着一种既满足却又十分平静的心情等待着婚礼的来临，其中还夹杂着一丝忧虑——这是往昔的种种不幸在她心中留下的印痕。她担心眼前看来确定无疑、唾手可得的幸福，会很快化为一场虚无缥缈的梦幻，消失得无影无踪，只剩下深沉而永久的悔恨。

大家都在忙着准备婚事，接待前来贺喜的宾客，人人脸上笑逐颜开，喜气洋洋。我尽量将揉搓我的焦虑情绪幽禁在心底，表面上做出一本正经的样子按照父亲的计划行事，尽管这些计划可能只是我人生悲剧的装饰品罢了。经过父亲的努力，伊丽莎白继承的部分遗产已由奥地利政府归还给她。在科莫湖畔有一小片地产属于伊丽莎白。大家商定，婚礼一结束，我们便立即前往拉凡瑟别墅，在它附近那片美丽的湖滨欢度蜜月。

在此期间，我格外小心，采取一切措施，防范那恶魔明目张胆地向我攻击。我终日随身携带着手枪和匕首，时刻提防那魔鬼的奸计。由于采取了这些措施，我心里坦然了许多。说句老实话，随着婚期的临近，那魔鬼的恶言恫吓似乎也渐渐变成了一种幻觉，并不足以搅扰我的安宁，让我耿耿于怀。举行婚礼的日子越来越近了，我所企盼的婚姻幸福也愈发显得确定无疑。我不断听到人们议论，说无论发生什么事情，这门亲事都是阻挡不了的。

伊丽莎白显得很快乐，由于我举止稳定，心绪安然，伊丽莎白的心也安定了许多。然而，就在我了却心愿，完成使命之日，她却变得忧心惨切，充满了不祥的预感。也许她也想到了那件我答应第二天向她吐露的可怕的秘密。父亲这天倒是乐不可支，忙着做好各项准备，仅仅把侄女的忧虑当作是新娘的羞怯。

婚礼仪式举行之后，父亲在家中举行盛大宴会；不过我们已经商定，我和伊丽莎白将由水路出发，开始我们的蜜月旅行，当晚在埃维昂歇息，次日继续我们的水上航行。这天天气晴朗，微风习习，众人兴高采烈地目送我们登船开始蜜月旅行。

这是我一生中最后一段享受幸福的时光。我们乘风破浪，疾速行驶。阳光火辣辣的，我们借一顶天篷遮阴，欣赏这如画的美景。有时在湖的一侧，我们看到塞勒夫峰和蒙塔莱格山坡上绮丽的风光；远处，美丽的勃朗峰高耸入云，俯瞰万物，那群集的座座雪山徒然地想和她争奇比高。有时，船沿着湖的另一侧行驶，我们看到雄伟的朱拉山脉，以其幽暗的一侧阻挡叛离祖国的野心，而对那些胆敢奴役祖国的侵略者，它又是一道不可逾越的天堑。

我拉起伊丽莎白的手说："你心里闷闷不乐，我亲爱的。哎！如果你知道我以前吃了什么样的苦，日后还会遭受怎样的折磨，你一定会尽力让我体味安宁和自由的滋味，而不是让我绝望。至少在今天，我还是可以享受安宁和自由的。"

"你还是高兴起来吧，我亲爱的维克托，"伊丽莎白回答道，"我希望没有什么能使你痛苦；你尽管放心，即便我脸上没有露出欢快的神色，但我还是心满意足的。不知有什么东西在我耳边低语，叫我不要过分寄希望于展现在我们面前的美好前景。不过，我是不会听信这个阴险邪恶的声音的。瞧我们的船开得多快，瞧那天上的云朵，时而遮住勃朗峰巅，时而又飘然升起，越过山顶，使这美丽如画的景致更加引人入胜。你再瞧，无数的鱼儿在清澈的湖水中漫游，湖底那一块块卵石清晰可见。多么美好的一天！大自然中的一切都显得那样快乐，那样恬静！"

就这样，伊丽莎白竭力将自己和我的思绪引开，不去想那些令人悲伤的事情。然而，她自己的心情却很不稳定，一双眸子偶尔也闪现出欢乐的光芒，但她常常郁郁寡欢，心神烦乱，陷入绵绵的沉思。

太阳在空中渐渐下沉。我们经过德朗斯河，看到它在高山和丘陵中的峡谷地带蜿蜒穿行。这儿的阿尔卑斯山离湖区较近，我们的船已驶近那一片形成阿尔卑斯山东麓的圆形剧场式的山脉。埃维昂城内那座绿树掩映的尖塔闪射出熠熠的光辉，尖塔的上方则是重峦叠嶂，绵延不绝。

疾风一路伴随我们，吹拂着船儿飞速向前行驶。至夕阳西下时，这股劲风渐渐变弱，化为习习微风。这温柔的风儿在水面掀起阵阵涟漪，当我们的船驶近岸边时，一阵沁人心脾的花草清香随风扑鼻而来，树木翩翩起舞，真令人赏心悦目。我们上岸时，太阳已经沉到地平线下面去了。我的双脚一落地，忧虑和恐惧又袭上心头，它们会很快攥住我，而且将永远缠磨着我。

第二十三章

我们于八点上岸，先在湖边散了一会儿步，观赏这短暂的夕阳余辉，随后便来到旅店休息。我们凝视着眼前这片美丽的景色——湖水、树林、山峦在夜色的笼罩下渐渐变得朦胧暗淡，但仍然显现出它们黝黑的轮廓。

先前那阵强风在南边平息之后，现在又从西边刮起，而且风势猛烈。月儿已爬上中天，正开始沉降。一片片浮云从月儿面前飞速掠过，速度之快，连傲击长空的苍鹰也自叹不如；月夜变得阴晦惨淡。空中这幅变幻莫测的图景投映在湖面上，而此时湖面恰好风起浪涌，搅得水中那幅倒影愈发纷乱。突然间，狂风大作，暴雨倾盆而降。

整个白天，我的心情倒也平静，可一旦夜幕笼罩了周围的景物，千种恐惧，万般忧虑便在我心中升起。我右手紧紧握住藏在胸间的那把手枪，紧张不安地留神观察四下里的动静，不管听到什么声响，我都会吓得心惊肉跳。但是，我打定主意，决不白白去送死；除非我死去，或是我那仇敌毙命，否则，我决不在这场搏斗中退缩。

有好一阵子，伊丽莎白忐忑不安、提心吊胆地在一旁默默地注视着我，她见我心烦意乱，目光中流露出恐惧，便战战兢兢地问道：“什么事使你这么烦躁不安，亲爱的维克托？你究竟怕什么？”

“唉！镇静，镇静，亲爱的，”我回答道，“只要过了今晚，一切都安全了，不过今晚是可怕的，非常可怕。”

我在这样的精神状态中挨过了一小时。突然，我意识到这场搏斗——这场我时刻等待着的搏斗对我的妻子来说将是多么可怕。于是，我恳切地请求她去休息，而我自己则打定主意，等摸清了敌手的情况之后再与她一起休息。

伊丽莎白离开我以后，我继续在旅店的各条走廊里来回巡视，并仔细检查了我那对手可能藏身的每一个角落，可我并未发现他的踪迹。这时，我开始暗暗庆幸起来，也许我偶然遇到什么好运，阻止了那恶魔实施他的威胁。然而就在这时，我突然听到一声尖厉而摄人心魂的惨叫，这惨叫声正是从伊丽莎白的卧室里传出的。我一听到这声惨叫，心里顿时明白了一切。我颓然垂下双臂，每一块肌肉，每一根纤维都僵住了，我甚至可以感到血液在我的血管里流动，感到足尖指端在麻扎扎地刺痛。这种状态刹那间便结束了。这时又传来一声尖叫，我立刻冲进屋子。

我的天啊！为什么我当时不就此毙命呢！为什么我还活着在这儿讲述最美好的希望的破灭和世界上最纯洁的生灵的消亡呢？伊丽莎白就在那儿，一动不动，毫无生息地横躺在床上，脑袋垂悬在床边，头发遮掩了她半边苍白的、完全变了形的脸。现在，无论我转向何方，我都看到同一幅图景——她那毫无血色的双臂，她那被凶手抛在床上——此刻成了新娘棺架上的瘫软的躯体。难道我亲眼目睹了这幅惨景，还能好端端地活下去吗？唉！生命这东西太执拗了，哪里最恨它，它就偏在哪里安营扎寨。有一瞬间，我昏厥了过去，毫无知觉地摔倒在地上。

当我苏醒过来，我发现身边围了一圈旅店里的客人，个个脸上流露出一种吓得透不过气来的神色。然而，别人的恐惧似乎只是对压在我心头的种种情感的拙劣的模仿，只是它们的幻影。我从人群中逃出来，回到停放伊丽莎白尸体的房间。伊丽莎白！我的心上人，我的妻子，刚才她还充满了生机，那么可爱，那么高尚。她的尸体已被移动过，已不是我第一次看到的那个姿势。此刻，她躺在那儿，头枕在手臂上，脸和脖子上盖着一块手帕。我真的以为她睡着了；我冲到她跟前，热烈地拥抱她，可她毫无生气。她那冰凉的肢体告诉我，此刻躺在我怀里的已不是我曾经所挚爱，所珍惜的那个伊丽莎白了。她的脖子上留有那恶魔掐死她的印记，她的双唇已不再吐出气息。

我怀着悲痛欲绝的心情一直守候在伊丽莎白的身边。我偶尔抬起头来，这房间里的百叶窗原先都紧闭着，可这会儿却能看到昏黄的月光投射进来，把房间给照亮了。我不由得心头一惊。百叶窗给推开了，我怀着一种难以名状的恐惧感，看到洞开的窗户旁站着一个人影——正是那具无比狰狞，可恶之极的躯体。那怪物脸上露出一丝狞笑，他用那魔鬼般的手指朝我妻子的尸体指了指，似乎是在嘲笑我。我一个箭步冲到窗前，从怀里掏出手枪朝他开火；可他躲过子弹，跳出他原先站的地方，以闪电般的速度跑向湖边，纵身跃入湖中。

枪声一响，一大群人顿时围到我的房间里来。我指了指那怪物消失的地方，便和众人乘上船跟踪追击。我们撒网捕捞了一阵，结果一无所获。搜寻了几个小时之后，大家只好败兴而归。同去

的大多数人都认为那东西只是我一时的幻觉而已。上岸之后，大家分成几路，继续从不同方向搜索附近的树林和草丛。

我也想和大家一起去，可刚走出屋子没多远，就觉得头晕目眩，步履踉跄，像喝醉了酒似的，最后精疲力竭地瘫倒在地上。我的眼睛像被蒙上了一层薄膜似的，模模糊糊，又因发烧而感到皮肤焦干。在这种情况下，我被大家抬了回来，放到床上，至于外面发生的事，我几乎是一无所知。我的双眼在屋里左看右看，好像在寻找什么丢失的东西。

过了一会儿，我爬了起来，似乎是出于本能，我拖着缓慢的脚步走进停放我爱妻尸体的房间。一群女人围在那儿饮泣吞声，我俯身望着尸体，与她们一起悲泣——在这整段时间里，我头脑里并没有什么明确的想法，各种念头纷至沓来，思绪飘移不定。我胡乱回想起自己的不幸遭遇及其原因，被惊愕和恐惧的烟云弄得浑浑噩噩、懵懵懂懂。威廉死了，贾丝婷被处以绞刑，克莱瓦尔也被谋杀了，最后又轮到我妻子。即便到了这个时候，我仍然不知自己仅剩的几个亲人是否安全，是否能免遭那恶魔的毒手。也许此刻父亲正在他的魔爪下挣扎翻滚，而欧内斯特则可能已死在他的脚边。想到这里，我浑身颤抖，一下子清醒过来。我蓦地站起，决定立即返回日内瓦。

由于弄不到马匹，我必须乘船从湖上回去。可是，当时正刮着顶头风，又下着倾盆大雨；不过，这时天还没亮，应该有希望在天黑前赶到日内瓦。我雇请了几个男子汉帮我划船，自己也拿了一把桨，因为我过去总是以身体运动来减轻精神上的痛苦。然而此刻，我心中创巨痛深，极度烦躁，根本使不出一点力气。我扔下船桨，把脑袋枕在手上，任凭自己沉湎于忧思之中。只要我抬起头来，我在往昔那段还算快乐的时光里所见过的一幅幅熟悉的景象，就会跃入我的眼帘，而就在前一天，我还同妻子一同观赏过这些美丽的景致；可是现在，她已化作一个无形的幻影，一片无可追及的回忆。我热泪横流。雨已停了一会儿，只见鱼儿仍像几个小时以前那样在水中嬉戏游玩。那时，伊丽莎白不也在观看它们？没有什么比遭受一种巨大而又突如其来的变化更使人痛苦的了。太阳可以重放光芒，云儿也可以阴沉晦暗，可对我来说，前一天发生的事情，其变化之大又有什么可与之相比？那个魔鬼毁了我对未来幸福的一切希望。从来没有人像我这样痛苦不幸，如此可怕的遭遇在人类历史上是绝无仅有的。

然而，刚刚发生的这件事对我来说是最沉重的打击，我又何必唠叨那些在此之后发生的事情呢？这个充满了恐惧的故事，我已讲到了高潮，而我下面要讲的只会使您感到厌烦。您已经知道，我的亲人一个接一个地被夺走了生命，留下我孤苦伶仃一人。我已经精疲力竭，可我还得再讲几句，把这可怕的故事叙完。

我回到了日内瓦。父亲和欧内斯特仍然活着，但父亲听到我带回来的噩耗，顿时一蹶不振。父亲当时的模样此刻又浮现在我的眼前——多么令人尊敬、多么好的老人啊！他双眼左顾右盼，茫然无神。父亲失去了不是女儿却胜似女儿的伊丽莎白，他的目光失去了魅力，失去了欢乐的光彩。他钟爱伊丽莎白，在她身上倾注了一个老人的全部爱心。父亲年事已高，爱恋情愫已所剩无几，因而更加执着地固守心中尚存的一丝爱恋之情。那个该诅咒的，该千刀万剐的恶魔！是他给我白发苍苍的父亲带来了灾难，使他注定要在痛苦中度过余生。在他的身旁接二连三地发生了许多恐怖事件，他已没法继续在这种环境中活下去。生命之泉突然断流枯竭；他一病不起，没过几天便死在了我的怀里。

我当时情况如何，我现在也说不清楚。除了感到铁链和黑暗沉重地压在我身上之外，我已失去了一切知觉。说实在的，我有时梦见自己和儿时的朋友在鲜花盛开的草地上散步，在风景如画的山谷中漫游；可当我从梦中醒来，却发现自己身处地牢之中。随之而来的便是伤感和消沉。不过，我慢慢地意识到了自己的处境和所遭受的苦难。人们见我清醒了，便将我从“监狱”中释放出来。人们原先都认为我疯了；后来我才听说，他们把我安置在一间斗室中，让我孤零零地待了好几个月。

如果在我神志清醒的同时，没有报仇雪恨的意识，那么，自由对我来说只是一种无用的礼物。对往昔苦难经历的回忆沉重地压在我的心头，我开始分析造成这种种不幸的根源——那个由我制造的怪物，那个由我带到人世来毁灭我自己的卑鄙可耻的恶魔。一想起他，我就火冒三丈，气得发狂；我翘首企盼，热切祈祷，但愿我能抓住他，照他那颗该诅咒的脑袋狠命一击，以报我深仇大恨。

我心中的仇恨并没有囿于空泛无用的愿望之中；我开始考虑怎样用最好的办法抓住这恶魔。为此，我在被放出来大约一个月之后，便去找了本城的治安官，对他说我要提起诉讼，我知道杀害我家人的凶手，要求他行使一切权利，将凶手缉拿归案。

治安官温和而认真地听取了我的诉讼。“请放心，先生，”他说道，“我将调动一切手段，竭尽全力追捕这个恶贯满盈的凶犯。”

“我非常感谢您，”我回答道，“那么就请您听一听我必须提供的证词吧。这是一个非常离奇的故事，其中的情节尽管不可思议，但确有其事，不容置疑；如果不是这样的话，恐怕您是不会相信的。这个故事条理清楚，各种事件紧密相连，不可能被误认为是一场梦幻；再说，我也无意编造谎言。”我在对他说这番话时，神态安详，但很有感染力。在此之前，我已暗暗下定决心，非置那恶魔于死地不可。这个目标平息了我心中的痛苦，使我暂时活了下来。现在，我开始叙述我自己的经历，虽然讲得简单扼要，但口气坚定，措辞准确，把事情发生的每个日期交代得非常清楚，自始至终没有偏离指控的正题而破口大骂，高喊大叫。

治安官起先根本不相信我的陈述，但随着我不断深入地讲下去，他变得凝神专注，兴致盎然。我看到他有时吓得浑身颤抖，有时又惊得目瞪口呆，并未表现出不相信的神色。

证词陈述完毕后，我接着说道：“我要指控的就是这个活物，我希望您不遗余力地将他捉拿归案，严加惩处。作为一个治安官员，这是您义不容辞的责任；而作为一个人，我相信，同时也希望，您的感情不要妨碍您在这个案子上履行自己的职责。”

我这番话使这位听者脸上的表情发生了很大的变化。他刚才听我讲这个故事时就半信半疑，好像听什么幽灵鬼怪或是超自然的故事一样；而一旦我要求他就这一事件正式采取行动时，他心中的怀疑便又如潮水般涌了回来。不过，他回答我时口气倒还十分婉转：“我很乐意向您提供一切援助，帮您缉拿凶手，但您所说的这个怪物威力无比，哪怕我使出浑身解数也奈何不了他。这个畜生能穿越冰海，能以无人敢闯的洞穴为栖身之处，谁能追得上他？再说，他是几个月以前作的案，现在谁也不知道他逃到哪里，也不知道他目前在何处藏身。”

“他总是在我居住的地方转悠，对此我毫不怀疑。如果他真的躲进了阿尔卑斯山里，我们也可以像围捕小羚羊那样追杀他，像杀死猛兽那样将他干掉。不过，您的意思我明白，您并不相信我所说的那些事情，因而不想去追捕我的仇敌，给他以应有的惩罚。”

我越说越恼火，眼里迸射出愤怒的火花。这下治安官害怕了。“您误会了，”他说道，“我将尽力而为，如果能抓到这个怪物，我一定根据他所犯的罪行，严惩不贷，这一点您尽管放心。可我还是担心，根据您刚才所谈的情况来看，他如此神通广大，要抓住他恐也不切实际。因此，尽管我会采取一切适当的措施，但您心里还是要作好失望的准备。”

“这不可能。不过我怎么说也无济于事了；我要报仇雪恨，这对您是无关紧要的。我承认复仇是一种罪恶，但我可以坦白地告诉您，我心里压倒一切的、唯一的念头就是消灭仇敌，以解我心头之恨。我一想到自己亲手释放到世上来的那个杀人凶犯仍然活着，我就怒不可遏，心头之恨无以言传。您拒绝了我的正当要求，可我还有最后一着：无论是死是活，我都要豁上自己这条命，将那恶魔除掉。”

我说这些话时，因过度激动而浑身颤抖。我的态度显得有点狂乱，而且我毫不怀疑，其中还带着一点据说古代殉道者所具有的那种傲岸、勇猛的神色。然而，对日内瓦的一个治安官来说，他头脑里考虑的东西远非献身精神和英雄气概，因此，在他眼里，这种灵魂的升华与疯狂并无多大区别。他就像保姆哄孩子那样竭力安慰我，还说我的故事是精神错乱导致的梦呓。

“嗨，”我大声吼道，“您自以为聪明，其实您无知得很！别再说了，您就连自己在说什么都不知道。”

我心烦意乱，怒气冲冲地跑出了那所屋子。回到家以后，我冥思苦想，打算采取别的行动。

第二十四章

我目前的情况是：头脑里一切自发的思想全被抑制住，全都荡然无存了。愤怒驱使着我，唯有复仇的意念给我以力量，使我镇定下来。复仇之心重新塑造了我的情感，使我变得老谋深算，沉着冷静。否则，我只能落个神经失常或一命呜呼的下场。

我首先决定永远离开日内瓦。当我生活幸福快乐并为人所爱，祖国在我眼里是多么亲切；而当我身处逆境，横遭不幸和痛苦时，她又变得那样可恨。我筹集了一笔钱，又带上属于我母亲的少量珠宝首饰，离开了家园。

我从此开始了流浪生活，只要我活着，这种流浪生活就不会结束。我走南闯北，浪迹千里之外，凡是旅行者在沙漠或野蛮之地常遇到的艰难困苦，我都领受过了。我究竟是怎么活过来的，连我自己也说不清楚。不知有多少回，我瘫软地躺在茫茫沙漠上，祈求死神的降临。然而复仇之心使我活了下来；我决不能就此死去，让我的仇敌逍遥世上。

我离开日内瓦时，第一件要做的事就是搜寻线索，以便跟踪追击，查出那恶魔的下落。但我还是迟疑不决，没有一个明确的计划，因而在城郊徘徊了好几个小时，不知该走哪条路。夜晚来临时，我不知不觉来到了公墓的入口处，威廉、伊丽莎白和我父亲就在这里安息。我走进墓地，来到刻有他们名字的墓碑前。四周一片寂静，只有树叶在微风的吹拂下轻轻摇曳，沙沙作响。这时，天已快全黑了，即便是对一个毫不相干的旁观者，此时的坟场也显得肃穆萧然，令人伤感。死者的灵魂仿佛就在四周穿梭游荡，在哀悼者头脸周围投下一道看不见，然而却能感觉得到的幻影。

这幅情景在我心头激起的深沉的悲哀，很快便为愤怒和绝望所代替。他们都已故去，我却仍然活着，而杀害他们的凶手也还活着；为了干掉这个恶魔，我不得不延宕自己消沉而无聊的生命。我跪在草地上，亲吻着泥土，颤抖着双唇大声呼喊道："面对我跪着的这块神圣之土，面对在我周围徘徊的魂灵，以我亲身感受到的深沉而永恒的悲哀，我发誓；哦，黑夜，我向您，向主宰您的神灵发誓，我定要追赶那使我惨遭如此不幸的恶魔，与他决一死战，不把他消灭，决不罢休。为了达到这一目的，我要活下去；我要再次迎着阳光，踏着绿色的大地，去报这切骨深仇，否则，这一切将永远在我面前消失。我请求你们，死者的魂灵；也请求你们，四处游荡的复仇之神，在我行动之时，请求你们扶助我，为我指明方向，让那可诅咒的、令人深恶痛绝的魔鬼也饱尝痛苦的滋味，让他也感受一下此刻折磨我的绝望吧。"

我开始起誓时神情肃然，心中充满了敬畏之情，而这种敬畏之情几乎使我确信，我这些惨遭杀害的亲人们的亡灵，已经听到了我的誓言，对我的一片赤诚之心深表赞许。可我话音未落，已是怒火满胸膛，气得再也说不下去了。

对我这番誓言的回答，却是透过夜晚的宁静传来的一声魔鬼的狂笑。这笑声在我耳边久久不息，又在群山之间回荡。我仿佛

觉得自己身陷地狱之中，备受魔鬼的讥讽和嘲笑。如果不是自己的誓言在耳边响起，如果不是想到自己必须活下去报仇雪恨，当时我肯定会心神错乱，了结自己不幸的生命。那笑声渐渐消失了。这时，一个熟悉而令人憎恶的声音传来，这声音显然就在我耳边响起，它对我轻轻说道："我已经心满意足了，可怜虫！你决心活下去，这可正中我下怀呢。"

我向传来声音的地方猛冲过去，可那恶魔一闪身，溜掉了。突然，月亮那巨大的圆盘跃出地平线，照亮了他那令人恐怖的畸形身躯。月光下，那恶魔以闪电般的速度，转眼便逃得无影无踪了。

我拔腿朝那恶魔逃跑的方向追去。几个月以来，我的重要任务就是追赶他。我循着一丝踪迹，沿罗讷河蜿蜒的河道追去，可一无所获。湛蓝的地中海出现在我的眼前；这时，说来也怪，我竟偶然间看到那恶魔趁夜色潜到一条开往黑海的船上。于是，我也搭上这条船，可不知怎的，他又溜走了。

在鞑靼和俄罗斯的旷野上，尽管他仍然想躲开我，可我还是寻踪而去，穷追不舍。有时，一些农人——他们被这具可怕的幽灵吓得惶惶不可终日——告诉我他的去向；有时，这恶魔故意留下一些痕迹让我跟踪，生怕我完全失去他的行踪后会在绝望中死去。大雪纷飞，飘落在我的头上，只见白雪皑皑的原野上留下了他那巨大的脚印。您刚刚踏上人生的旅途，尚未经历人生的忧患，还不知痛苦的滋味，又怎能体会到我以前的心情和此刻的感受？在我注定要遭受的种种痛苦中，寒冷、饥饿和疲劳是最微不足道的。我遭到魔鬼的诅咒，无论走到哪里，身上总是背负着一座永恒的地狱。不过，一个心地善良的神灵总是伴随着我，为我带路。当我怨声载道，叫苦不迭时，她便会出人意料地将我从似乎无法摆脱的困境中解救出来。有时，当我饥肠辘辘，精疲力竭，难以支撑时，荒漠之中却有为我准备的食物，使我恢复体力，振作精神。当然，这些食物与当地农夫的食物一样，很是粗糙，但我深信，这些食物是我曾经乞求过援助的那些神灵安放在那儿的。常有这样的情况：大地一片焦干，万里晴空不见一丝云彩，正当我唇干舌燥之时，一小片乌云便会出现在空中，洒下几星甘露，滋润我的心田，随即便飘然逝去。

只要有可能，我总是沿河道行走，可那恶魔却常常避开河道，因为这儿是人口最为稠密的地方。除此以外就很难见到人烟了。我一般都以途中捕到的野兽为生。我身上带着钱；由于我把这些钱分给了村民，所以我和他们交上了朋友。如果我随身带着捕获的猎物，我总是只给自己留下一小部分，而将大部分都送给那些向我提供火种和炊具，让我烧煮的村民们。

过这样的日子真让我讨厌，只有在沉睡之中我才能尝到欢乐的滋味。啊，多么令人酣畅的睡眠！我往往在痛苦不堪时沉沉睡去；梦幻使我全然忘记了自己的苦痛，甚至使我心醉神迷。是护卫我的神灵给我带来了短暂的幸福，或者说得更确切些，给我带来了几个小时的欢愉，让我养精蓄锐，走完这段漫长的历程。如果没有这些喘息的机会，我自然会被艰难困苦压垮的。白天在途中跋涉时，对夜晚的期待支撑着我，给我以精神力量，因为在睡梦中我能见到我的朋友，我的妻子和我可爱的祖国，我还能见到父亲那慈祥的面容，听到伊丽莎白那银铃般的嗓音，看到身强体壮、青春焕发的克莱瓦尔。当我长途跋涉、困顿不堪时，我常常安慰自己，我这会儿是在做梦，而待夜晚来临，我就能享受现实的欢愉，投入亲朋好友的怀抱之中。我爱他们爱得好苦哟！我多么眷恋他们那亲切的身影，即便在大白天我醒着时，他们也伴随着我，时时在我心头萦绕。我要自己相信：他们仍然活着！每当这时，原先在我心中熊熊燃烧的复仇之火熄灭了。我此刻前去消灭那恶魔，与其说是出于我内心热切的渴望，还不如说是替天行道，或是出于一种下意识的、机械的冲动。

至于我跟踪追击的那个恶魔，他此刻的心情如何，我就不得而知了。有时，他的确在树皮上，或在石头上留言，既给我指路，又激我发火。他在一次留言中曾清清楚楚地写道："你仍然在我的控制之中，你还好端端地活着，而我也精力十足。跟我来吧，我要去冰雪永不消融的北极，你将在那儿尝尝地冻天寒的滋味，而我却不会受到任何伤害。如果你不是蜗行牛步，走得还不算太慢的话，你会在这附近找到一只死兔，吃了它，补充点体力。快点，我的冤家，我们还要较量一番，斗个你死我活；不过，在此之前，你还得风餐露宿，苦挨漫漫时光呢。"

你这恶魔，竟敢如此奚落我！我再次发誓，定要报此深仇大恨，非将你这十恶不赦的魔鬼折磨死不可。只要那恶魔不死，只要我还有一口气，我就决不会偃旗息鼓、半途而废。此行结束之后，我将满怀喜悦之情去找我的伊丽莎白和我那些逝去的至爱亲朋——即便此刻，他们已在准备对我这次艰难竭蹶、含辛茹苦的长途跋涉予以奖励。

我继续向北极进发，地面上的积雪越来越厚，气温也越来越低，冷得我几乎无法忍受。农夫们全被困在家里，只有少数身体最强壮的汉子才敢冒险出门，追捕那些为饥饿所逼不得不离开藏身之处出来觅食的野兽。河面全被冰雪封住，根本抓不到鱼，这样一来，我赖以为生的主要食物来源就给切断了。

我一路上遇到的困难越来越多，我那仇敌也变得愈发得意洋洋。有一次，他留言道："你可要做好准备，你眼下吃的这些苦还只是个开头，用野兽的毛皮裹住你的身子，别断了吃的，我们很快就要进入另外一个地区，你在那儿要吃的苦头将一解我长久郁积心头的仇恨。"

这些讽刺挖苦的言辞激发了我的勇气和毅力，我横下一条心，不达目的誓不罢休。我乞求上苍助我一臂之力，同时继续以旺盛不衰的斗志，穿越茫无边际的荒漠，最后，远方出现了大海，那就是地平线的终极了。唉！这片海域与南方湛蓝的大海真有天壤之别！海面上覆盖着厚厚的冰层，它与陆地唯一的不同之处是，它比陆地更加荒凉，更加崎岖不平。希腊人登上亚洲的群山之巅，看到地中海时心花怒放，激动得热泪直流；他们为自己完成了艰苦卓绝的长途跋涉而欢呼雀跃[①]。我没有流泪，可我跪倒在地上，激动地向为我指点行程的神灵致谢，感谢她将我平安地带到了我希望抵达的地点；尽管我的敌手讽刺挖苦，我最终还是到达了能与他相遇并决一死战的地点。

在此之前的几个星期，我曾搞到了一架雪橇和几条狗，因而

① 色诺芬（公元前431—前350），希腊历史学家，曾任希腊万人军司令官。于公元前401年率一万希腊雇佣军参与波斯王子赛勒斯发动的军事政变；失败后撤军，途经亚美尼亚高地，到达黑海。

能在雪地上疾驰，那速度之快，简直难以想象。我并不知道那恶魔是否也搞到了雪橇，但我发现，以前我追赶他，每天都要落后一段距离，可现在我加快了速度，已逐渐逼近他，及至我第一次见到大海时，他只比我快了一天的距离。我希望在他到达海边之前将他截住。于是，我勇气陡增，飞速向前追去，两天后便到达了海边一座破败萧条的小村落。我向村民打听了那恶魔的去向，掌握了他的确切情况。村民们说，前一天晚上来了一个巨大的怪物，手上提着一杆长枪，身上还挂了好几把手枪。这怪物那狰狞的模样，把一所孤零零的农舍中的人全给吓跑了。他把这家人准备过冬的粮食全部搬到一辆雪橇上，又抓了一大群训练有素的狗，给它们套上挽具。村民们吓得魂飞魄散，可令他们高兴的是，这恶魔于当天晚上便离开了村庄，架着雪橇穿越大海，朝着一个没有陆地的方向疾驰而去。村民们估计，用不了多久他就会因冰层断裂而丧命，或是被活活冻死在千里冰封的大海上。

听到这一情况，我心中突然感到一阵绝望。他又把我甩掉了。我必须穿越高低不平、几乎没有边际的冰海；这儿天寒地冻，就连土生土长的居民也很少有人能长时间忍受这种酷寒，而我这样一个自小在气候温润、阳光灿烂的国度里长大的人，是不可能指望活下去的。这次旅行对我来说不啻是一种毁灭。然而，一想到那恶魔竟然活着，而且还高视阔步、耀武扬威，原先的愤怒和复仇的欲念就像浩浩荡荡的潮水在我心头重新涌起，淹没了其他所有的想法。经过短暂的休息——在此期间，死者的英灵在我身边徘徊，激励我不畏艰辛，去为他们报仇——我开始为这次旅行作准备。

我把自己那架陆用雪橇换成了一架专门用于坎坷不平的冰海上行驶的雪橇，并购买了充足的食物，然后便离开了大陆。

自出发后至今究竟走了多少天，我自己也估算不出来，然而我饱尝了艰辛，若不是心中始终燃烧着一股正义的复仇之火，我根本不可能忍受这样的艰难困苦。如山一般巨大的冰凌此起彼伏，绵延不绝，常常挡住我的去路，而且我还经常听到冰层下海水发出雷鸣般的巨响，威胁着我的生命。不过严寒再次来临，海面上又变得安全可靠了。

从我吃掉的食物来看，我估计自己已在海上走了三个星期了。我想起了自己的愿望，然而却迟迟不能如愿以偿；我不禁心灰意冷，黯然神伤，流下了苦涩的泪水。绝望女神几乎抓住了她的猎物，用不了多久，我就会被这场灾难所吞噬。有一次，这些拖雪橇的可怜小狗使出浑身的力气，好不容易将我拉上一座陡峭的冰山顶峰，其中一条由于过度劳累，倒下死去了。我望着这一片无边无际的冰海，心中痛苦难言。这时，我的目光突然在昏暗的冰原上捕捉到一个小黑点。我用劲睁大眼睛，想看个究竟。终于，我发现那是一架雪橇，而那熟悉的畸形躯体正坐在雪橇上。我不禁欣喜若狂地大喊了一声。啊！希望带着炽热的激情又一次在我的心田喷涌！热泪充盈了我的双眼，但我赶紧抹去眼泪，生怕它们模糊了我的视线，遮住了那恶魔的身影。然而，滚烫的泪珠还是遮住了我的眼睛。我终于控制不住心头的激动，失声痛哭起来。

然而，时不我待，决不可在此耽搁。我将小狗死去的同伴拉开，又让它们饱餐一顿。经过一个小时的休息——这是绝对必要的，尽管我心急火燎，不愿在此耗费时间——我又继续赶路了。

那辆雪橇仍清晰可见，除了偶尔被大块冰石短时间挡住之外，它一直没有逃脱我的视线。我的确十分明显地逼近了它。经过近两天的追赶，我看到那冤家离我已不足一英里的距离，我的心狂跳起来。

追到现在，眼看就要抓到我的仇敌，可我的希望却突然间破灭了——那家伙销声匿迹，不知去向；而这次的情况令我比以往任何时候都更加束手无策。冰层下的大海在喧啸，海水在我脚下翻涌、高涨，发出巨大的轰鸣，每时每刻都变得愈发凶险可怕。我拉紧缰绳，全速前进，可无济于事。狂风骤起，大海咆哮，犹如发生强烈的地震一般，海面上的冰层在一声穿云裂石的巨响中断裂开来。这一切发生得如此之快，仅几分钟时间，浩瀚奔腾的海水便将我和我的仇敌阻隔开来。我随着脚下一块崩裂开来的碎冰漂流，而这块碎冰不断消融变小，等待着我的将是可怕的死亡。

就这样，我惶恐不安地度过了好几个小时。又有几条狗死了，正当我自己也将葬身在这险象环生的大海上时，我看到了您停泊在水面上的轮船，我的心中重新燃起了获得援救而死里逃生的希望。我没有想到船能航行至如此遥远的北方，看到您的轮船，真让我大吃了一惊。我赶紧从雪橇上拆下几条木板作船桨，吃尽千辛万苦，才得以将我脚下这块浮冰划向您的船。我下定决心，如果你们向南航行，那我仍然要北上，听凭大海的摆布，而决不放弃我的既定目标。我原打算说服您给我条小船，让我继续追赶我的敌人，可您正好也是往北行驶。您在我精疲力竭时把我救上船，否则，我一定会被接踵而来的苦难和灾祸所吞没；可我不想死，因为我的任务尚未完成。

噢！为我引路的神灵，您何时才能带我去见那恶魔，从而赐予我日夜渴望的安宁？难道要我就此死去而让他活着不成？如果我死了，沃尔顿，您得对我发誓，决不让他逃之夭夭；一定要抓住那恶魔，杀死他，为我报仇雪恨。我会要求您像我这样长途跋涉，忍受我所经历的种种艰辛吗？不会，我还没有自私到那种地步。不过，等我死了之后，如果他出现，如果复仇之神将他带到您的面前，您要发誓，一定要把他干掉，决不能让他在我所遭受的巨大苦难面前幸灾乐祸，拍手称快，让他继续活在世上为非作歹。他能言善辩，很有说服力；就连我也曾经被他的话打动过；但您不要相信他。他的灵魂与他的外形一样丑陋，阴险奸诈、毒如蛇蝎，别听他那一套。您要大声呼唤着威廉、贾丝婷、克莱瓦尔、伊丽莎白、我父亲，还有我这不幸的维克托的名字，将您的利箭插进他的胸膛。我将在您身旁徘徊，指引您将钢箭准确无误地刺进他的心窝。

沃尔顿致萨维尔夫人的信（续）

玛格丽特，你已经读完了这个离奇而又恐怖的故事，我当初听到这个故事时，吓得魂不附体，现在回想起来仍心有余悸，仿佛血液凝固了一般，你现在也一定与我有同感吧？有时，他被突如其来的痛苦所攫住，没法继续讲下去；而其他时候，他的嗓音低弱而尖利，艰难地倾吐着满含痛苦的言词。他那双明亮可爱的眼睛时而闪闪发亮，迸射出愤怒的光芒，时而黯然失色，流露出忧郁沮丧、无限悲哀的神情。他有时竭力控制住自己的表情和语调，沉着镇定地讲述那些最令人恐怖的事件，没有流露出一丁点儿激动的情绪；然而没过一会儿，仿佛是火山爆发一般，他突然心头火起，怒形于色，尖叫着诅咒那个迫害他的怪物。

他的故事丝丝入扣，讲得明明白白，似乎是在叙述一个最简单不过的真实情况。不过，我得对你说句心里话，我之所以相信他所讲的事情，倒并不仅仅因为他讲得非常认真诚恳、条理清晰，更重要的是他曾给我看过那几封费利克斯和萨菲的亲笔信，而且我们在船上也亲眼看到了那个幽灵般的怪物。这个怪物的确是存在的！对此我不能怀疑，但又深以为异，同时也赞叹不已。有时我竭力想从弗兰肯斯坦嘴里了解他制造那怪物的详细情况；可在这一点上他格外谨慎，不露一丝口风。

“你疯了，我的朋友？”他说道，“换句话说，你的好奇心毫无意义，它会导致什么结果？难道你也想为自己和这个世界制造一个凶残歹毒的敌人？冷静点，别那么冲动！记住我所遭受的种种苦难，不要再为自己增加痛苦。”

弗兰肯斯坦发现我把他讲的经历记了下来，便要我把记录给他看，并在许多地方作了修改和补充；但主要是修改了他与那怪物的对话，以便使这些对话显得真实、生动。“既然你已经把我的经历记录在案，”他说道，“我不愿意给后世留下一份支离破碎的记录。”

就这样，我花了一个星期的时间，听了这篇人们所能想象出来的最离奇不过的故事。这故事本身和弗兰肯斯坦超凡脱俗、温文尔雅的神态使我对这位来客产生了极大的兴趣，我的缕缕思绪，种种情感都被他深深地吸引住了。我真想劝慰他几句；可对一个遭受了无尽的苦难，心灰意冷，不希望得到任何慰藉的人来说，我又怎能劝说他活下去？噢，我爱莫能助！现在，他唯一能感受的快乐，便是让他安然归天，使他那颗破碎的心得以平静。但他还是能领受一种安慰的，这就是在孤独与谵妄状态下沉入梦境。他相信，在梦幻中，他可以和他的至爱亲朋交谈，并从这种情感的交流中获得慰藉，以消除他心头的痛苦；或者他可以受到某种激励，以驱使他去报仇雪恨。他相信这决不是他的幻觉，而是他的亲人和朋友从另一个遥远的世界来看望他了。他的这一信念使他在神情恍惚时显出一种庄严的神色，因而在我眼里，他那些幻觉就像千真万确的事实，既令人敬畏，又富有情趣。

我和他的谈话并不总局限于他本人的经历和不幸的遭遇。对普通学科里的任何问题，他都给人以学识渊博、思维敏捷和见地精辟的印象。他很有口才，说话令人信服，很有感染力。当他叙述一件哀婉凄楚的事情，或想激起听者的同情与怜爱时，我总是禁不住潸然泪下。他现在身陷绝境，面临毁灭，尚能如此高洁，如此超凡入圣，而在他一帆风顺，事业兴旺之时，定是个光彩照人的魁奇之士。他似乎清楚自己的人生价值，同时也感到自己虽败犹荣，死得崇高伟大。

“年轻时，”他说道，“我相信自己注定会成就一番伟大的事业。我感情深沉，判断问题沉着冷静，这种判断力为我在事业上创造出辉煌的成就提供了必要条件。我意识到自身性格的价值，并从中获得信心和勇气，而其他人却可能因此受到压抑。我认为，空自悲伤而不去好好利用自己的才华，这无异于犯罪，因为我的才华也许会对人类有益。当我想到自己完成的那件作品——我的成就在于创造了一个有感情、有理性的生物——我就认为自己绝非普通工匠之辈。这种想法在我事业开始时曾给我以信心和力量，然而现在却只能使我沉沦、毁灭。我的全部事业和希望都是毫无价值的；如同那个渴求无上权威的大天使一般，我也被永久禁锢在了地狱之中。我的想象力非常丰富，而且具有很强的分析能力和实际运用能力。正因为我集多种才华于一身，我才构想出这个计划，并成功地创造了一个人。即便现在，每当我回忆起当时制作过程中那一次次冥思苦想，我都会激动不已。我那时想入非非，狂妄自大，时而为自己的精明强干沾沾自喜，时而又心焦如焚，渴望获得成功。自打儿时起，我就有远大的志向，决心干一番轰轰烈烈的大事业；可我现在一落千丈，摔得好惨！唉！我的朋友，如果你以前认识我，现在见到我这副一蹶不振的潦倒相，你哪里还会认出我呢？我以前很少有悲观失望的时候，命运带着我扶摇直上，结果重重地摔了下来，一蹶不振，再也爬不起来。”

难道我真要失去这样一位俊才雅士吗？我渴望获得知心朋友，一直在寻觅一位能同情我，热爱我的知音。瞧，在这荒漠般的茫茫大海上，我终于找到了他。然而我心中惴惴不安，虽然我得到了他，可我只是刚刚了解了他的价值，就很快又要失去他。我劝他不要轻生，好好活下去，可他十分反感。

“谢谢你，沃尔顿，”他说道，“感谢你如此关心我这样一个不幸的人；可是，当你提到新的纽带、新的情感时，你有没有想过，有谁能替代那些已溘然长逝的人呢？在我心目中，有哪个男人能与克莱瓦尔相比，又有哪个女人能像伊丽莎白那样？即便当初高尚的操守和美德没有激起强烈的爱情，儿时的伴侣也永远会对我们的心灵产生某种影响，这是日后的朋友几乎无法替代的。这些孩提时代的伴侣了解我们儿时的脾性，长大后我们无论怎样改变，儿时的脾性都不会完全消失；因此，他们能够更加准确地判别我们的行为是否出于公正的动机。兄妹之间决不会怀疑对方欺骗自己，或在搞什么不正当的勾当，除非这种迹象早就暴露出来；然而一个其他的朋友，无论你对他感情有多深，你都会不由自主地怀疑他。不过我还是喜欢朋友；友谊的珍贵不仅仅是由于互相的习惯和交往，而且更在于各自的美德。无论我在哪里，伊丽莎白那令人宽慰的声音和克莱瓦尔的话语总是在我耳畔萦绕。尽管他们都已离开了人世，留下我形单影只，但在这样一种孤独的境遇中，仍有一种信念能说服我继续活下去。如果我投身于一项对人类大有裨益的崇高事业，或致力于一个造福人类的伟大目标，我就有可能活下去，为完成它们而奋斗。然而我的命运却并非如此；我必须去追赶那个我赋予了生命的怪物，将他干掉。此举完成之后，我的命数也就完结，我也可以安息了。”

17×× 年 8 月 26 日

我亲爱的姐姐：

我提笔给你写信时正处于极其危险的境地，不知我是否还能见到亲爱的英格兰，见到那里更令我爱恋的亲朋好友。我已陷入重重冰山的包围之中，毫无生还的机会，我的船每时每刻都有可能被巨大的冰凌所毁。当初被我劝说来一同出海的硬汉子，现在都求助于我，眼巴巴地看着我，可我也束手无策。我们的处境十分险恶，令人忧心忡忡；但我仍然无所畏惧，心中充满了希望。尽管如此，想到这么多人的性命都是因为我而危在旦夕，我就惶恐不安。如果我们葬身海底，那都是我的疯狂计划造成的。

玛格丽特，你到那时的心情将会如何？你无法得到我身遭不测的噩耗，仍然望眼欲穿，盼着我的归来，物换星移，年复一年，你怅然若失，心绪黯然，却还要遭受希望的揉搓。唉！我亲爱的姐姐，你心头那强烈的企盼之情将令人痛心地渐渐逝去。这种情景比我自己殒命还要可怕。当然，你有丈夫，有活泼可爱的孩子；你会幸福的，愿上苍保佑你，赐给你幸福！

这位不幸的来客向我投来无比温柔、同情的目光，并竭力鼓励我，将希望充满我的心田。从他的谈话来看，他似乎把生命看成是一件他所珍惜的财产。他对我说，试图在这一海域行船的其他航海家们，也常会遇到同样的意外事件。他向我谈了许多好兆头，使我在不知不觉中振奋了精神。就连水手们也被他富有说服力的谈话感染了——他说话时，水手们原先悲观失望的情绪涣然冰释；他鼓起了他们的干劲，听了他的一番话，他们相信这些巨大的冰山只是些鼹鼠丘，在人的意志面前全会冰消瓦解。然而，这些感觉只是短暂的；他们日日盼望着，可他们的处境却迟迟不见好转，人人心中充满了恐惧，我几乎担心这种绝望的情绪会引起一场哗变。

9月2日

刚刚发生了一件非同寻常的事情，尽管这些信件很有可能到不了你手中，但我还是忍不住要将这件事记录下来。

我们仍然处于冰山的重重包围之中，由于冰山间的互相碰撞，我们仍然有随时被它们碾碎的危险。寒气格外逼人；我的同伴中很多人都已死在了这凄怆肃杀的大海之上。弗兰肯斯坦的身体日渐衰弱；虽然他的双眸炯炯发光，充满了激情，可他已精力不济，疲困不堪，只要他偶尔用点力气，他便很快陷入毫无生气的委顿状态之中。

我曾在前一封信中提到担心哗变一事。今天上午，我坐在这位朋友的身边，端详着他那苍白的面容——他微微睁着眼睛，手臂无力地垂在一旁——正在这时，只见五六个水手吵着要进船舱。他们进来之后，那个领头的对我说，他和同来的人是经其他水手推举出来的代表，要向我提出一项要求——我是不能拒绝他们的，否则就有失公允了。我们被禁锢在这冰原之中，恐怕很难死里逃生；然而令他们担心的是，万一到时冰层消融，船道畅通无阻——这种可能性也是存在的——而我仍然不顾后果，继续贸然向北航行，那么，他们可能刚刚庆幸自己脱离险境，却又要立即被带入新的危险之中。因此，他们定要我庄严保证，如果航船脱离险境，我必须立即向南航行。

他们的要求使我左右为难。我还没有绝望，还不想在脱离危险后立即返航。然而说句公道话，我根本不能拒绝他们的要求。我犹豫不决，不知如何回答。弗兰肯斯坦起初一言不发，他也确实没有力气参与这场谈话，可正当我犹豫之际，他打起精神，双眸炯炯发光，两颊因一时激动而泛起红晕。他转过脸对那些人说道：

“你们这是什么意思？你们要叫船长干什么？你们就这么轻易半途而废，放弃自己的既定目标？你们不是把这次航行称为光荣伟大的远征吗？为什么称之为光荣伟大呢？决不是因为在这儿行船会像在南方的大海上行船那样一帆风顺，海面波澜不惊，而是因为这次远征危机四伏，险象环生；是因为无论出现什么意外的情况，你们都要坚韧不拔，表现出大无畏的精神；还因为你们时时处于危险和死亡的包围之中，要求你们拿出勇气，攻而克之。正因为如此，它才光荣伟大，才称得上是一次令人肃然起敬的壮举。你们从此会受到人们的欢呼致意，被誉为人类的造福者，你们的名字也将受到人们的崇敬，因为你们已跻身于为了荣誉，为了人类的利益而视死如归的英雄们的行列。可你们看看，现在你们刚想到有危险，或者说——如果你们不反对的话——你们的勇气才第一次受到严峻的考验，经受强有力的挑战，你们就畏缩不前，心甘情愿地被人认为是一群无法忍受严寒，惧怕艰难险阻的懦夫。你们这些可怜的人，一个个冻得瑟瑟发抖，全都缩到暖和的炉子边烤火去了。嗨，如果是这样的话，你们当初根本无需作什么准备，也不必跑这么远，把你们的船长拖来蒙受失败的耻辱，而你们自己呢，到头来也只是被证明是群胆小鬼而已。噢！做个男子汉，而且做个勇敢的男子汉吧。你们应该矢志不渝，坚如磐石。冰之坚硬岂能同你们心灵的坚强同日而语？坚冰不是不可能战胜的，只要你们敢于藐视它，它就会在你们面前低头让路。别让你们的脸上带着耻辱的烙印返回家园，要像浴血奋战，痛击敌人的英雄——从未在敌人面前临阵脱逃的英雄那样凯旋而归。”

他说这番话时，语调随着所要表达的各种情感，时而委婉动听，时而铿锵有力；他的目光中饱含着崇高的信念和大无畏的英雄气概。水手们听了他的话深受感动，我想你是不会奇怪的。他们面面相觑，不知如何回答。最后我发话了。我让他们回去休息，好好想一想他刚才说的这些话，如果他们执意返航，我也不会带他们继续北上，但是，我希望他们经过认真考虑之后，能再次变得勇敢起来。

他们走了之后，我回到我朋友的身边，然而他却因精疲力竭而颓然倒下，已是奄奄一息了。

我们最后的结局将如何，我无法预料，但我宁可死去也不愿半途而废，带着耻辱回去。然而，我的命运恐怕只能如此了；那些水手并无自豪感或荣誉心可言，没有这种精神支柱，他们是绝不会心甘情愿地继续忍受目前这种艰难困苦的。

9 月 5 日

事情已成定局：我已经同意，如果我们得以死里逃生，就南下返航。我满心的希望就这样被怯懦和犹豫不决给毁了。我终将一无所获，败兴而归。受到这种不公正的待遇，我可没有那么好的涵养保持冷静。

9 月 7 日

事情都过去了，我已在返回英格兰的途中。我已失去了对荣誉的希望，再不想造福于人类；我也失去了我那位朋友。可是，亲爱的姐姐，我还是要把这段令人心酸的经历详详细细地讲给你听。我既已飘向英格兰，飘向你的身边，我是不会愁眉锁眼，垂头丧气的。

九月九日这一天，冰层开始松动，随着一座座冰岛从四下里断裂开来，大老远就能听到雷鸣般的隆隆巨响。我们当时的情势极其险恶，随时都有可能丧命，然而我们又无可奈何，只好听天由命。因此，我的注意力大都集中到了我那位不幸的朋友身上。他的病情明显恶化，已完全卧床不起了。冰层在我们身后断裂之后，又被强大的冲力推向北方。这时，西边突然吹来阵阵轻风，到十一日，往南的航道已豁然开通了。水手们见此情景，确信自己返回祖国已无任何问题，一个个欣喜若狂，亮起嗓子大喊大叫；他们的欢呼声震天动地，经久不息。昏睡中的弗兰肯斯坦被惊醒了，问我外面吵吵闹闹的是何原因。“水手们在大叫大嚷，”我说道，“因为他们很快就能回英格兰了。”

“这么说，你真的要回去了？”

“唉，是的，我没法拒绝他们的要求。他们不愿意，我也不能硬带他们去冒险，我必须回去了。”

“如果你主意已定，那就回去吧，可我不回去。你可以放弃自己的目标，可我身负天命，不敢违抗。虽然我身体很弱，可那些帮助我报仇雪恨的神灵们一定会赋予我足够的力量。”说完，他使劲从床上一跃而起，可他不堪如此用力，又猝然倒在床上，昏了过去。

过了好长时间他才苏醒过来，我还一直以为他就这么走了呢。他终于睁开了眼睛，可呼吸仍很困难，无法开口说话。医生给他服了些镇静剂，叫我们不要打扰他。之后，医生对我说，我这位朋友活不了几个小时了。

既然医生已作出判决，我也鞭长莫及，唯有暗自悲伤，耐心等待。我坐在他的病榻旁，端详着他。只见他双目紧闭，我还以为他睡着了，可没过一会儿，他用虚弱的嗓音叫了我一声，招呼我挨近一些。只听他说道：“唉，我赖以生存的力量已经耗尽了，我觉得自己时间不多了，然而他，我那仇家，那迫害我的恶棍，可能仍然在世上逍遥。沃尔顿，在我生命的最后时刻，不要以为我还是仇恨满怀，渴望报仇雪恨——我过去是这么说来着；不过，我要那冤家对头的性命，我觉得自己这样做完全是正当的。在我生命的最后这几天里，我一直在反省我的过去，我认为，我的所作所为是无可指责的。出于一时的狂热，我制造了一个有理性的生物，我有责任尽自己的最大力量确保他幸福快乐，安然无恙。这当然是我应尽的义务，可我还有一项更为重要的义务，即对我同胞的义务，需要我给予更多的关注，因为这涉及更多人的幸福或疾苦。基于这样的考虑，我拒绝为我制造的第一个生物再造一个同伴，我这样做是完全正确的。他于是制造祸端，其用心之险恶，秉性之自私，可谓登峰造极。他杀害了我的至爱亲朋，还不遗余力地试图毁掉那些情感细腻、聪慧而快乐的生灵。他报复心切，何时洗手不干，我无从得知。这家伙自己也挺惨的，但他不可以加害别人。他应该死。我承担了消灭他的任务，可我没有完成。我以前出于自私和其他一些邪恶的动机，曾要求你完成我这件未尽之事；现在我再次请求你，可这次我是出于理智，出于一片赤诚之心。

“然而，我不能要求你抛弃祖国和朋友去完成这件事。既然你很快就要回英国去，你也不会再有什么机会碰到那家伙。不过，我还是想让你考虑一下我刚才所讲的那几点，考虑一下你应如何看待自己的职责。我已气息奄奄，命在旦夕，我的想法和判断已不准确，即便我认为正确的事，我也不敢要求你去做，因为我还是有可能被冲动引入歧途的。

“他竟然仍活在世上胡作非为，我心中很是不安，不过除此以外，在这段时间里，我时刻都在等待自己得到解脱，因而是我多年来最幸福的时刻。我那些逝去的亲人们，他们的身影在我眼前飘忽飞掠，我得赶紧投入他们的怀抱。永别了，沃尔顿！你要保持平和的心境，知足常乐，千万别雄心勃勃，即便是那种试图在科学发明中出人头地的毫无害处的念头也要不得。我为什么要这么说呢？我自己就是被这些希望给毁了，而还有人可能会步我的后尘。”

他说着说着，话音逐渐低落下去；最后，他终因心力衰竭而说不出话来了。约莫过了半个小时，他再次想张嘴说话，可一个字也说不出来。他无力地按着我的手，一丝淡淡的笑容从他双唇间消散，他永远闭上了眼睛。

玛格丽特，这样一位魁奇之士英年早逝，叫我作何评说呢？我究竟该说些什么才能让你明白我心头深深的悲哀呢？无论我说什么都是苍白无力的，都不足以表达我此刻的心情。我潸然泪下，失望的阴影笼罩着我整个心田。好在我已启程回英国，我会在那儿寻得安慰的。

写到这里，我突然被什么声音打断了。这声音会不会是什么凶兆？正值午夜时分，轻风习习，在甲板上值班的海员并未被惊动。又传来一阵声音，像是人发出的声音，但要嘶哑些；这声音是从停放弗兰肯斯坦尸体的船舱里发出的。我必须站起来，出去查看一下。晚安，姐姐。

天哪！当时发生的那一幕太可怕了！现在回想起来我还头晕目眩。我几乎不知道自己是否能将这一幕详详细细地描述出来；可如果我不把这令人惊叹的结局记录下来，我这个故事就不完整了。

我走进那个船舱，我这位命途多舛、却令人钦慕的朋友的遗体就停放在那里。只见遗体旁站有一人，他身躯异常高大，各部分不成比例，呈畸形状态，很是粗俗、笨拙；他这副模样非我所能描述。他俯着身子立在灵柩旁，脸被乱蓬蓬的长发遮住，一只宽大的手掌平伸开来，手上的肤色和表皮组织与木乃伊差不多。他听到我走近的声音，戛然收住令人恐惧的悲号，纵身向窗口跳去。我从未看过如此恐怖的嘴脸，奇丑无比令人憎恶。我不由自主地闭上眼睛，认真考虑我对这个坏家伙应履行什么责任。我喝令他站住。

他收住脚步，惊讶地看了我一眼，遂又转过脸注视着他那造物主毫无生息的躯体，像是忘记了我的存在。他面部的每一个表情，身体的每一个举动，似乎都是由一种无法控制的、极为狂乱的冲动所引发的。

“这也是我的刀下之鬼！”他大声嚷道，“杀了他，我犯下了一系列罪行也算是完满无缺、大功告成了，而我这作恶多端的一生也该结束了。噢，弗兰肯斯坦！你是一个多么豁达大度，多么富有牺牲精神的生灵！现在请求你宽恕又有何用？我把你深爱的人一个个杀死，因而无可挽回地毁了你。唉！他尸骨已寒，无法回答我了。”

他喉头哽咽，似乎在饮泣吞声。先前涌上我心头的第一个冲动——履行我朋友的义务，顺应他临终前的请求，铲除他这冤家对头——此刻却被好奇心和恻隐之心抑制住了。我向这个庞然大物走过去，可我还是不敢抬起头正眼看他。他这副丑相非尘世所有，因而格外令人毛骨悚然。我欲张口说话，可话到嘴边又咽了回去。这怪物不停地指责自己，情绪激烈，语无伦次。我终于下定决心，趁他疯狂的情绪稍稍安定下来之际，对他说道：“你现在自怨自艾已是多余的。如果你当初肯倾听自己良心的呼声，念及悔恨给你带来的锥心的痛苦，而不是把自己疯狂的报复心推到现在这种无以复加的地步，弗兰肯斯坦就不会离开人世。”

“你是说梦话吧？”那恶魔说道，“你以为我当时对痛苦麻木不仁，毫无悔恨之心？他，”恶魔指着尸体继续说道，“他在仙逝之时并未受罪；唉！比起我在实施这一报复行动的漫长过程中所经受的痛苦，尚不及万分之一。一种可怕的自私心理驱使着我干下去，而我的心灵却同时遭受悔恨的折磨。你真的以为我听克莱瓦尔呻吟声会像听音乐那样美妙吗？我这颗心生来便渴望爱，渴望同情；然而，苦难揉搓着我的心，使它变得毒如蛇蝎，充满了仇恨，可它却无法忍受这种剧变的折磨——这种折磨之深你是无法想象的。

“杀死了克莱瓦尔之后，我回到了瑞士，肠断魂销，悲伤不已。我可怜弗兰肯斯坦，并由怜悯转而憎恶：我憎恶自己。然而，我发现弗兰肯斯坦——他既赋予了我生命，同时又给我带来了难言的痛苦——竟敢奢望获得幸福，他使我承受着愈发深重的苦难和绝望，而他自己却在我永远无法享受的情义和爱恋中寻求乐趣。他的所作所为使我妒忌，使我切齿痛恨，然而妒忌又有何用？我心中不由涌起强烈的、永无满足之日的报复欲望。我想起了自己曾发出的威胁，决心将它付诸实施。我心里清楚，我这么做是自虐自凌，自掘坟墓。我痛恨自己一时的冲动，可我无奈，只好任其摆布——我无法控制这种冲动，只能做它的奴隶。就在她死去的时候！不，那时我并不感到痛苦。我抛弃了所有的情感，强压下一切痛苦，在极度的绝望中肆无忌惮地胡作非为。自那时起，邪念代替了我的善心。我陷得如此之深，已无任何选择，只有使自己的本性适应自己心甘情愿选定的处境。实现罪恶的目标成了我贪婪的欲望。现在，一切都结束了；那儿是我最后一个刀下之鬼！”

起初，我被他娓娓道来的不幸遭遇所打动，可我转念一想，弗兰肯斯坦曾说他能言善辩，巧舌如簧，再看看我朋友那毫无气息的躯体，我心中的怒火重新燃烧起来。“你这无耻之徒！”我说道，“你倒不错，自己一手造成了这幅凄惨的景象，却跑到这儿来哀鸣诉怨；你将一把火扔到一大群楼房中，等房子烧光了，自己却坐在废墟上哀叹房屋的倒塌。虚伪的恶魔！如果你哀悼的这个人还活着，他仍然会成为你那可诅咒的报复的对象，成为你的受害者。你之所以在此悲叹，并非动了恻隐之心，而是因为你永远不能在你恶意杀害的人头上作威作福了。”

“噢，不是这样——情况决不是这样的，”他打断了我的话，“一定是我采取这些行动的险恶用心给你留下了这些印象，但是，我宁可忍受痛苦，也决不去寻求同情——我也不可能获得别人的同情。当初，我内心充满了幸福和柔情，因而渴望得到别人的理解；我所寻求的正是对美德的热爱。然而现在，美德在我眼里已成了幻影，幸福和柔情已化为令人心酸而厌恶的绝望。既然如此，我又能从哪里寻得同情呢？如果我内心的痛苦迁延不去，我会心甘情愿独自一人领受这份痛苦。待我归天之时，我将心满意足，因为我的记忆将充满憎恶和轻蔑。对美德、名誉和享乐的向往曾抚慰过我的心灵，我也曾希望与人类结识，希望他们能原谅我的外表，并因我能展示自己的优良品质而爱我；但我的希望却只是幻想而已。我曾受过荣誉感和献身精神等崇高思想的教育，可如今，我为非作歹，已堕落到连最卑贱的畜生都不如的地步。我犯的罪，我造的孽，我这颗狠毒的心，还有我遭受的不幸，可谓空前绝后，无人能比。当我回顾那一系列令人震惊的罪行，我简直无法相信，以前的我竟也有过超凡脱俗的美好境界，也曾渴望过卓尔不群的高尚情操。但事实恰恰如此，堕落的天使还是成了阴险恶毒的魔鬼。上帝和人类的敌人纵使处境凄惨，也还是有朋友和伙伴，而我却顾影自怜，孑然一身。

“你把弗兰肯斯坦称之为朋友，看来你了解我犯下的罪行和他所遭受的苦难。不过，他在对你说起这些详细情况时，不可能概括我如何在凄惨的境遇中苦熬岁月，如何遭受无以慰藉的欲望的折磨。虽然我毁掉了他的希望，可我并未因此而满足了自己的欲念。我的欲念始终是那样炽热，那样强烈。我仍然渴望获得爱和友情，可我总是被人类唾弃。这里到底有没有不公平的地方？整个人类都对我犯了罪，却唯独把我看成是罪犯。费利克斯对他的朋友破口大骂，把他赶出门外，你们为什么不恨他？那个乡巴佬竟要加害于他儿子的救命恩人，你们又为什么不诅咒他？那可不行，这些人都是十全十美的大好人！只有我这个被遗弃了的畸形怪胎可怜虫，才应该受人睥睨，任人驱赶，遭人践踏。即使现在，只要我一想起这种不公平的待遇，我浑身的热血就在沸腾。

“当然，我是个恶棍，这一点不假。我杀害了那些活泼可爱，孤弱无助的人，我趁无辜者熟睡之机，卡住他们的脖子，将他们活活掐死，而他们从未伤害过我，也未伤害过任何其他生命。在所有值得钦慕和爱戴的人们中，我的缔造者堪称典范，可我却给他带来了痛苦和不幸，甚至穷追不舍，最后无可挽回地将他逼进了毁灭的深渊。他此刻躺在那里，面色苍白，尸骨已寒。你恨我，可你对我的痛恨远不及我对自己的痛恨之深。我注视着自己这双作恶多端的手，思量着我这颗设计出种种罪恶的心，盼望着有朝一日，我再也看不到这双手，那痴狂的幻想再也不要萦绕在我的心田。

“你不用担心，我以后不会再胡作非为了。我的事差不多也干完了。了却此生，已无需再杀你，再杀其他任何人，我必须干的已全部干完，只需取我自己的性命便可收尾了。不要以为我会贪生怕死，迟迟不敢自我了断。我将离开你的船，乘坐载我来此的那块冰筏前往北极。我将为自己堆起火葬柴堆，将这可鄙的躯体烧成灰烬，这样，我的尸体就不会给任何好奇、亵渎神灵的坏家伙提供制造我这类活物的线索。我将离开人世，再也不会感受到此刻正折磨着我的种种痛苦，再也不会遭受那些无法满足，却又在心中涌动的情感的揉搓。那个给了我生命的人已经与世长辞，而当我不复存在之时，人们很快便会将我俩抛于脑后。我不会再看到日月星辰，也不会再感到风儿拂弄我的双颊。光明、情感和知觉将消失殆尽，而我只有在那幽冥世界才能寻得幸福。几年前我第一次看到人间的各种景物，感到夏日那令人欢跃的温暖，听到树叶沙沙的响声和鸟儿啾啾的啭鸣——这一切就是展现在我面前的整个世界。如果要我那时死去，我会伤心流泪；而现在，死已成了我唯一的慰藉。累累的罪恶玷污了我，极度的悔恨折磨着我，除了一死，我还能在哪里找到安宁？

“永别了！我将离开你，你是我见到的最后一个人。永别了，弗兰肯斯坦，如果你还活着，仍对我怀有报复之心，那么，与其把我毁掉，还不如让我活着更能满足你的报复欲望。可那时你不愿这样做，你一定要毁掉我，以免我变本加厉，干出更坏的勾当来。然而，如果你在天有灵，知我五内俱焚，创巨痛深，那么，你所愿已足，一定不会再想取我性命了。虽然你已惨死九泉，然而相比之下，我的痛苦更甚于你——悔恨无时无刻不在刺痛着我心灵的创伤，唯有一死才能永远弥合我的创伤，一了百了。

“我很快就要离开人世了，”他大声说道，那激动的神情显得悲怆而庄重。“我此刻的一切感受将化为乌有，锥心的痛苦将一去不返，我将以豪迈的气概登上那火葬柴堆，在熊熊烈焰的烧痛中以苦为乐，心欢情悦。灼灼的火光将渐渐熄灭，我的灰烬将随风飘入大海；我的灵魂将得以安宁，即便它仍能思考，它也决不会再像这样思考。永别了。”

说完，他纵身跃出舷窗，跳到紧靠船边的冰筏上。转瞬间，他便被海浪卷走，消失在远方茫茫的黑夜中。

9月 12日